The Rising of the Shield Hero

5

Aneko Yusagi

Glass
Itsuki Kawasumi
L'Arc Berg
Therese

Ren Amaki
Motoyasu Kitamura
Naofumi Iwatani
Raphtalia
Filo
Charaktere

»L'Arc, nimm dich mal ein bisschen zusammen.«
»Schon gut. Ist doch klar, dass man aufgeregt ist, wenn man eine Schiffsreise macht.«
Oje … Jetzt fuhr so ein Kerl mit, der ständig irgendwelches kindisches Zeug von sich gab.
Als ich seufzte, drehte sich der Typ vor mir um.
»Hm?
Was ist los, Bubi?«

The Rising of the Shield Hero

L'Arc Berg

ANEKO YUSAGI

TOKYOPOP®

INHALTSVERZEICHNIS

The Rising of the Shield Hero

L'Arc Berg

Prolog: Der Klassenaufstieg

Ich befand mich gerade in der Kirche eines Königreichs namens Melromarc.

Im Zentrum des Gebäudes stand eine gewaltige Sanduhr, durch die roter Sand rieselte.

»Ich hab hier irgendwie jedes Mal ... so ein beklemmendes Gefühl. Liegt das daran, dass hier alles so hochheilig ist?«

»Geht mir genauso, Herr Naofumi.«

»Der Sand ist aber schön fein ...«

Ich heiße Naofumi Iwatani.

Eigentlich kam ich aus dem Japan der Gegenwart, war Otaku und Universitätsstudent.

Eines Tages, es musste wohl schlechtes Karma gewesen sein, ging ich aus einer Laune heraus in die Bücherei. Ich hatte dort ein Buch mit dem Titel *Traktat der Waffen der vier Heiligen* entdeckt und las darin ... Da fand ich mich mit einem Mal in einer fremden Welt wieder, in die man mich als Helden heraufbeschworen hatte.

Ich erfuhr, dass diese Welt von einem Unglück heimgesucht wurde: Sogenannte Wellen drohten, alles zu vernichten.

Sie traten periodisch auf und brachten Unmengen von Monstern mit sich, die die Menschen attackierten. Und damit die Bewohner dieser Welt jene Wellen überstanden, wollten sie nun, dass ich für sie kämpfte.

Anfangs erschien es mir wie ein Traum, und ich war total aufgeregt, doch dann begegnete ich einer gewissen Frau ... Später sollte sie öffentlich wie privat nur noch unter dem Namen *Bitch* gehandelt werden, doch eigentlich war sie die erste Prinzessin dieses Reichs. Sie lockte mich in eine Falle, ich wurde zu Unrecht verdächtigt – und fortan haftete an mir das Stigma, ein Vergewaltiger zu sein. Aus diesem Grund wurde ich in die Rolle des Unterdrückten gedrängt und fand keine Gefährten.

Davon war ich jedenfalls überzeugt. Die Wahrheit sah jedoch völlig anders aus.

Jedenfalls führte das alles dazu, dass ich verglichen mit den anderen drei beschworenen Helden entwicklungsmäßig stark ins Hintertreffen geriet – dazu aber später mehr.

Ich stand vor dem ungeheuerlichen Dilemma, dass ich zwar kämpfen musste, jedoch keinerlei Unterstützung bekam.

Ich strengte mich jedoch auf meine eigene Weise mächtig an und schaffte es irgendwie zu überleben.

Einer Gegnerin, der die anderen Helden nicht gewachsen waren, lieferte ich sogar einen guten Kampf ... Dennoch wendete sich meine Lage nicht zum Besseren. Im Gegenteil: Es wurden nur noch weitere falsche Anschuldigungen gegen mich vorgebracht.

Dies war das Reich Melromarc, das mich beschworen hatte. Hier standen die Menschen an oberster Stelle, und es regierte eine Königin.

Die Thronfolge wurde über die Frauen der königlichen Familie geregelt. Und ausgerechnet in einem solchen Reich machte man jetzt Jagd auf mich, weil ich angeblich die erste Thronfolgerin Melty entführt hatte.

Melty war die kleine Schwester der Bitch. Sie war ein unerschrockenes Mädchen.

Ihre Mutter, die Königin, setzte großes Vertrauen in sie und hatte sie daher in der Erbrangfolge über die Bitch gestellt.

Da man mir derart gewaltsam die Schuld zuschieben wollte,

machten wir uns schließlich auf den Weg zu Meltys Mutter, um sie um Hilfe zu ersuchen.

Auf diese Weise konnte schließlich meine Unschuld bewiesen werden.

Hinter der ganzen Angelegenheit hatte die Drei-Helden-Kirche gesteckt, die die Staatsreligion des Reichs stellte.

Von den vier Waffen, die die Helden symbolisierten, verehrte man dort lediglich drei. Der Besitzer der geächteten Waffe hingegen wurde als Feind angesehen.

Und wer war nun dieser Feind? Ich – der Held des Schildes!

Dass man mich ächtete, hatte in Wahrheit also religiöse Gründe, und die vermeintliche Vergewaltigung hatte gar nichts damit zu tun.

Melromarc bekriegte sich seit vielen Jahren mit einem benachbarten Subhumanoidenreich. Hier war die Ursache zu suchen ...

Subhumanoiden waren den Menschen sehr ähnlich, hatten jedoch zum Beispiel die Ohren oder den Schwanz bestimmter Tiere. Ich sah zwar nicht so recht ein, was das mit mir zu tun haben sollte, aber anscheinend verehrten die Subhumanoiden den Schildhelden.

Jedenfalls hassten die Menschen mich so sehr, weil ich der religiöse Feind war.

Ich fragte mich fortwährend, wie ich unter diesen Umständen weitermachen sollte.

Letztendlich gelang es mir und meinen Gefährten aber, die Sache zu einem Abschluss zu bringen, indem wir den Rädelsführer ausschalteten. Er, das Oberhaupt der Drei-Helden-Kirche, war in erster Linie für die Diskriminierung des Schildhelden verantwortlich.

Im Kampf gegen den Kirchenvater wandte ich einen Skill namens »Blood Sacrifice« an, der in meinem Schild des Ingrimms aus der Curse Series schlummerte.

So konnte ich zwar unseren Gegner bezwingen, aber der Preis war hoch: Den Skill auszulösen, fügte mir selbst Wunden zu und mich traf der Fluch des Schildes, durch den meine Leistungsfähigkeit herabgesetzt wurde.

Immerhin konnte so meine Unschuld bewiesen werden, und ich hatte endlich den gleichen Stand wie die anderen Helden.

Soeben hatte die Königin beschlossen, dass in diesem Reich künftig die Vier-Helden-Kirche zur Staatsreligion erklärt werde.

»Also wirklich ... Dein Verstand zeigt sich immer nur dann, wenn es darum geht, Herrn Iwatani Steine in den Weg zu legen, oder?«

»So sieht's aus«, sagte ich.

Gerade quetschte die Königin Melromarcs den König aus – mittlerweile gemeinhin als *Drecksack* bekannt –, den sie in Eis eingeschlossen hatte.

Während ihrer Abwesenheit hatte er als ihr Stellvertreter gemacht, was immer er wollte, hatte mir Verbrechen angehängt und mich schikaniert. Als Strafe hierfür hatte sie ihm einen neuen Namen gegeben und ihm seine Funktion als ihr Repräsentant aberkannt.

»Uooooooooooh!«

Ich sah mir den Drecksack an. Nur sein Kopf guckte noch aus dem Eis hervor.

Sein gepeinigtes Gesicht wandte er aber nicht seiner Bestraferin zu, sondern mir.

Die Freude, ihn so voller Widerwillen zu sehen ... wollte sich irgendwie nicht einstellen.

Wieso musste ich mir das überhaupt ansehen?

Unwissentlich hatte sich der Drecksack an der Intrige um Meltys Entführung beteiligt. Und nun bestrafte ihn dafür die Königin, die das Land regierte, das mich gerufen hatte.

Mit dem Wirbel, den die Drei-Helden-Kirche verursacht hatte, hatte er offenbar nichts zu tun gehabt.

Lieber wäre mir gewesen, wenn er ins Exil geschickt worden wäre, aber wenn wir ihn aufs Geratewohl davonjagten, würde wohl auch nichts Vernünftiges dabei herauskommen. Auch seine Tochter, die Bitch, war verurteilt worden, und alle Privilegien ihrer Geburt waren ihr entzogen worden. Bitch war ihr neuer Name, und auf Abenteuern würde jeder den Namen *Flittchen* für sie verwenden müssen.

Es hieß zudem, sie habe sich nach Belieben aus der Schatzkammer bedient, um ihren Luxus zu finanzieren. Diese Schulden würde sie nun zurückzahlen müssen.

Die Königin schien, oberflächlich betrachtet, alles wunderbar im Griff zu haben.

Nun, da die Welt ihrem Untergang entgegensah, untersagte sie die Diskriminierung der Subhumanoiden – was in Melromarc vorher Programm gewesen war –, und bat den Helden des Schildes, eben noch Staatsfeind, um Kooperation. Sie hatte offenbar vor, ihrerseits mit Unterstützung nicht zu geizen.

Ihren Mund verbarg sie oft hinter einem Fächer, und sie kleidete sich sehr jugendlich … Sie war eine schöne Frau und wirkte nicht älter als Ende zwanzig. Man stutzte daher einen Moment, wenn man erfuhr, dass sie die Mutter der beiden Prinzessinnen war.

»Grrr!«

Der bis zum Hals vereiste König funkelte mich böse an. Geschah ihm nur recht, wenn er so einen Blödsinn anstellte. Erst hatte er mich auf eigene Faust beschworen, und dann hatte er mich nur schikaniert.

Aber es war wohl an der Zeit, zum nächsten Punkt auf der Tagesordnung überzugehen.

»Können wir's erst mal dabei belassen? Ich würde gern schnell den Klassenaufstieg machen.«

Aber genug erzählt von der Lage im Reich und dem Hergang meiner Freisprechung. Wenden wir uns ganz den Schwierigkeiten zu, in denen ich aktuell steckte.

In dieser Welt gab es, so komisch das auch klingen mag, so etwas wie Erfahrungsstufen in einem Videospiel. Wenn man Monster besiegte, gab es Erfahrungspunkte. So stiegen zusammen mit dem Level die Fähigkeiten, und man wurde stärker. Und je stärker man wurde, desto mächtigere Monster konnte man besiegen.

Dies gefiel mir gut an dieser Welt: Wenn man sich nur genug Mühe gab, konnte man praktisch dabei zusehen, wie die eigenen Werte anstiegen.

Doch leider ... gab es da ein Problem.

Ich war der Held des Schildes und konnte mit dem Schild, den ich seit meiner Beschwörung mit mir führte, keinen Gegner verletzen, selbst dann nicht, wenn ich damit auf ihn einschlug. Dafür hatte dieser legendäre Schild eine hohe Verteidigungskraft, und ich verdankte ihm auch alle möglichen Spezialfähigkeiten. Ich konnte jedoch keine Gegner besiegen, was effektiv hieß, dass ich allein überhaupt nicht kämpfen konnte. Deshalb hatte es mich anfangs auch in so große Nöte gestürzt, wegen meiner Ächtung keine Gefährten gewinnen zu können.

»Hm ... Ihr habt wohl recht.«

»Ist es endlich vorbei?«, grummelte Raphtalia, ein wenig überdrüssig.

Raphtalia hatte ich mir in jener gefährtenlosen Zeit als Sklavin gekauft, um an Kampfkraft zu kommen.

Sie war einer der besagten Subhumanoiden, die in diesem Reich auf so viel Abscheu und Diskriminierung stießen.

Sie hatte die Ohren und den Schwanz eines Waschbären ... Das war anscheinend eine der Unterarten der Subhumanoiden. Als ich sie mir zugelegt hatte, war sie noch ein kleines Kind gewesen, aber Subhumanoide wuchsen mit dem Hochleveln rasch heran, sodass sie Kämpfen besser gewachsen waren.

Deshalb hatte sie praktisch über Nacht das Äußere eines etwa achtzehnjährigen hübschen Mädchens erreicht.

Als die erste Welle über diese Welt hereingebrochen war, hatte sie ihr Heimatdorf und ihre Eltern verloren. Nun zog ich sie an ihrer Stelle auf. Ich konnte mich auf sie verlassen, als wäre sie mein eigenes Kind.

»Na ja, ich könnte wohl ewig zusehen, wie der Drecksack gefoltert wird«, sagte ich in Richtung des Vereisten, mit einem breiten Grinsen auf dem Gesicht.

»Aber Herr Naofumi!«

»Grrr ... Schiiild ...!«

»Du bist still!«

Nun hatten Drecksack und ich beide unser Fett weg.

Na, meinetwegen. Raphtalia war generell ziemlich ernsthaft. Mittlerweile lief das bei uns regelmäßig so ab: Wenn ich irgendetwas Komisches anstellen wollte, fungierte sie als mein Bremsklotz.

»Meister, wie lange noooch?«

»Ist gleich so weit.«

Das Mädchen, das mich gerade angesprochen hatte, hieß Filo. Im Augenblick sah sie wie ein blondes, blauäugiges Mädchen aus, dem als besonderes Gimmick auf dem Kopf ein einzelner Idiotenzipfel wuchs. Auf dem Rücken hatte sie Flügel, was sie wie ein Engelsmädchen aussehen ließ.

Auch sie war im Großen und Ganzen eine verlässliche Gefährtin. Aber sie ... Wie erklärt man das am besten?

»Was ist denn noooch?«

Eigentlich hatte ich sie mir als Haustier zugelegt. Ich hatte an einer Monsterei-Lotterie teilgenommen, und sie war mein Preis gewesen.

Aus jenem Ei war ein kleiner Filolial geschlüpft, eins der Vogelmonster, die auf dieser Welt die Kutschen zogen ... Allerdings nahm deren Entwicklung anscheinend einen besonderen Verlauf, wenn ein Held sie aufzog. Auf diese Weise hatte sie die Fähigkeit erlangt, diese Engelsform anzunehmen.

Sah man sie so, mochte man sie für ein entzückendes, etwa zehnjähriges Mädchen halten. Ihre wahre Gestalt jedoch war die eines Vogelmonsters. Und zwar einer sogenannten Filolial-Königin.

Unter meinen Gefährtinnen hatte sie mittlerweile eine Schlüsselrolle als Angreiferin inne, aber ... Sie war eben doch ein Vogel und daher eine ganz schöne Nervensäge. Wenn wir auf unseren Handelsfahrten im Freien übernachteten, riss sie einen zum Beispiel in aller Frühe aus dem Schlaf.

Während der jüngsten Verwicklungen war Prinzessin Melty mit uns gereist, und dabei hatten sie und Filo sich eng angefreundet. Filos Naturell war naiv, und manchmal hatte sie ein loses Mundwerk. Einen eigenen Charme hatte sie schon – wenn sie nicht gerade irgendwelchen Blödsinn redete.

»Du denkst wieder was Gemeines!«

»Kann schon sein.«

Dafür hatten sie beide ein feines Gespür: Wenn ich irgendetwas Freches dachte, merkten sie das in der Regel sofort.

Nun, so viel jedenfalls zu meinen Gefährtinnen.

Dass wir nun in der Kirche vor der Drachensanduhr standen, hing mit den Leveln zusammen, von denen ich bereits erzählt hatte.

Als einer der Helden konnte ich unbegrenzt hochleveln, aber bei den Bewohnern dieser Welt gab es ein Limit.

Raphtalia und Filo hatten beide Level 40 erreicht und waren damit an der Obergrenze. Um sie zu überwinden, mussten sie das Ritual des Klassenaufstiegs durchlaufen. Und hierfür brauchten wir die Drachensanduhr, die unter der Aufsicht der Krone stand. Anhand dieser Uhr ließ sich abschätzen, wie viel Zeit noch bis zur nächsten Welle sein würde, aber sie kam auch bei Klassenaufstiegen zum Einsatz.

Wir waren schon einmal mit der Absicht hergekommen, diesen Ritus durchzuführen, aber der Drecksack hatte sich uns in den Weg gestellt. Für mich war das kein Problem gewesen, aber für Raphtalia und Filo bedeutete es das Ende der Fahnenstange, wenn sie ihren Aufstieg nicht bekamen.

Nun, da die ganze Sache bereinigt war, hatten wir der Königin davon berichtet. Sie war erschienen, um sich die Umstände erklären zu lassen – den Drecksack im Schlepptau.

Der hatte sich natürlich nur herausgeredet. Erst als sie ihn bis zum Kinn in Eis gepackt hatte, hatte er gestanden.

Ich hatte mir das alles höhnisch mitangesehen. Komisch, das von sich selbst zu sagen – aber ich war nun mal charakterlich so verdorben. Und es stand mir wohl zu, ihn auszulachen, nachdem er mir die letzten Monate so sehr das Leben schwer gemacht hatte. Von außen betrachtet mochte ich deswegen natürlich grausam erscheinen.

»Ach, was ist eigentlich aus der Ordensschwester geworden?«

Sie hatte sich mir gegenüber mies verhalten und mich aufgeregt, aber diesmal hatte uns an ihrer Stelle ein Soldat empfangen.

»Als Untergebene des Heiligen Vaters war sie bei der Entscheidungsschlacht zugegen und wurde zusammen mit allen anderen verhaftet.«

Aha, sie hatten sie also weggesperrt? Geschah ihr recht!

»Und? Wie geht das jetzt mit dem Klassenaufstieg?«

»Nennt uns bitte zunächst die Personen, die den Klassenaufstieg machen sollen.«

Erst vor Kurzem hatte ich noch geglaubt, dass wir hier niemals das Ritual absolvieren würden. Ich wusste kaum, wie mir geschah.

Zu der Zeit … hatte ich erwogen, in eines der Subhumanoidenreiche zu gehen, entweder Schildwelt oder Schildfrieden.

Dann waren wir jedoch in die Entführungsgeschichte um Melty verwickelt worden, und letzten Endes konnten wir es nun anscheinend doch hier machen.

Ich wollte die Königin nicht länger warten lassen … und blickte auffordernd Raphtalia und Filo an.

»Iiich!« Filo hob die Hand. »Ich will als Erste!«

Ich schaute Raphtalia an: Sie nickte.

»Gut, dann lasse ich Filo zuerst aufsteigen.«

»Jippie!« Sie tapste vorwärts.

»Nimm nun bitte eine bequeme Haltung ein, berühre die Drachensanduhr und konzentriere dich.«

»So?«

Filo kehrte in ihre Monsterform zurück und legte bedächtig ihren Flügel an die Uhr. Wo sie das Glas berührte, liefen in alle

Richtungen Wellen aus Licht durch den Sand. Es kam mir wie eine Halluzination vor.

»Und nun beginnt bitte mit der Zeremonie des Klassenaufstiegs.«

Auf Geheiß der Königin stellten sich Soldaten in einem Kreis um die Drachensanduhr auf und gossen eine Flüssigkeit in Rillen im Boden, die wohl ein magisches Zeichen darstellten.

»Nanu? Ich glaub, ich hör was ...«

»Konzentriere dich.«

»Naaa gut.«

Langsam schloss Filo die Augen und breitete die Flügel aus.

Die Drachensanduhr begann schwach zu leuchten, und dann lief das Licht die magischen Rillen entlang.

Schließlich umfing es Filo, die in der Mitte stand.

»Und nun wähle deine eigene Zukunft.«

»Ah, jetzt kann ich irgendwas sehen ...«, murmelte Filo, die Augen noch immer geschlossen.

In dem Moment sah ich vor mir ein Icon, das Filo im Miniaturformat zeigte, und dann bildeten sich Verästelungen ... Ein Baum, um es in Gamer-Sprache zu sagen.

»Dieses Monster steht in Euren Diensten, nicht wahr? Dann wählt bitte Ihr, Herr Iwatani.«

Ich hatte ja bereits erzählt, dass Filo eigentlich ein Monster war. Wenn man ein Monster für sich arbeiten lassen wollte, bekam es ein magisches Muster aufgesprochen, ein sogenanntes *Monstersiegel.* Tat es daraufhin nicht, was der Besitzer befahl, so wurden ihm Schmerzen zugefügt, und es litt Qualen. Das Siegel verlieh einem die Macht über Leben und Tod. Und es sah ganz so aus, als hätte ich als Filos Besitzer ebenfalls die Entscheidungsgewalt über ihren Klassenaufstieg.

»Ach, so was kann man also auch machen?«

Vor meinen Augen erschienen verschiedene Entwicklungswege, die Filolials nehmen konnten. Aber die Wahl lag bei mir.

»Das ist etwas, was Filo selbst entscheiden sollte. Das kann ich ihr nicht einfach wegnehmen.«

Ich wählte »Ablehnen«. Dann fragte mich ein Pop-up, ob das Monster selbst entscheiden sollte, und ich klickte auf »Zustimmen«.

»Oh! Da sind jetzt ganz viele Sachen! Was nehm ich denn mal …«

Filo kniff die Augen zusammen und dachte fröhlich darüber nach, welchen Weg sie wählen wollte.

Ich hätte ihr das abnehmen können, aber hier ging es schließlich um Filos Leben, daher sollte die Entscheidung bei ihr liegen.

Genau. Raphtalia wollte ich dasselbe sagen.

»Raphtalia. Ich lass es dich auch so machen … Wenn die Wellen irgendwann vorbei sind, kehre ich in meine eigene Welt zurück. Darum solltest du selbst wählen, und zwar so, dass du hinterher gut durchs Leben kommst. In Ordnung?«

»Ich wäre aber mit jeder deiner Entscheidungen einverstanden, Herr Naofumi …«

»Es wäre nicht richtig.«

»Na gut.«

Raphtalia nickte, sah aber unzufrieden aus.

Wenn ich für sie entschied, dann bereute sie es vielleicht irgendwann. Das wäre das Schlimmste.

Ich vertraute ihr. Darum wollte ich ja gerade, dass sie so etwas selbst entschied.

Nun, wofür würde sich Filo wohl entscheiden?

Dann begann mit einem Mal jene Kammfeder auf ihrem Kopf zu leuchten, die in ihrer Menschengestalt die Form einer albernen Locke annahm.

»Hä?«

Das Strahlen wurde immer heller, und dann gab es plötzlich einen Lichtblitz.

Einen Moment lang war ich blind. Ich blinzelte mehrmals und blickte in Filos Richtung.

Äußerlich … sah ich keine große Veränderung. Nur die Kammfeder wirkte ein klein wenig prächtiger. Irgendwie sah es aus, als … hätte sie eine Minikrone auf.

»Sie scheint ihren Klassenaufstieg unbeschadet überstanden zu haben.«

»Ja?«

Ich warf einen Blick auf Filos Statusanzeige. Und tatsächlich: Der Stern neben ihrem Level war verschwunden.

Er hatte darauf hingewiesen, dass sie die Obergrenze erreicht hatte. Dass er nun fort war, konnte nur eins bedeuten: Ihr Limit hatte sich nach oben verschoben.

Ich sah mir ihre Werte genauer an und stellte fest, dass sie sich im Durchschnitt nahezu verdoppelt hatten. Das passierte also beim Klassenaufstieg …

»Hm … Das ist aber ganz schön heftig, oder?«

Ihre Werte waren von Haus aus schon eher hoch gewesen. Aber nun war sie offenbar noch deutlich stärker geworden.

Versuchsweise verglich ich meine eigenen Werte mit ihren, und der Unterschied … Oha, fast alle ihre Werte waren höher als meine!

Und zwar höher als meine ursprünglichen, ehe der Fluch sie abgesenkt hatte.

Nur an Verteidigungskraft war ich ihr noch überlegen!

»Ähm … Ich konnte mir nichts aussuchen …«

Filo nahm wieder ihre Menschenform an und kam zu mir gelaufen. Ihre Stimme klang gepresst, als könnte sie jederzeit losweinen.

»Was war denn los?«

»Ich wollte lernen, wie man Gift spuckt, aber dann war plötzlich was Neues da und hat sich selbst ausgewählt!«

Filo hatte in der Vergangenheit gegen starke Monster gekämpft, die Gift benutzen konnten, und seither träumte sie davon, das auch zu lernen.

Mach dir nichts draus. Du kannst zwar kein Gift spucken, aber deine scharfe Zunge hast du ja noch.

»Es hat so ausgesehen, als würde deine Schmalzlocke leuchten.«

»Hmpf ...«

»Filo, lass dich nicht entmutigen ...« Raphtalia streichelte der enttäuschten Filo über den Kopf. »Wenn du stärker wirst, kannst du es ja vielleicht noch lernen, oder?«

»Echt? Dann streng ich mich richtig an!«

»So, jetzt du, Raphtalia.«

»O... Okay.«

Nun berührte auch sie die Sanduhr. Anschließend schütteten die Soldaten wieder ihre Flüssigkeit in die Rillen, und das magische Zeichen begann zu leuchten. Wie erwartet erschien ein Icon vor meinen Augen.

Nun ... Dann wollte ich mal auf »Ablehnen« drücken ...

Doch plötzlich teilte sich mit einem Mal Filos Kammfeder in der Mitte, und die eine Hälfte flog auf mich zu.

»Ah!! Was ist das denn?! Filo!«

»Das war ich nicht!«

Sie war es nicht gewesen?! Aber hatte dann etwa ihre Locke selbständig irgendetwas gemacht?!

Raphtalia blickte mich mit großen Augen an.

»Herr Naofumi?!«

Die Locke löste sich vor meinen Augen auf und es tauchte eine neue Option auf, die es gar nicht geben dürfte, und wählte sich automatisch aus.

»Ah?!«

Raphtalias spitzer Schrei hallte durch die Kirche.

Ein grelles Licht erfüllte den Saal und dichter Rauch stieg auf.

Das lief nun aber ein bisschen anders ab als bei Filo …

Als sich der Qualm verzogen hatte, sah ich Raphtalia: Sie hustete und blickte in meine Richtung.

»G… Geht's dir gut?«

»J… Ja. Alles in Ordnung, aber …«

Was war denn nur passiert?

Voller Sorge rief ich Raphtalias Status auf.

Auch bei ihr war der Stern verschwunden, und alle Werte waren beinahe doppelt so hoch wie zuvor.

»Was ist passiert?«

»Das weiß ich auch nicht. Irgendwie wurde einfach automatisch etwas ausgewählt … Ich hatte erst ein ganz ungutes Gefühl, aber es scheint kein Problem zu geben.«

»Ach, nein? Na, dann ist es ja gut, aber … Was fällt ihr denn ein, sich einfach unseren Klassenaufstieg unter den Nagel zu reißen?«

»Von wem sprichst du?«

»Na, diese Locke auf Filos Kopf hat ihr doch Fitoria gegeben!«

»Hm … Das stimmt!«

Als wir wegen Meltys vermeintlicher Entführung auf der Flucht gewesen waren, war uns Fitoria begegnet, die superstarke legendäre Königin aller Filolials.

Sie hatte Filo im Kämpfen unterwiesen und ihr anschließend diese Strähne verpasst. Außerdem hatte sie meine Rüstung mit ihren Kräften gesegnet. Im Gegenzug war mir befohlen worden, mich den anderen Helden anzunähern.

Außerdem hatte sie mir noch gedroht, uns alle vier umzubringen, wenn ich mich nicht daran hielt …

»Wovon sprecht Ihr da?«

Hm? Aus irgendeinem Grund leuchteten die Augen der Königin.

Ich erzählte ihr, was sich damals ereignet hatte.

»Tatsächlich? Diese Königin der Filolials hätte ich auch gern kennengelernt …«

»Darum geht's doch gerade gar nicht!«

Allem Anschein nach wusste die Königin über die Helden gut Bescheid, und Meltys Erzählungen zufolge hatte ihre Mutter mit ihr früher gern legendäre Orte aufgesucht.

War es etwa eins ihrer Hobbys, Nachforschungen zu Legenden zu betreiben?

Ihre Tochter Melty hatte ein außerordentliches Interesse an Filolials gezeigt. Ein klarer Fall: Wie die Mutter, so die Tochter.

Aber was ließ ich mich schon wieder von so etwas ablenken?

»Und wie ist bei euch beiden die Verfassung?«

»Ich fühle mich körperlich stärker als zuvor.«

»Ach ja? Das ist ja schon mal schön, aber …«

»Die Federn der Filolial-Großkönigin also … Ich verstehe zwar nicht so recht, was es damit auf sich hat …« In der Stimme der Königin schwang Bedauern mit. »Aber es soll durchaus gelegentlich möglich sein, bei einem Klassenaufstieg mit bestimmten Hilfsmitteln spezielle Veränderungen zu bewirken. Wahrscheinlich … Wir sollten einfach beten, dass es eine gute Bewandtnis damit hat.«

»Jepp …«

»Wie sehr haben sich Eure Fähigkeiten denn verbessert?«

»Alle Werte sind rund doppelt so hoch wie vor dem Aufstieg.«

»Doppelt so hoch?!«

Die Königin war sichtlich erschrocken. Dann war dies wohl keine gewöhnliche Steigerung. Folglich mussten diese Filolial-Königinnen-Federn als eine Art Medium fungiert haben. Ich freute mich natürlich, dass sich die Werte der Mädchen so sehr verbessert hatten.

»Eigentlich ... ist es bereits als Erfolg zu verbuchen, wenn nur ein Status-Eintrag die anderthalbfache Steigerung erfährt. Eure Gefährten sind jedoch insgesamt stärker geworden, nicht wahr?«

Es gab alle möglichen Werte: HP, MP, SP, Angriffskraft, Verteidigungskraft, Gewandtheit, Stärke ... Daneben gab es noch verschiedene kleinere Details, aber dies waren die Dinge, die ins Auge sprangen.

Ach ja: SP hatten Raphtalia und Filo nicht. Dieser Eintrag fand sich nur bei den Helden.

Als die Königin gesagt hatte, es erhöhe sich für gewöhnlich nur ein Wert, da hatte sie sicher diese Statuswerte gemeint. Dass sich zum Beispiel die Angriffskraft anderthalbfach erhöhte oder so.

»Wow, echt? Dann haben wir ja ganz schön profitiert!«

Die Mädchen guckten jedoch skeptisch.

Ich konnte schon nachvollziehen, wie sie sich fühlten. Games, in denen Klassenaufstiege vorkamen, verwendeten öfter so ein System. Das war auch eine nette Sache, da man selbst auswählen konnte.

»Na dann ... Hängt euch mal rein.«

»Uh ... Irgendwie bin ich jetzt traurig.«

»Ich auuuch.«

»Wollt Ihr den Aufstieg rückgängig machen?«, erkundigte sich die Königin.

Rückgängig machen? Wie jetzt?

»Das geht?«

»Eigentlich ist das als Strafe für Verbrecher gedacht, aber möglich wäre es durchaus.«

Ein Klassenaufstieg war also keine endgültige Angelegenheit?

Das ganze System schien mir den Klassenwechsel-Systemen in Onlinespielen recht ähnlich. Dort ließ sich so etwas jedoch in der Regel nicht umkehren.

»Durch einen Level-Reset lässt sich ein Klassenaufstieg annullieren. In dem Fall fangt Ihr wieder bei Level 1 an.«

»Ui ... Das ist aber hart.«

Egal ob Raphtalia oder Filo, wenn eine der beiden zu diesem Zeitpunkt wieder auf Level 1 absänke, würde mich das vor ein Riesenproblem stellen. Allein im Hinblick auf die nächste Welle ... Und wir wurden ohnehin ständig in irgendwelche albernen Kämpfe verwickelt.

Dies war also eine mögliche Strafe ...

Einleuchtend ... Diese Welt war so videospielmäßig, da überraschte es mich gar nicht, dass es eine solche Strafe gab.

Allerdings eine extrem unangenehme! Man rackerte sich ewig ab, um aufzusteigen, und war mit einem Schlag wieder bei null.

Nun ... Was sollten wir tun?

»Ich will's rückgängig machen! Ich will Gift spucken können!«

Kannst du doch schon, Filo. Lass gut sein.

»Ich glaub, das bringt nichts. Deine Kammfeder hat das doch verursacht. Da kommt am Ende bestimmt wieder dasselbe raus.«

»Uh ...«

»Und was ist mit dir, Raphtalia?«

»Ich hatte ohnehin keine feste Vorstellung. Ich wollte nur so stark wie möglich werden. Insofern soll es mir recht sein.«

Nun, offenbar hatten ja beide viel mehr an Stärke gewonnen

als bei einem gewöhnlichen Klassenaufstieg.

Auch Raphtalias Werte waren nun besser als meine.

»Okay ... Wollen wir dann mal wieder?«

»Ja.«

»Uh ... Ich wollte Giiift ...«

»Du bist auch so schon giftig genug.«

»Pöh ...«

Und so hatten wir unseren Klassenaufstieg mit einem lachenden und einem weinenden Auge hinter uns gebracht.

Wir ließen den Drecksack bei der Drachensanduhr und kehrten aufs Schloss zurück.

Kapitel 1: Die Gefährten der Helden

Als wir mit der Kutsche wieder beim Schloss ankamen, wurde im Saal bereits das Bankett vorbereitet.

»Mit dieser Feier sollen alle Helden, Ihr eingeschlossen, dafür gewürdigt werden, dass Ihr der aktuellen Verschwörung ein Ende bereitet habt.«

»Ah ...«

Immerhin war nun meine Unschuld bewiesen, und es freute sicher auch alle, dass das Reich ein Problem weniger hatte. Und das wollten sie nun feiern.

Im Saal hatten sie prächtige Tafeln aufgereiht. Sie hatten noch größeren Aufwand betrieben als an jenem Abend, an dem Motoyasu und ich gegeneinander gekämpft hatten.

Nach so langer Zeit war endlich meine Unschuld bewiesen. Viel Zeit war ins Land gegangen.

Während ich diesen Gedanken nachhing, näherte sich ein Ritter der Königin und übergab ihr eine Mitteilung. Nachdem sie sie gelesen hatte, wirkte sie nachdenklich.

»Was ist?«

»Nun ...«

Als ich sie fragend ansah, begann sie traurig zu erklären.

Vor dem Dinner war offenbar die Bitch in der Küche erschienen und hatte erklärt, sie wolle mir mein Essen bringen. Sie hatte wohl gesagt, es tue ihr leid, und darum wolle sie Buße tun, indem sie mich bediente. Dann hatte sie offenbar das Essen, das mir gebracht werden sollte, mit Gewalt an sich gerissen und war damit zum Saal marschiert.

Die Königin hatte sich aber schon gedacht, dass sie irgendetwas vorhatte, und sie daher überwachen lassen. Auch hatte sie im Vorhinein angeordnet, was geschehen solle, wenn die Bitch Schwierigkeiten machte.

Nun war die Sache offenbar auf sie selbst zurückgefallen.

Man hatte die Bitch das Essen, das für mich bestimmt war, an Ort und Stelle vorkosten lassen.

»Und? Was ist passiert?«

»Sie mussten sie ins Krankenhaus bringen.«

Dabei waren seit ihrer letzten Bestrafung erst wenige Stunden vergangen ... War sie denn blöde?

Mein Schild verlieh mir ja Giftresistenz, daher wäre mir womöglich nichts passiert. Natürlich wollte ich trotzdem nicht sinnlos irgendwelche giftigen Substanzen zu mir nehmen.

Das Wort Einsicht war ihr völlig fremd.

Aber war dies nicht eindeutig ein versuchtes Attentat? Auf so etwas stand doch eigentlich die Todesstrafe!

»Und was erwartet sie dafür?«

»Oh, sie wird natürlich bestraft. Bis sie klein beigibt, wird sie nichts zu lachen haben.«

»Hm ... Geht wohl nicht anders, wenn jemand keinerlei Reue zeigt.«

»Nur gut, dass wir diesen Anschlag im Vorfeld vereiteln konnten, Herr Iwatani. Endlich traut Ihr mir, und nun dies! Wärt Ihr zu Schaden gekommen, hätten wir wieder ganz von vorne beginnen können.«

»Na ja, ich hab fest damit gerechnet, dass sie so was macht. Schuldbewusst hat sie nicht ausgesehen.«

Die lernte einfach nicht aus ihren Fehlern ... Solche Rachsucht verdiente schon Anerkennung. Wenn ich auch nicht wusste, was genau sie überhaupt so aufgestachelt hatte.

Ich hätte auch wütend sein können, aber ich wollte die Königin lieber für ihre Voraussicht schätzen.

»Bewacht sie jetzt aber mal ordentlich! Wenn uns irgendwas zustößt, ist unser Deal nämlich auf jeden Fall geplatzt.«

Die Königin war uns beigesprungen, daher hatte ich beschlossen, ihr dieses eine Mal Glauben zu schenken. Sie sollte aber bloß nicht mein Vertrauen missbrauchen!

»Ja, das werden wir zu verhindern wissen. Herr Iwatani, ich kann Euch gar nicht sagen, wie wichtig Ihr für das Reich Melromarc seid!«

Der Königin zufolge wurden der Drecksack und die Bitch rund um die Uhr von mehreren Personen überwacht.

»Und der Drecksack wird auch bewacht, während er im Eis steckt?«

»Natürlich. Sobald sich Drecksack und Bitch erneut so töricht verhalten, werde ich davon erfahren.«

»Na gut.«

Anschließend hieß die Königin die gar nicht wenigen erschienenen Gäste willkommen und gab eine große Erklärung ab.

»Ich, Mirelia Q. Melromarc, danke all jenen von ganzem Herzen, die keine Mühen gescheut haben, um die jüngsten Wirren aufzulösen. Darum wollen wir nun alle gemeinsam ein Festmahl abhalten!«

Die Gäste im Saal spendeten tosenden Beifall. Dieses Bankett war mit dem vorigen nicht zu vergleichen.

»Ui ...« Filos Augen funkelten, und ihr Blick wurde von all den aufgetragenen Speisen angezogen.

Auf dieser Party gab es offenbar ein Büfett und Bewirtung zugleich.

Die bedeutenden Gäste wurden wie in einem Edelrestaurant

bewirtet. Wem das nicht reichte, durfte sich zu den anderen ans Büfett gesellen.

Man führte uns zu einem Tisch, und die Speisen, die gebracht wurden, ließen mir das Wasser im Mund zusammenlaufen.

Es erschien mir unwirklich, dass ich beim letzten Mal irgendwo am Rand gesessen und lustlos auf irgendetwas herumgekaut hatte.

»Wenn wir das hier aufgegessen haben, können wir zum Büfett rübergehen und da auch noch mitessen.«

»Echt?!«

»So haben die sich das gedacht. Du darfst so viel essen, wie du willst. Bleib aber in deiner Menschenform.«

»Mach ich!«

Sobald wir das gute Essen aufgegessen hatten, hüpfte Filo zum Büfett hinüber, um noch mehr zu probieren.

Menge ging bei ihr wohl über Qualität? Typisch Filo. Andererseits machte sie sich schon manchmal etwas aus dem Geschmack.

Das ließ mich an die Raphtalia von früher denken. Unwillkürlich blickte ich in ihre Richtung.

»W… Was denn?«, fragte sie verlegen, nachdem ich sie eine Weile angestarrt hatte.

»Du hast doch bestimmt auch noch Hunger. Kannst dir ruhig noch was holen.«

»Ich ess doch gar nicht mehr so viel!«

»Das ist nicht gesund. Wir haben tagelang hart gekämpft, da braucht man reichlich Nährstoffe!«

Sie seufzte schwer. Was hatte sie denn?

»Du … Was für Mädchen magst du eigentlich, Herr Naofumi?«

»Was?«

Das kam ja wieder unvermittelt. Aber mir fiel kein Mädchen ein, das ich besonders anziehend fand ... Vielmehr wollte ich über das Thema gar nicht nachdenken, weil mir dabei nur wieder die Bitch einfiel.

»Ähm ... In deiner Heimatwelt, wartet da ein Mädchen auf dich?«

»Wie kommst du darauf? Warum sollte jemand auf mich warten?«

Hielt sie das für den einzig möglichen Grund dafür, dass ich wieder nach Hause wollte? Was dachte sie sich nur? Ich wollte einfach nur heim, weil ich diese Welt hasste. Hier wurde ich verleumdet. Zum Kämpfen gezwungen, obwohl ich damit nichts am Hut hatte. Und Ritter, die eigentlich auf meiner Seite sein sollten, feuerten ihre Magie auf mich ab. Nie und nimmer würde ich mich an so einem Ort dauerhaft niederlassen.

Abermals ließ Raphtalia einen tiefen Seufzer hören.

»Ich weiß nicht, wo das Problem liegt. Ich werde heimkehren, weil ich es will. Das ist schon alles.«

Wenn wir die ganze Sache hinter uns hatten, würde ich zweifellos in meine eigene Welt zurückkehren. Dafür einen Grund wissen zu wollen, das war doch ...

In dem Moment fiel mir plötzlich wieder etwas ein: Anfangs hatte ich tatsächlich mit dem Gedanken gespielt, für immer hier zu bleiben.

Ich wollte erst so verzweifelt wieder nach Hause, seit ... ich von der Bitch so getäuscht worden war.

Das war nun wirklich keine neue Erkenntnis. Ich musste mir jedoch nur alles wieder ins Gedächtnis rufen, und sofort wurde mein Heimweh stärker.

»Werter Held des Schildes!«

»Hm?«

Ich blickte in die Richtung, aus der die Stimme gekommen war. Da kamen alte Bekannte auf mich zu: meine freiwilligen Helfer.

Vor der letzten Welle hatten diese Soldaten mich ersucht, an meiner Seite kämpfen zu dürfen.

»Wie schön, dass wir Euch wohlbehalten antreffen!«

»Und bei euch scheint ja soweit auch alles in Ordnung zu sein … Da bin ich froh.«

»Ja!«

Mein Gesprächspartner nickte ausgesprochen glücklich.

Sogar seine Wangen hatten sich gerötet … Vielleicht war der Junge ja ein Anhänger der Vier-Helden-Kirche oder der Schild-Kirche.

»Wenn sich mal wieder die Gelegenheit bietet …«

»Ja!«, riefen sie.

Während wir uns noch unterhielten, kamen auch die anderen Helden herein.

Zuerst kam der Held des Schwertes, Ren Amaki, mit seinen Gefährten.

Er war ein Junge, der immer ganz cool tat. Er trug gern schwarze Sachen.

Auf den ersten Blick wirkte er einfach wie ein cooler Schwertmeister oder so. Sechzehn Jahre alt war er und somit der jüngste unter den Helden.

Er plauderte kurz mit seinen Mitstreitern, dann suchte er einen Platz für sich allein … Er schien ein eher distanziertes Verhältnis zu seinem Gefolge zu haben.

Der nächste war der Held des Bogens, Itsuki Kawasumi.

Ich hatte den Eindruck, er hielt sich für einen edlen Helden auf einer Queste, die Welt zu verbessern. Ziemlich peinlicher Typ.

Seine Macht als Bogenheld nutzte er, um den Streiter für das

Recht zu spielen. Sein Gerechtigkeitsempfinden war doppelt so stark wie das aller anderen.

Er sah jünger aus als Ren, war aber schon siebzehn. Er hatte natürlich gewelltes Haar und wirkte mit seinem freundlichen Blick anziehend auf die Leute ... Nahm ich zumindest an.

In meinen Augen war er der Typ ein leidender, Klavier spielender Jüngling.

Sein Gerechtigkeitssinn war jedoch so stark, dass er einem nicht richtig zuhörte. Sein Charakter wollte nicht so recht zu seinem Äußeren passen ...

Viel mehr wusste ich nicht über ihn.

Motoyasu war offenbar nicht gekommen. Ob er im Krankenhaus war, um nach der Bitch zu sehen?

Nun, er fehlte heute jedenfalls. Er war der Held der Lanze – Motoyasu Kitamura. Wie alt war er noch gewesen? Einundzwanzig?

Die Bitch war eine seiner Gefährtinnen, und ehe meine Unschuld bewiesen war, hatte er gemacht, was er wollte.

Er sah von uns vieren am besten aus, auch wenn es mich ein wenig schmerzte, das zugeben zu müssen.

Er war ein Charmeur und scharte liebend gern Mädchen um sich.

Auch er hörte sich nie an, was man zu sagen hatte. Als ein Kopfgeld auf mich ausgesetzt gewesen war, hatte er das ohne jeden Argwohn so hingenommen, obwohl es wirklich hanebüchene Vorwürfe gewesen waren. Er hatte mich einfach als Verbrecher abgestempelt und war mir durchs ganze Reich nachgelaufen.

Auf seine Gefährten hörte er, hinterfragte aber grundsätzlich nichts von dem, was sie ihm erzählten. Insofern war er schon auch ein Idiot.

Deshalb hatte er auch bis zum allerletzten Moment nicht durchschaut, was die wahrhaft bösen Kräfte im Reich waren.

Jeder der drei Helden stammte aus einem anderen Japan, und sie alle hatten begeistert ein Game gezockt, das viel Ähnlichkeit mit dieser Welt hatte.

Von ihren Eigenheiten hatte schon das erwähnte Buch aus der Bücherei berichtet: das *Traktat der Waffen der vier Heiligen.*

Der Schwertheld spielte die Hauptrolle, den treuherzigen Lanzenhelden an seiner Seite, und der Bogenheld war ein Botschafter der Gerechtigkeit.

In einer Geschichte mochte so etwas ja klasse sein, aber in Wirklichkeit waren sie schon ganz schön unangenehm. Woran das wohl lag?

»Kommt Motoyasu nicht?«, fragte ich die Königin.

»Nein. Er macht sich Sorgen ums Befinden meiner Tochter und ist ins Krankenhaus gegangen. Ich lasse gerade nach ihm schicken – dessentwegen, was noch folgt.«

»Ach so?«

Dann ließ sie uns stehen, um Ren und Itsuki zu begrüßen.

Das Schmausen ging noch eine Weile weiter, und es wurden auch Tänze und Lieder vorgeführt.

Nur, wie soll ich es sagen ...? Es war schon alles prachtvoll, aber mir fiel auf, dass sich die Gästeliste ganz anders zusammensetzte als beim letzten Bankett. Es waren unerwartet wenige Adlige zugegen, dafür jedoch umso mehr Abenteurer und Soldaten.

Außerdem war vielen anzumerken, dass sie aus anderen Reichen stammten. Gelegentlich warfen sie flüchtige Blicke in meine Richtung.

Schließlich führte die Königin Ren und Itsuki zu mir und trat auf die Bühne.

»Was wird das? Was ist hier los?«

»Die Königin will, dass wir alle zusammenkommen.«

»Ja, was hat es damit wohl auf sich?«, fragte Itsuki. »Motoyasu ist ja auch gar nicht hier …«

»Sie meinte, der sei im Krankenhaus, um nach der Giftmöderin zu sehen.«

»Giftmörderin?!«

»Ihr wisst schon: sie!«

»Ah … Dann stimmt die Geschichte wohl?«

»Hat die Königin sie tatsächlich Gift zu sich nehmen lassen?«

»Ich hab's selbst mitgekriegt. Die haben ihr einfach nur von dem gegeben, was sie selbst mitgebracht hat.«

»Verstehe …«

Dann wandte sich die Königin uns zu und sagte würdevoll: »Alsdann, werte Helden. Ich hoffe, unser Bankett war zu Eurer Zufriedenheit?«

»Nicht übel.«

»Ja, so spürt man, dass man etwas erreicht hat.«

»Ich bin vor allem erleichtert, dass meine Unschuld bewiesen ist.«

»Ja, das ist das Allerwichtigste.«

In der Tat. Erneut kam mir der Gedanke, dass sich all die Mühsal nun endlich bezahlt machte.

Die Königin nickte einige Male, dann klappte sie plötzlich ihren Fächer zu.

»Kürzlich haben Angehörige unseres Reichs Probleme verursacht und den Helden beträchtliche Ärgernisse aufgebürdet. Hierfür würden wir gern ein wenig Wiedergutmachung leisten.«

Was sagte sie da? Wiedergutmachung?

»Schon bald kommt es auf dem Cal-Mira-Archipel in den Küstengewässern unseres Reichs … zu einer Aktivierung. Wir hoffen, dass die werten Helden aus freien Stücken teilnehmen werden.«

Was für eine Insel? Und was meinte sie mit Aktivierung?

»Wirklich?!«, rief Ren aus.

»Was soll das sein?«

»Es gibt tatsächlich ein Bonus-Areal?!«, sagte Itsuki.

Beide traten sichtlich aufgeregt nach vorn.

»Wieso? Was ist denn da?«

Ich wusste doch nicht so gut Bescheid über diese Welt! Wollten sie mir nicht endlich erklären, was hier los war?

»Da Herr Iwatani über die Aktivierung nicht informiert zu sein scheint, werde ich es erklären: Aufgrund dieses Phänomens, das alle zehn Jahre auftritt, lassen sich in der Region vermehrt Erfahrungspunkte sammeln.«

Ich will einmal zusammenfassen, was die Königin erzählte: Cal Mira war als Erholungsort berühmt, aber zugleich fanden sich dort wohl scharenweise Monster verschiedenster Arten. Daher war Cal Mira auch ein beliebtes Reiseziel für Abenteurer, die hochleveln wollten. Und alle zehn Jahre, während der Aktivierungsphase, war der Andrang besonders groß.

So wollten sie uns also dafür entschädigen, dass uns während der jüngsten Affäre das Hochleveln erschwert worden war.

»Selbstverständlich ist für Unterbringung und Überfahrt gesorgt. Bitte erweist uns die Ehre und nehmt daran teil!«

War das so etwas wie ein Event in einem Webgame, bei dem man EXP scheffeln konnte?

Dabei bekam man mehr Erfahrungspunkte für einen Sieg, und die Monster waren ebenfalls gut zu schaffen. In einem Videospiel war man dankbar für solche Gelegenheiten.

»Vor Eurer Abreise würde ich mich gern mit den werten Helden zu einem Informationsaustausch zusammenfinden, wäre Euch das recht?«

»Informationsaustausch?«

»In der Tat. Die Wellen werden allmählich immer schlimmer. Eine bessere Koordination ist unabdingbar, wenn Ihr sie meistern wollt.«

»Das ist wohl kaum nötig, oder?«, wies Ren den Vorschlag der Königin ab.

Hey, was redest du da? Von wegen kaum nötig! Ich bin nicht so ein Kenner wie ihr, schnallst du das nicht?

»Nun, wie mir zu Ohren kam, ist bei den Wellen keine Kooperation zwischen der Krone und Euch zustande gekommen. Ich denke, über diesen Punkt sollten wir schon sprechen, nicht wahr?«

»…«

Ren hatte es mal wieder die Sprache verschlagen.

Sie hat aber recht, Jungs. Ihr habt bei den Wellen immerhin keine Ritter mitgenommen.

Man konnte als Held nämlich über die Truppenbildungsfunktion Gruppen organisieren, die dann zu Wellenbeginn mit einem aufs Schlachtfeld teleportiert wurden.

Aber von den dreien hatte das keiner gemacht.

Deswegen hatten die Ritter des Reichs bei der letzten Welle nicht mitkämpfen können, und unsere einzige Unterstützung waren ein paar Freiwillige gewesen, die sich mir angeschlossen hatten, um sich an meiner Seite an der Welle zu versuchen.

»Ferner sollten die Helden eine engere Beziehung zueinander aufbauen. Gespräche unter Gleichgesinnten sind wichtig, seid Ihr nicht auch dieser Ansicht?«

»Da hat sie schon recht«, pflichtete ihr Itsuki leise bei. »Es könnte ein nötiger Schritt sein, wenn wir die kommenden Wellen schaffen wollen.«

Er sagte das bestimmt nur, weil es sich gut anhörte.

Man musste schon ein regelrechter Schurke sein, um hier Protest anzumelden.

Vor allem stieg bei fehlender Koordination die Wahrscheinlichkeit, dass man im Krieg umkam.

Ja, es kam mir so vor, als sollte auch ich mich darauf einlassen. Schließlich hatte mir schon Fitoria, die Großkönigin der Filolials, gesagt, dass wir Helden gemeinsame Sache machen mussten, um gegen die Wellen bestehen zu können.

Vorher hätte ich ein solches Gespräch wahrscheinlich als unnötig abgetan. Die hätten mir ja ohnehin nicht geglaubt. Aber nachdem ich Ren beim Kampf auf die Widersprüche angesprochen hatte, waren er und Itsuki zu dem Schluss gelangt, dass etwas an der Erklärung der Drei-Helden-Kirche nicht stimmen konnte. Daher sollte nun wohl auch ich ihnen ein wenig Vertrauen entgegenbringen.

»Nutzen wir doch das Bankett, um uns an einem ruhigen Platz miteinander zu unterhalten. Aber macht Euch zunächst untereinander noch einmal bekannt. Anschließend kommt Ihr bitte zu mir.«

Wir blickten einander an.

»Na dann.«

»Kooperation ist schon wichtig, oder?«, sagte Itsuki. »Was sollten wir zuerst tun?«

»Stellen wir uns erst mal gegenseitig unsere Gefährten vor?«

»Gute Idee«, fand Itsuki. »Nun, dann mache ich den Anfang.«

Und damit führte er uns zu seinen Gefährten.

»Diese Personen hier erweisen mir die Ehre ihrer Gefolgschaft.« Und dann schickte er sich an, Ren und mir der Reihe nach seine Gefährten zu präsentieren. »Stellen wir uns vor, ja? Dies ist der

Held des Schildes. Und das hier … Ihr habt schon ein paar mal miteinander gesprochen: der Held des Schwertes.«

»Hi.«

Itsukis Gefährten kamen entspannt zu Ren und mir und stellten sich vor. Sie verhielten sich ganz natürlich. Trotz des förmlichen Anlasses schienen sie überhaupt nicht nervös zu sein und ließen sich von den Soldaten bedienen, als wäre es selbstverständlich, dass man sie so bewirtete.

»Ich bin der Held des Schildes, Naofumi Iwatani. Nett, euch kennenzulernen.«

Während wir einander begrüßten, nahm ich Itsukis Gefährten unter die Lupe.

Ähm … Fünf Leute? Der Kerl in der protzigen Rüstung hatte wichtigtuerisch die Arme verschränkt. Als ich ihn anstarrte, entknotete er sie. Ich hatte ein ungutes Gefühl.

»Ja, sehr erfreut. Als Herrn Itsukis Leibgarde kämpfen wir gemeinsam um die Rettung der Welt.

»Leibgarde?!«, riefen Ren und ich im Chor.

Was für eine Wortwahl! Rens Stimme hatte sich ebenso überschlagen wie meine. Sprachlos blickten wir Itsuki an.

Ha, Ren hört davon auch zum ersten Mal! Oh Gott, jetzt bloß nicht loswiehern …

Was trieb Itsuki nur? Irgendwie gelang es mir, mir das Lachen zu verkneifen.

»Jawohl!«, riefen sie im Unisono. »Wir sind Herrn Itsukis fünf Leibwächter!«

»Bitte entschuldigt! Es hat eine Weile gedauert, die Speisen zu finden, die ihr wolltet!«

Als ich mich umdrehte, sah ich ein Mädchen, das mit vielen Tellern beladen war, und auf jedem häufte sich Essen.

Pass auf ... Nicht fallen lassen!

»Ah ...«

Hoppla! Ihr kam ein Teller ins Rutschen, und ich griff sofort danach.

»V... Verzeihung!«

Dieses Mädchen ... Wie alt mochte es wohl sein?

Ungefähr vierzehn vielleicht? Sie kam mir etwas kindlich vor.

Sie wirkte wohlerzogen und hatte ein hübsches Gesicht. Mensch, die war aber ziemlich süß!

Sie wirkte allerdings ein wenig ängstlich. Wäre Motoyasu hier gewesen, er hätte bereits versucht, sich an sie ranzuschmeißen.

Sie war eher klein. Und schien zu Itsukis Gefährten zu gehören. Ob sie im Kampf wohl Magie anwandte?

»Das hat aber gedauert, Rishia! He, stell dich auch vor!«

»Ä... Äääh ... J... Ja!«

»Wir sind Itsukis sechs Leibwächter!«, riefen sie alle zugleich. »Es ist uns eine Ehre!«

»Haben die nicht gerade noch gesagt, sie wären fünf?«, flüsterte Ren mir zu.

So hatte ich das auch verstanden. Aber ... Es erschien mir zu mühsam, darauf hinzuweisen.

»Sag nichts. Spiel einfach mit.«

Mir war ehrlich nicht wohl dabei ... Aber solang mir Itsuki nicht in die Quere kam, wollte ich den Mund halten und ihn seinen eigenen Weg gehen lassen.

»Was sagt ihr? Alles zuverlässige Leute, nicht wahr?«

»Dazu ließe sich wohl noch einiges sagen, aber ... Sieht ganz okay aus, hm?«

Ich ging sie angefangen von rechts noch einmal durch. Alle hatten sie ein von sich selbst überzeugtes Gesicht aufgesetzt.

Verlässlich wirkten sie schon, aber beim Kampf gegen den Kirchenvater hatten sie überhaupt keine Kampfkraft gezeigt.

Itsuki sah mächtig stolz aus, aber der Blick des Mannes in der Rüstung machte mir Sorgen. Wie geringschätzig er mich ansah … Und bei den anderen war es eigentlich genauso.

Das Mädchen Rishia legte ein eigenartiges Verhalten an den Tag: Immer wieder blickte sie unsicher in alle Richtungen.

»Wir haben zwar nicht viel miteinander gesprochen, aber ein bisschen komisch kommen mir deine Gefährten schon vor«, teilte Ren vorsichtig seinen Eindruck mit. Ich sah das ganz ähnlich.

»Findest du? Mir kommen sie ganz normal vor …«

Was war an denen normal? Dass sie sich als Leibgarde sahen, war doch schon komisch genug. Ich hatte geglaubt, er sei als kleiner Robin Hood unterwegs, um die Welt zu verbessern, und nun stellten sich seine Gefährten plötzlich als Leibgarde vor …

Irgendwie beunruhigte mich das. Ich hatte das Gefühl, gedanklich nicht mitzukommen.

Anschließend nannte Itsuki uns noch die Namen seiner Gefährten, aber keiner davon blieb bei mir hängen. Vielmehr interessierte mich, warum dieser Typ in der protzigen Rüstung mir derart das Kinn entgegenreckte, und so auf mich herabzublicken schien. Das schmeckte mir gar nicht … Sollte ich etwas sagen?

»Itsuki.«

»Was denn?«

»Der Blick dieses Typen da … Du musst irgendwas wegen seiner Einstellung machen. Glaubt der vielleicht immer noch, ich sei ein Verbrecher?«

»Meinst du nicht, du bist ein bisschen zu misstrauisch? Mich beunruhigt er überhaupt nicht …«

»Wa…?!«

Dieser Itsuki ... Dem fiel doch immer etwas ein, womit er mich wütend machen konnte.

»Logisch: Dich guckt er ja auch nicht so an!«

»Bildet Ihr Euch das vielleicht nur ein, Held des Schildes?«

»Über dich reden wir gerade. Quatsch nicht von der Seite rein!«

Itsuki schien seinen Gefährten überhaupt nichts beigebracht zu haben. Gut möglich, dass er die ganze Zeit schlecht über mich geredet hatte, und nun glaubten sie das alles.

Ach, nein, der Rüstungstyp gehörte zu jenen Abenteurern, die uns damals im Thronsaal Melromarcs ihre Gefolgschaft angeboten hatten. Womöglich hatten sie dem Schildhelden gegenüber schon immer Hass empfunden.

»Ich mach mir deswegen schon länger Gedanken«, sagte Ren.

»Weswegen?«

»Itsuki sprecht ihr mit ›Herr‹ an, Naofumi und mich aber nicht. Warum?«

»Der Schwertheld und der Schildheld haben sich eben weit weniger verdient gemacht als Herr Itsuki. Daher machen wir diesen Unterschied.«

Was sagte er da?

Das stimmte nun wirklich nicht. Was brachte diesen Kerl nur darauf? Als ich mich jedoch unter Itsukis Gefährten umblickte, schienen nahezu alle derselben Ansicht zu sein.

Die Ausnahme bildete allein Rishia, die sie wie einen Lakaien behandelten.

Ich wusste natürlich nicht, was wirklich in ihr vorging, aber ich hatte den Eindruck, dass das ganze Gespräch zwischen Itsukis Gefährten und uns sie beunruhigte.

Ren stieß entrüstet die Luft aus. »Was soll man dazu sagen ...«

Weniger verdient hatten wir uns also gemacht ... Wusste Itsuki eigentlich, wie die Welt ihn wahrnahm aufgrund seiner Geheimnistuerei?

Er glaubte sich auf einer Queste, die Welt zu verbessern, aber nichts davon entsprach der Realität!

»Womit hat er sich denn so verdient gemacht, der große Itsuki – unauffälligster aller Helden? Mir sind jedenfalls noch keine großen Taten des Bogenhelden zu Ohren gekommen.«

»Äh ...«, druckste Itsuki. »Ich kann eben nicht allein im Hinblick auf die Bewunderung anderer handeln – so wie du, Ren, oder Motoyasu. Natürlich bin ich dann nicht so bekannt.«

Was war das für ein Blödsinn? Als Weltverbesserer durch die Lande zu ziehen, zeugte doch wohl weit mehr von Geltungsdrang!

Ausgerechnet er, der inkognito unterwegs war und sich als der Hüter des Rechts aufspielte!

»Ihr wagt es, Herrn Itsuki zu verhöhnen?!«

»Äh ... ja?« Ren blickte den Typen in der Rüstung mordlüstern an, die Hand bereits am Schwertgriff. »Glaub bloß nicht, dass ich mich zum Ei machen lass und nichts dazu sage. So nett bin ich nicht.«

»Ojeee ...«, sagte das Mädchen.

»Bitte hör auf, Ren!«

Itsuki trat zwischen Ren und den Rüstungstypen.

»Nein, Itsuki«, knurrte Ren. »Wir können das gern ausdiskutieren!«

»...«

»Jedenfalls sind Ren und Naofumi auch Helden, so wie ich, also bringt ihnen bitte etwas mehr Ehrerbietung entgegen.«

»Wir tun unser Möglichstes!«

Der Rüstungstyp und die anderen verneigten sich. Ich fragte mich, wie sie wirklich darüber dachten.

»So, dann will ich mal meine Gefährten vorstellen.«

Und damit stapfte Ren einfach davon.

Die Atmosphäre unter uns blieb angespannt, als wir ihm nachgingen.

»Held des Schildes, Held des Bogens, wie schön, dass Ihr uns beehrt!«

»H... Hallo.«

Rens Gefährten waren gerade beim Essen gewesen, aber nun standen sie in einer Reihe und verbeugten sich steif.

Itsukis Gefährten zu treffen, hatte mich ein wenig aus dem Konzept gebracht.

Mal sehen ... Ren hatte insgesamt vier Gefährten.

»Ich bin der Held des Schildes, Iwatani Naofumi.«

»Ich diene als Held des Bogens, mein Name ist Itsuki Kawasumi. Ich glaube, wir sind uns schon mehrmals begegnet, nicht wahr?«

An drei der Gesichter meinte ich mich vom ersten Tag zu erinnern. Ein Gefährte schien dazu gekommen zu sein.

»Es ist uns eine Ehre, Held des Schildes, Held des Bogens.«

»Ebenso.«

Die wussten sich alle zu benehmen.

Andererseits ... Das waren dieselben, die damals auf keinen Fall meine Gefährten hatten werden wollen und sich hinter Ren versteckt hatten.

Das konnte ich nicht so einfach vergessen.

Ich musste auf der Hut sein und durfte ihnen nicht blindlings trauen.

»Unser Verhalten damals war unverzeihlich.«

»Hä?«

Stellvertretend für die Gruppe trat ein Mann vor – wohl ein Krieger? – und verneigte sich vor mir.

»Wir wussten ja nicht, ob man uns bestraft hätte, wenn wir uns vor den Augen des Königs von Melromarc dem Schildhelden angeschlossen hätten!«

Nun verneigten sie sich alle, abgestimmt mit dem Vorredner.

»Wir wissen, es ist unverschämt, darum zu bitten, aber: Bitte vergebt uns.«

»N... Na gut.«

Es war irgendwie ... so verwirrend, wie höflich und bescheiden diese Leute waren.

Nach meinen bisherigen Erfahrungen fragte ich mich unwillkürlich, was wohl dahintersteckte.

»Übrigens, Herr Ren, ist irgendetwas vorgefallen?«

»Uns Helden wurde gesagt, wir müssen untereinander besser kooperieren. Deswegen stellen wir uns jetzt gegenseitig unsere Gefährten vor.«

»Ach, so ist das also? Und dann wollten wir uns noch erkundigen, Herr Ren: Wo wir von morgen an gegen Monster kämpfen?«

»Hä?«, riefen Itsuki und ich zugleich.

»Wir werden demnächst nach Cal Mira aufbrechen. Da könnt ihr auf die Jagd gehen. Bereitet euch schon mal darauf vor.«

Ren antwortete, als wäre nichts dabei. Ich witterte jedoch ein Problem.

»Moment mal«, schaltete ich mich ein. »Wovon redet ihr da? Und ich frag jetzt nicht Ren, sondern euch.«

»Nun ...« Der Sprecher seufzte. »Wir gehören einer anderen Party als Herr Ren an, darum wollten wir von ihm wissen, wo wir hochleveln sollen.«

Wie eigenartig: Da hatte ich eine Erklärung bekommen und verstand trotzdem nichts. Nun, den Wortlaut hatte ich schon verstanden, aber ... Was war da los? Waren die denn nicht zusammen unterwegs?

Itsuki stellte sich wohl gerade dieselben Fragen. Vielleicht wollte er sich nach der Sache von zuvor nicht zu weit aus dem Fenster lehnen.

»Gibt's irgendwas?«

»Ähm ...«

Nun, wenn es Ren nichts ausmachte, war es vielleicht in Ordnung so.

»Ren, macht ihr das immer so, dass ihr getrennt unterwegs seid?«, fragte Itsuki.

Rens Gefährten nickten.

Dann erklärten sie uns seine Methode.

Offenbar führte er seine Gefährten zu Monstern, die für ihre Level geeignet waren, und zeigte ihnen, wie sie vorgehen sollten. Dann bestand ihre Arbeit darin, wie angewiesen zu grinden und Monsterstoffe, Mineralien oder Werkzeuge zu sammeln. Manchmal, wenn es ein stärkeres Monster zu besiegen galt, zogen sie auch zusammen mit Ren los.

»Ferner ermahnt uns Herr Ren stets, uns von den Monstern niemals treffen zu lassen.«

Das war ja wie ... Ich hatte ja auch reichlich Erfahrung mit Internetgames. Dies erinnerte mich an das, was in manchen Gilden oder ähnlichen Systemen ablief: Die Spieler mit den hohen Leveln erteilten den Schwächeren Ratschläge.

Etwas in der Art schien Ren hier zu machen.

»So ist das also ... Du kämpfst alleine ...«

Itsukis Blick sprach Bände, aber Ren schien davon nichts mitzubekommen.

Seine Gefährten schienen das wohlwollend auszulegen, aber … es wirkte schon sehr distanziert.

Ren glaubte wohl, es sei uncool, mit anderen abzuhängen. Vielleicht lag es ihm auch einfach nicht.

Selbst wenn er viel im Netz gespielt hatte, war es gut möglich, dass er als Einzelgänger unterwegs gewesen war.

Vielleicht war das sein Spielstil: Er gehörte einer größeren Organisation an, suchte sich aber immer nur dann Gefährten, wenn Groß-Events anstanden oder ein mächtiger Gegner besiegt werden musste.

Oder … er war in kleinen Gilden gewesen und hatte immer nur Leute gefragt, die er schon kannte, und nebenher schwächere Spieler gefördert.

Er mochte sich ja überlegen fühlen, aber nun war er in einer fremden Welt und machte alles immer noch genauso? Was war das denn?

Da ich selbst Spielerfahrung hatte, fiel mir das natürlich auf.

Aber Itsuki war ja vom selben Schlag: ausgezogen, eine fremde Welt zu verbessern.

»Als Nächster bist du dran, Naofumi.«

»Stimmt wohl …«

Was würden sie wohl sagen, wenn ich ihnen Raphtalia und Filo vorstellte?

Ich hatte zwar geglaubt, zu Ren und Itsuki durchgedrungen zu sein, aber irgendwie misstraute ich der Situation zunehmend.

»Na, dann kommt mal mit.«

Ich brachte die beiden dorthin, wo Raphtalia es sich gemütlich gemacht hatte.

»Willkommen zurück, Herr Naofumi! Ist irgendwas passiert?«

»Ja, die Königin erwartet, dass wir Helden unsere Verbindung untereinander stärken. Darum stellen wir uns gerade gegenseitig unsere Gefährten vor.«

»Verstehe ... Dann bin ich mal so frei: Ich heiße Raphtalia.«

»Ich bin der Held des Schwertes, Ren Amaki.«

»Held des Bogens, Itsuki Kawasumi. Ich glaube, wir werden von jetzt an öfter zusammen kämpfen. Es ist mir eine Freude.«

»Wenn ihr mich nicht zu sehr behindert, kann man ja vielleicht ganz gut zusammenarbeiten.«

Raphtalia schien von Rens Spruch wie vor den Kopf gestoßen. Es klang ja auch sehr von oben herab, andere als Klotz am Bein hinzustellen.

»Ich kann mich eigentlich nicht erinnern, Euch je in irgendeiner Weise im Weg gewesen zu sein ...«

»Ren will gar nicht schlecht über euch reden oder euch geringschätzen«, sprang Itsuki ihm bei. »Wir haben ja selbst im Kampf erlebt, wie stark ihr seid!«

Dann sollte er sich halt so ausdrücken, dass man ihn nicht missverstand.

»Stimmt schon ... Ihr seid stärker, als ich gedacht habe.«

»Ja, oder? Geradezu erschreckend ... Aber ich frag mich, gab es bei euch nicht auch ein Mädchen mit Flügeln? Ich meine, es konnte sich in ein Monster verwandeln?«

»Ah, Filo meinst du? Die ist bestimmt da drüben.«

Sicher ... stopfte sie sich gerade am Büfett voll.

Dann sah ich sie, den Rücken mir zugewandt, und rief nach ihr.

»Filo.«

»Mhm?«

Sie hörte auf zu essen und kam zu uns.

»Was ist, Meister?«

»Ich glaub, du erkennst sie alle wieder, aber ich will dir trotzdem noch mal die anderen vorstellen. Sie sind Helden, so wie ich.«

»Häää?« Filo wirkte unbehaglich und wich einen Schritt zurück. »Sind die wie der Lanzenmann?«

»Nein, nein! Die beiden vergessen nicht gleich alles, sobald sie 'ne Frau sehen. Oder?«

»Natürlich nicht.«

»Enttäuschend, dass du uns alle in einen Topf schmeißt.«

In der Hinsicht waren wir uns einig. Ja, so weit ging die Frauenliebe bei uns allen nicht.

»Und deswegen stell dich jetzt bitte auch mal vor.«

»Mach ich! Ich heiße Filo, heiße ich … Filo!«

Oh Mann … Was plapperte sie denn? Die Jungs hielten sie noch für dumm!

»Ich zieh für den Meister die Kutsche, das ist meine Arbeit!«

Sie sagte das mit großem Stolz, aber wie sah das wohl für die anderen aus, wenn ein augenscheinlich kleines Mädchen strahlend verkündete, dass ich sie vor die Kutsche spannte?

Ren und Itsuki sahen mich komisch an.

»Ich heiße Itsuki Kawasumi. Sehr erfreut.«

»Ren Amaki. Du bist … bestimmt keine Belastung, oder? Ich zähl auf dich.«

»Mhm. Freut mich sehr, Bogenmann und Schwertmann!

Gerade hatten sie sich mit vollem Namen vorgestellt, und nun sprach Filo sie so an? Die beiden guckten noch schiefer.

Nachdem wir uns alle vorgestellt hatten, herrschte Schweigen zwischen uns dreien.

Die waren wohl sprachlos, weil Raphtalia und Filo sich nicht so komisch benommen hatten wie ihre Gefährten.

»Raphtalia, du warst doch eine Sklavin, nicht wahr?«, fragte Itsuki schließlich.

»Ja.«

Was bezweckte er mit der Frage?

»Also ist er eigentlich dein Herr ... Aber wie stehst du zu Naofumi?«

»Nun, so gesehen ... Es stimmt wohl, aber das war mir nie so richtig bewusst.«

Als Raphtalia das so leichthin sagte, machte Itsuki ein verwundertes Gesicht.

»Jedenfalls hat Herr Naofumi mir nie ungerechtfertigte Befehle gegeben. Ich wollte mich sogar anstrengen, weil er sich auf mich verlassen hat.«

»Ist dir das Kämpfen nicht zuwider? Denkst du nie, dass du lieber frei wärst?«

»Überhaupt nicht! Ich wüsste ja gar nicht wohin, wenn ich plötzlich frei wäre ... Meinen Geburtsort gibt es nicht mehr. Und ich möchte auch gern zusammen mit Herrn Naofumi kämpfen.«

»Tatsächlich?«

»Warum wollt ihr so krampfhaft beweisen, dass sie unzufrieden ist?«

Bei der ganzen Vorstellungsrunde ging es doch darum, guten Willen zu zeigen, und nicht darum, irgendwelche Fehler zu finden.

»Diese Sache ist doch längst vom Tisch. Deswegen hat Motoyasu ja damals Naofumi zum Duell herausgefordert.«

»Stimmt auch wieder ... Tut mir leid.«

Oberflächlich schien alles geschmeidig zu laufen, aber Itsuki warf mir immer wieder komische Blicke zu.

Was sollte ich dazu sagen? Sicher, Raphtalia war meine

Sklavin, aber sie war mittlerweile eine Partnerin, auf die ich mich verlassen konnte.

Aber vielleicht sah ja nur ich das so ... Ich hoffte mal, dass dem nicht so war.

»Wollen wir dann zur Königin?«, fragte Ren. »Unsere Gefährten können sich solange unterhalten.«

»Hm, okay. Raphtalia ... Unterhalte du dich bitte eine Weile mit den Gefährten der beiden, wir wollen ja ab jetzt gut zusammenarbeiten ... Ganz wohl ist mir nicht dabei, aber versuch einfach, Streit zu vermeiden, so gut es geht.«

»Gut, mach ich.«

Kapitel 2: Die Helden besprechen sich

Nachdem auch Ren und Itsuki ihre Gefährten instruiert hatten, suchten wir die Königin.

Sie führte uns aus dem Saal und eine lange Wendeltreppe hinauf.

Es schien sich um ein Gemach ganz oben in einem Turm zu handeln.

Als wir eintraten, fiel mein Blick als Erstes auf einen kreisrunden Tisch in der Mitte. Er ließ mich an die Tafelrunde denken.

Ren, Itsuki und ich setzten uns auf bereitstehende Stühle.

»In Kürze gesellt sich auch der Held der Lanze, Herr Kitamura, zu uns. Bitte geduldet Euch ein Weilchen.«

Ren und Itsuki fingen an, die Augen hin und her zubewegen. Offenbar nutzten sie die unverhoffte Freizeit, um sich irgendwelche Icons anzusehen.

Ich begann ebenfalls, mich durch Statusanzeigen und Bäume zu blättern.

In letzter Zeit hatte ich das ein wenig vernachlässigt, insofern kam diese Gelegenheit vielleicht genau richtig.

Es mochten wohl fünf Minuten vergangen sein.

Ein verdrießlicher Motoyasu betrat die Kemenate und starrte mich unentwegt an.

»Herr Kitamura, ich nehme an, Ihr konntet Euch bei meiner Tochter erkundigen? Sie wurde dafür bestraft, dass sie Herrn Iwatani Gift verabreichen wollte.«

»Ja, darüber haben wir gesprochen«, sagte Ren mit einem kühlen Blick auf die beiden.

»Ich ahnte schon, dass Herr Kitamura zornig sein würde.

Daher habe ich einem Untergebenen aufgetragen, meine Tochter ein Geständnis ablegen zu lassen.«

Wegen des Sklavensiegels konnte das Miststück im Augenblick nur die Wahrheit sagen.

Insbesondere war ihr Lügen gegenüber der Königin oder Motoyasu strengstens untersagt.

Wahrscheinlich hatte Motoyasu sich von ihr im Krankenhaus den ganzen Hergang beichten lassen. Zu glauben ... schien er es allerdings nicht.

»Flittchen trifft keine Schuld! Naofumi ist der Schuldige!«

»Ich nehme doch an, dass meine Tochter sich Euch offenbart hat? Auch Ihr habt das Besitzrecht an dieser Sklavin, daher müsstet Ihr eigentlich im Bilde sein, oder nicht?«

Motoyasu knirschte mit den Zähnen.

»Bitte habt Verständnis: Wir haben gerade nicht die Zeit, uns meiner törichten Tochter wegen zu streiten. Sollte Euch ernsthaft an ihr gelegen sein ... dann sollte es Euer erstes Anliegen sein, unsere Welt vor dem Untergang zu bewahren.«

Motoyasu war sichtlich gereizt, verkniff sich jedoch jedes weitere Wort und nahm Platz. Und hier sollten wir uns nun alle unterhalten ... Mir schwante nichts Gutes.

Das Zimmer brachte seine eigene Atmosphäre mit: Man kam sich sofort wie einer der Ritter der Tafelrunde vor.

Motoyasu oder ich, wer spielte wohl die Rolle des verräterischen Ritters?

»Alsdann, möge der Informationsaustausch der vier heiligen Helden beginnen. Ich, Mirelia Q. Melromarc, werde das Gespräch moderieren, und es wird mir eine Ehre sein.«

»Alles klar.«

»Sehr gern.«

»Informationsaustausch …«

»Ich wüsste nicht, was es zu sagen gäbe.«

Die Königin wollte weitermachen, aber … Motoyasu hatte offenbar vor, weiter herumzumaulen.

Es war doch langsam genug mit der Geheimniskrämerei. Ich verstand ja, dass er schlecht gelaunt war, aber schließlich war sein Mädchen an allem schuld.

»Nun, dann möchte ich Euch als Gesprächsführerin zunächst über die Reaktionen aller Königreiche und die Stimmen im Volke unterrichten.«

Hm? Die Königin hatte uns wohl etwas mitzuteilen?

»Ich sage es geradeheraus: Wenn ich einmal die Berichte, die Schilderungen der Wellen und alles andere zusammenfasse, dann wird der Helden wegen – abgesehen von Herrn Iwatani –, häufig die Besorgnis ausgedrückt, dass sie nicht stark genug sein könnten.«

»Wie bitte?!«, riefen die drei entrüstet.

»Was soll das bedeuten?«, fragte Itsuki.

Ren und Motoyasu nickten.

»Warum halten die ausgerechnet Naofumi für den Stärksten?«

»Nun, ich frage Euch: Wer hat denn im Kampf gegen den Abt der Drei-Helden-Kirche den effektivsten Angriff geführt? Und sind die werten Herren, abgesehen von Herrn Iwatani, nicht auch schon bei der Welle davor geschlagen worden?«

»Öh …«

Ganz meine Rede.

Die Typen hatten ja unter anderem behauptet, sie wüssten, wie man stärker wird, sie hätten in ihren Welten in Games mit ähnlichem Inhalt Erfahrungen gesammelt. Nur kamen sie einem, daran gemessen, eigentlich nicht besonders mächtig vor.

Anfangs hatte ich das Gefühl gehabt, ihnen hoffnungslos hinterherzuhinken, aber vielleicht war die Kluft zwischen uns doch nicht ganz so breit?

Motoyasu hatte es auch gegen Filo ziemlich schwer gehabt, dabei hatte sie da noch nicht einmal ihren Klassenaufstieg vollzogen.

Ich wusste zwar nicht, wie hoch sein Level eigentlich war, aber er kannte sich aus und hatte in dieser Welt schon reichlich gekämpft. Unsere Level hingegen hatten während unserer Handelsfahrten eher stagniert, und einen Klassenaufstieg hatten wir zu der Zeit auch nicht machen können. Trotzdem hatte er Schwierigkeiten mit uns? Was war das denn bitte?

Außerdem sollten Helden doch in jedem Fall stärker sein als gewöhnliche Menschen ... oder?

Bisher hatte er vom Drecksack auch finanzielle Unterstützung bekommen und dürfte ganz gewiss keine Not gelitten haben.

»Die Einwohner dieser Welt wünschen sich, dass die Helden geschlossen handeln. Ich hoffe, Ihr versteht, worauf ich hinauswill.«

»Ja, ich habe verstanden.«

»Stimmt schon.«

»Ja, schon gut!«

Die drei waren unzufrieden, hatten aber offenbar begriffen, was auf der Tagesordnung stand.

»Naofumi, möchtest du dann vielleicht zuerst erzählen?«

»Warum soll ich anfangen? Euch hat die Königin genauso gebeten.«

»Sorry, wenn ich das so sage, aber deine Gefährtinnen scheinen mir vom Level her zu stark zu sein. Das lässt sich nicht allein mit deinem unheilvollen Schild erklären.«

»Da hat er recht, darüber würde ich auch gern zuerst was hören. Nicht nur Raphtalia, sondern auch dieses Monster, Filo, ist unnatürlich stark.«

»Ja. Die liebe Raphtalia und die kleine Filo waren eine ungeheure Hilfe mit ihrer Stärke.«

Sie waren doch angeblich solche Spielkenner. Und trotzdem mussten sie unbedingt mich ausquetschen? Was war denn das für eine Logik?

Wussten sie etwa nichts über das Wachstum Raphtalias oder Filos oder über die Curse Series?

Dann durfte ich nicht einfach damit herausplatzen.

»Habt ihr überhaupt den entsprechenden Gegenwert für meine Informationen?«

»Was?«

»Ist doch so! Ihr habt den Schild als wertlose Klasse abgetan und mir nichts erklärt. Wenn ich euch jetzt das Geheimnis unserer Stärke anvertraue, verratet ihr mir eure Geheimnisse vielleicht trotzdem nicht. Deswegen ist es nötig, dass ... Ach, ich denk mal, ihr habt's kapiert, oder?«

Wenn man derlei Daten und Kenntnisse hatte, konnte man sein Gegenüber beim Verhandeln nach Belieben über den Tisch ziehen.

Sollte ich ihnen von A bis Z alles aus der Nase ziehen, was sie mir mit ihrer Heimlichtuerei vorenthalten hatten?

»Also, dass wir nicht groß was erklärt haben, das lag nur daran, dass ...«

»Guck halt in die Hilfe.«

»Na ja ... Genau erklärt haben wir ihm echt nichts.«

Die Sache schien ihnen allen unangenehm zu sein.

»Aber so war's: Keiner von euch hat mir irgendwas erklärt.

Echt cool, jetzt zu sagen, ich soll in die Hilfe gucken! Die Gegenden, wo man effektiv grinden kann, stehen da wohl auch drin?«

Wenn die Informationen von mir wollten, würden sie sie mir am Gesicht ablesen müssen. Ich hatte nicht vergessen, wovon es abhing, ob das Gegenüber einem etwas verriet.

Es beruhte auf Gegenseitigkeit, sicher, aber darüber hinaus musste man die Dynamik der Verhandlung kontrollieren. Und nun entwickelte sich die Dynamik allmählich dahin, dass sie selbst die Hosen herunterlassen mussten, wenn sie etwas aus mir herausbekommen wollten.

Ob ich mir noch einen Vorstoß erlauben konnte?

»Ihr sitzt auf euren Geheimnissen, und ich ebenso auf meinen. Jetzt ist die Zeit, offen zu sprechen.«

Ren schnalzte verärgert mit der Zunge.

»Außerdem ... solltet ihr euch mal klarmachen, dass ihr bei der Welle schon einmal verloren habt. Wenns ganz dumm gelaufen wäre, wärt ihr jetzt tot.«

»Wovon redest du?«, fragte Itsuki. »Das war doch ein Event-Kampf! Den hätten wir so oder so verloren.«

»Hä?«

»Nee, wenn wir Helden und unsere Gefährten sterben, landen wir nur im Krankenhaus. Wir sterben nicht. Auf uns liegt ein göttlicher Schutz.«

»Und der Beweis: Als der Kirchenvorsteher uns aus dem Hinterhalt angegriffen hat, sind wir auch ins Krankenhaus gebracht worden.«

Was redeten die da? Waren sie noch richtig im Kopf?

»Dürfte ich erfahren, wovon Ihr sprecht? Herrn Iwatani verstehe ich gelegentlich auch nicht, aber ... Was hat es hiermit auf sich?«

Die Königin klang verwirrt. Damit waren wir schon zu zweit.

Die Jungs hatten soeben verkündet, wir seien unverwundbar, und egal was geschah, wir würden nicht sterben.

»Halten wir erst mal fest, dass ich den Heiligen Vater erledigt habe, gegen den ihr keine Chance hattet …«

»Du mit deiner schwachen Klasse hättest den unmöglich besiegen können«, riefen sie wie eingeübt. »Das liegt nur an diesem mysteriösen Schild!«

Was sagten sie da?

Wenn man unterlag, wachte man einfach im Krankenhaus wieder auf? Wie in einem Videospiel? Meinten die allen Ernstes, das sei ein Event-Kampf gewesen?

Ja, sie mochten verloren haben … Aber sie waren nicht ernsthaft in Not gewesen. Ich war so perplex, ich ärgerte mich nicht einmal darüber, wie sie über meine schwache Klasse herzogen.

A… Aber das …

»Das spielt aber auch keine Rolle. Also, weiter im Text.«

Klar spielte das eine Rolle … Die Typen glaubten immer noch, das alles wäre ein Spiel!

Das war gefährlich. Ausgesprochen gefährlich war das. Sie mussten ganz schnell ihre Denkweise ändern.

»Jungs, hört mal: Das hier ist kein Spiel! Wenn ihr sterbt, dann war's das!«

»Wir haben's dir doch schon gesagt«, erwiderte Itsuki. »Auf uns liegt ein göttlicher Schutz!«

»Jupp.«

»Klar, Mann.«

Das führte zu nichts … Sie hörten einfach nicht zu …

Dies erschien mir wie ein Kippmoment. Vielleicht war dies das gefährlichste aller Probleme, denen ich in dieser Welt bisher begegnet war. Wenn alle Warnungen nicht fruchteten, blieb mir nichts anderes übrig, als das Gespräch in eine andere Richtung zu lenken.

Ich musste trainieren und so stark werden, dass ich auch noch zurechtkäme, falls die anderen starben ... Sonst war ich geliefert.

Fitoria hatte es ja gesagt: Wenn die vier heiligen Helden nicht mehr vollzählig wären, würden die Wellen umso schlimmer.

»Und ihr habt doch versucht, mich umzubringen. Was wäre denn dann passiert?«

»Na, was schon ... Du wärst gestorben, oder?«, sagte Itsuki ohne Umschweife.

Schreckte er selbst vor Mord nicht zurück? War ihm alles egal, solang nur der Schurke gerichtet wurde?

»Ich fand das schon komisch. Ich dachte, wir können dich bestimmt nicht umbringen.«

»Man wird in seine eigene Welt abgeschoben. Bestimmt.«

»Motoyasu, soll ich dich mal abschieben?«

So ein unbeweisbarer Blödsinn hätte ihm nicht einmal einfallen sollen!

»Jedenfalls müsst ihr endlich aufhören, das als Spiel zu sehen! Ist ja ein Wunder, dass ihr überhaupt noch am Leben seid!«

Aber was ich sagte, war den dreien völlig egal, sie hörten schon gar nicht mehr zu ... Wenn sie nicht irgendwann eine bittere Erfahrung machten, würden sie es nicht verstehen. Aber wenn sie es endlich verstünden, wäre es bereits zu spät. Dann säßen wir echt in der Tinte.

Ich seufzte. »So, und als Wiedergutmachung werdet ihr mir jetzt von Anfang alles erklären – auch das, was in der Hilfe steht.

Sonst sag ich euch überhaupt nichts.«

»Okay, muss wohl sein. Ist zwar lästig, aber wenn Naofumi darauf besteht, machen wir's eben.«

»Ja, als Heldengruppe dürfen wir uns gegenseitig keine Steine in den Weg legen.«

»Tja, am Ergebnis ändert es nichts. Was wir machen können, ändert sich dadurch sowieso nicht.«

Zuerst musste ich sie fragen, wie ich stärker werden konnte.

Ich hatte mich von ihnen durcheinanderbringen lassen, aber jetzt würden wir in meinem Tempo weitermachen.

»Ach ja, Itsuki: Ein gerechter Held, der die Welt zu einem besseren Ort machen will, der würde sich doch nicht aufs Lügen verlegen, oder?«

»I... Ich lüge nicht!«

»Wie siehst du das, Ren? Lügner sind uncool, oder?«

»J... Ja.«

»Und Frauen stehen auch nicht auf Lügner, Motoyasu.«

»S... Stimmt wohl ...«

War es mir gelungen? Hatte ich die nötigen Vorbedingungen geschaffen, damit sie mir wahrheitsgetreu alles erzählten?

Meiner Auffassung nach wollte Ren auf keinen Fall uncool sein und Motoyasu wollte vor den Frauen gut dastehen. Und Itsuki war rechtschaffen. Gut, rechtschaffen nach seiner eigenen Vorstellung, aber in dieser Situation, in der ich soeben Lügen als böse deklariert hatte, würde es ihm schwerfallen, mir einen vom Pferd zu erzählen. Nach diesen Seitenhieben würden sie mir wohl keine falschen Informationen geben.

»Na, dann fang du mal an, Itsuki. Leg los, und bitte eins nach dem anderen.«

»Wa... Warum ist Naofumi plötzlich Redeführer?«

Missmutig zog er die Augenbrauen zusammen, aber dann blickte er in die Runde und fing an zu reden.

»Die Heldenwaffen lassen sich entwickeln, wenn man sie Stoffe absorbieren lässt. Dann geht's weiter im Baumdiagramm, und man kriegt stärkere Varianten. In dem Game, das ich gespielt hab, *Dimension Wave*, war das System ganz ähnlich. Aber hier gibt's eine größere Bandbreite, und die Waffen verwandeln sich mehr.«

»Hm? Es ist also nicht alles ganz genauso?«

»Na ja, schon ähnlich, aber es gibt auch viele Waffen, die ich nicht kenne.«

Dann wusste er also gar nicht alles über die Waffen?

Klar, wenn er alle freispielbaren Fähigkeiten gekannt hätte, dann hätte er auch von den Effekten meiner Schilde mit Sklaven- oder Monsterbezug wissen müssen.

»Noch ein Unterschied ist, dass man hier auch nach einer Verwandlung noch auf die alten Waffen zugreifen kann.«

Ren und Motoyasu nickten. Jedenfalls gab es also Unterschiede ... Ganz schön knifflig.

»Soll ich jetzt?«, fragte Ren und hob die Hand. »Ich mach da weiter, wo Itsuki aufgehört hat. Durch die freigespielten Waffen kriegt man Ausrüstungsboni.«

Das war ebenfalls gesichertes Wissen. Damit hatte auch ich die ganze Zeit gearbeitet.

»Na ja, aber das Bonussystem ist ein bisschen anders als in *Brave Star Online*, dem Game, das ich gespielt hab.«

»Inwiefern?«

»Skills bekam man durch Skillpunkte und Meisterschaft.«

Nun, das war sicherlich ein Unterschied. Auch in den Games, die ich gespielt hatte, hatte es Skillpunkte gegeben:

Die verteilte man und baute sich so seinen eigenen Originalcharakter.

Hier dachte ich manchmal, ich könnte sämtliche Skills erlernen, wenn ich nur den Schildbaum ganz freispielte.

Aber ... Hielten sie es denn immer noch für dasselbe Spiel, obwohl wir schon so viele Unterschiede festgestellt hatten?

»Ja, das würde ich alles so unterschreiben.«

»Jepp.«

»Dass wir alle Skills erlernen können, müsste der Beweis dafür sein, dass wir Helden sind.«

Ach so, dann waren ihrer Ansicht nach gewöhnliche Abenteurer eingeschränkt, was die Erlernung von Skills betraf? Über unsere legendären Waffen waren uns andere Kräfte zugänglich als gewöhnlichen Menschen.

»Dann bin wohl ich dran. Wenn man eine Waffe hält, die zum gleichen Zweig gehört, kann man sie kopieren. Es gibt ein Waffenkopiersystem.«

»Hä?«

Was war das jetzt? Davon wusste ich gar nichts!

»Ja, das ist schon sehr anders«, sagte Itsuki. »Aber gratis starke Waffen in die Hände zu bekommen, hat extrem geholfen.«

»Ah, wir sind eben Helden. So was können wir auch.«

»Ach ja, ihr wisst das bestimmt alle schon, aber der Waffenhändler in der Hauptstadt des Söldnerreichs Zeltoble hat 'n echt gutes Sortiment.«

Ren und Itsuki quittierten Motoyasus Worte mit einem Nicken, als wäre das ganz selbstverständlich.

»Moment, was war das gerade?!«, platzte ich nach dieser Bombenankündigung heraus.

Waffen kopieren?

Davon stand nichts in der Hilfe! Ich lebte seit fast vier Monaten in dieser Welt und hatte mittlerweile die komplette Hilfe durchgesehen.

Den Ausführungen der Jungs zufolge konnte ich also eine handelsübliche Waffe in die Hand nehmen, und dann wurde sie freigeschaltet?

»Naofumi«, begann Itsuki, »nicht mal das hast du gewusst? Geradezu ein Wunder, dass du noch lebst!«

Mann, schwoll mir der Kamm. Ich hätte kotzen können! Darum hatte ich also nur solche komischen Schilde. Ich hatte mich schon gewundert, dass es keine gewöhnlichen gab: Eisenschilde, Rundschilde, Faustschilde …

»Hey, habt ihr das selbst rausgekriegt?«

»Na ja, klar – man geht mal in ein Geschäft und nimmt 'ne Waffe in die Hand. Anfangs waren unsere Heldenwaffen ja noch so schwach. Es hieß zwar, man könnte sie allmählich stärker machen, aber zu der Zeit …«

Stimmt, ich hatte ja damals selbst daran gedacht, den Schild links liegen zu lassen und stattdessen lieber ein Schwert zu benutzen.

Damals war jedoch eine Meldung erschienen, dass das Schwert nicht meiner Spezialisierung entspreche und darum abgewiesen werde. Da hatte ich gewusst, dass ich es im Kampf nicht würde benutzen können.

»Mir wurde ein Regelverstoß angezeigt. Aber dank der Kopierfunktion konnte ich die Waffe dann doch anwenden.«

»Jepp.«

»Ganz genau …«

Ich bekam gerade Kopfschmerzen.

Damals hatte ich kein Interesse an Schilden gehabt, weil Angreifen so wichtig gewesen war. Ich hatte ja schon meinen Schild gehabt, der sich entwickeln ließ, und mit der anderen Hand hatte ich ein Schwert oder so etwas führen wollen. Darum war mir jene Funktion also nicht aufgefallen?

»Okay, erzählt weiter.«

Ich stellte mich darauf ein, jetzt mit unzähligen unbekannten Infos überhäuft zu werden.

»Wenn Monster zu Stoffen werden und man dann in die Waffenparameter guckt, kann man auf die abgeworfenen Items zugreifen.«

Abgeworfene Items?!

Ah ... In normalen Webgames ließen die Monster ja Sachen fallen!

Solche, die nichts mit den Materialien der Monster selbst zu tun hatten.

Ich war so blöd! Darauf hätte ich wirklich selbst kommen können!

»Da kriegt man Zeugs, das in Geschäften wahnsinnig teuer ist. Es gibt auch ein Inventar. Das fühlt sich alles schon ziemlich nach einer fremden Welt an.«

»Kann man wohl sagen.«

»Wirklich wahr. Die Monster werfen teilweise schon richtig nützliche Sachen ab.«

Was für Wahnsinnsinfos die da einfach so herunterrasselten. Und sie wussten auch noch alle darüber Bescheid!

Ich fühlte mich wieder wie ganz am Anfang – gar nicht angenehm.

»Dann kann man noch Werkzeuge herstellen.«

»Die mit Fähigkeitenbezug, oder? Ja, das kann man von Anfang an.«

»Erklärt das mal genauer.«

Was diesen Typen selbstverständlich erschien, waren für mich ganz erstaunliche Möglichkeiten. Ich wappnete mich innerlich und spitzte die Ohren.

»Wenn man Fähigkeiten und Anleitungen erwirbt, kann man die Waffe Stoffe absorbieren und daraus etwas herstellen lassen. Nach einer Weile kommt es dann aus der Waffe.«

Im System der Waffe konnte man Sachen herstellen? Ganz schön ausgefeilt! Und ich Depp hatte bisher alles per Handarbeit hergestellt!

Die handgemachten Sachen waren nicht weniger effektiv. Aber offenbar konnte man auch einfach die Waffe die Arbeit machen lassen, wenn man die Fähigkeiten und die Anleitungen hatte.

Das erklärte, warum Motoyasu so unnatürlich viel magisches Wasser mit sich herumschleppte: Er hatte es vom System herstellen lassen.

Und die Materialien dafür bekam man einfach über das, was die Monster abwarfen?

»Problematisch ist, dass das nur mit abgeworfenen Sachen funktioniert.«

»Ja, genau. Man kann nicht einfach Stoffe reinpacken und rausnehmen.«

Es gab also auch Nachteile – aber das kümmerte mich gerade gar nicht. Dass ich so viele mächtige Mittel zur Verfügung haben sollte …

»Was die besten Plätze zum Monsterjagen angeht … Das lässt sich wohl nicht so ohne Weiteres sagen.«

»Genau … Wir können eine Liste machen, aber eigentlich muss man nur darauf achten, dass es vom Level her passt, dann kommt's auf dasselbe raus.«

»Hauptsache, es überlappt sich nicht.«

»Stimmt.«

»Gibt's sonst noch was?«, fragte ich, während ich mir mentale Notizen machte.

»Na ja, da du davon nichts zu wissen scheinst, werde ich dir mal ein spezielles Geheimnis verraten, wie man stärker wird.« Itsuki warf sich in die Brust. »In dieser Welt hängt alles davon ab, wie rar eine Waffe ist. Extras und so sind zweitrangig. Wenn der Gegenstand von Anfang an nicht stark ist, ist es sinnlos.«

»Sprichst du von einzigartigen Waffen, legendären Rüstungsgegenständen und so was?«

»Ja, so kann man es sagen.«

»Hey, erzähl keine Märchen!«, fuhr Ren dazwischen.

»Erst mal was Wahres sagen und dann mittendrin Lügen einstreuen ... Das ist doch wohl das Letzte«, verpasste Motoyasu ihm einen zweiten Hieb.

Und schon wieder hielt jemand Informationen zurück.

Dass Itsuki Lügen vor den anderen beiden erzählte, die dasselbe wussten wie er ... Oh Mann.

»W... Was redet ihr denn da? Das ist sehr wohl die Wahrheit!«

»Nö, ist es nicht.«

»Genau. Du erzählst irgendwelche Lügen.«

»N... Nein! Ich bin kein Lügner!!«

Hm? Itsuki war ja gar nicht wiederzuerkennen. Es sah so aus, als wäre er ernsthaft wütend.

Irgendetwas stimmte hier nicht.

»Wollen wir ihn nicht erst mal zu Ende anhören?«, sagte ich und bedeutete Itsuki weiterzumachen.

»O... Okay. Also, ansonsten ist es bei jeder Waffe etwas anders, aber man kann noch Erze verwenden, um sie stärker zu machen.«

Veredlung also ... Ja, dafür gab es in den meisten Games ein System.

»Am besten rüstet man sie bis zum Limit hoch. Das ist 'ne sichere Sache.«

»Da gibt's aber schon ein Risiko, dass das schiefgeht«, warnte Motoyasu. »Erzähl ihm nicht solchen gefährlichen Quatsch.«

»Da geht überhaupt nichts schief!«

Also doch nicht? Was denn nun?

»Was erzählst du? Zum Verstärken nimmt man doch keine Erze!«

»Ihr widersprecht mir die ganze Zeit! Ren, was soll das eigentlich?«

»Also, ich will einfach nur Naofumi die Wahrheit sagen. Kommt mir nämlich so vor, als lässt er sich gerade von einem Lügner hinters Licht führen.«

Warum erwähnte er mich jetzt? Obwohl ... Es stimmte schon, ich wusste nichts.

»In dieser Welt hängt alles am Level«, sagte Ren. »Wenn das nur hoch genug ist, dann läuft schon alles.«

»Darf man lügen?«

»Und ohne rot zu werden! Lass so was bitte.«

Was denn nun?!

»Naofumi, sieht so aus, als hätten sich die beiden abgesprochen, dich reinzulegen. Dann sag wenigstens ich dir die Wahrheit: Beim Stärkerwerden geht's darum, die Waffe zu meistern, die du verwendest.«

»Meistern?«

»Ja. Wenn du immer dieselbe Waffe benutzt, dann wirst du stärker damit. Und wenn du eine Waffe nicht mehr gebrauchen kannst, kannst du dein erreichtes Meisterschaftslevel in Energie umwandeln. Die speist du dann in eine andere Waffe ein, dann werden die darin schlummernden Kräfte freigesetzt.«

»Was bist denn du für ein aalglatter Lügner?«

»Hör einfach nicht auf den. Wenn du noch den Seltenheitsgrad deiner Waffe erhöhst: perfekt. Eigentlich kann das wohl schiefgehen, aber bei den legendären Waffen ist es wohl okay.«

Mit dem Zuhören wuchs mein Glaube daran, stärker werden zu können. Nur warum stand in der Hilfe nichts von alledem?

Ren, Itsuki, jetzt sagt doch mal, wie's wirklich ist!

»Unfassbar«, platzte Motoyasu hervor. »Verbreitet irgendwelche Irrlehren, ohne mit der Wimper zu zucken. Ihr seid nicht besser als Naofumi.«

»Was sagst du?!«

»Ja, du darfst ihm nicht glauben«, pflichtete ihm Itsuki bei. »Das ist nämlich gelogen.«

»Ich begreif gar nichts«, sagte ich. »Wie geht das jetzt? Und ich verbreite keine Irrlehren!«

»Mach mal deinen Baum auf, wähl die Waffe an, die du gerade benutzt und guck dir dein Meisterschaftslevel an.«

Ich tat wie geheißen und wählte den Chimera Viper Shield aus, den ich oft benutzte.

Ich sah mir alles genau an, aber es wurde einfach nur der Status angezeigt.

Und was sollte ich hier nun prüfen? Das kam mir gelogen vor.

Ich fuhr mit dem Finger darüber ... Nichts geschah.

»Da passiert nichts ...«

War es also doch Quatsch? Unfassbar, wie versessen die Typen aufs Lügen waren.

Dann war die Sache mit dem Waffenkopieren sicher auch anzuzweifeln.

»Das kann nicht sein! Ihr wollt mich bloß als Lügner hinstellen!«

»Bei mir gibt's so was auch nicht.«

»Bei mir auch nicht. Davon steht nichts in der Hilfe!«

»Wa… Mir reicht's! Ich bin auch blöd, überhaupt was zu sagen.«

Ren verschränkte die Arme und sah stinksauer aus.

Ganz schön emotional – dabei tat er doch sonst immer so cool. Nun, Itsuki und Ren waren beide von den jeweils anderen Helden des Lügens bezichtigt worden, also logen sie wohl tatsächlich … In der Hilfe stand schließlich auch nichts.

»Ich war übrigens noch gar nicht fertig«, meldete sich Itsuki wieder zu Wort. »Um eine Waffe stärker zu machen, kann man auch Items Energie entziehen und damit die Waffe per Item Enchant nach Wahrscheinlichkeit prozentual steigern.«

»So was wie 10 Prozent auf die Angriffskraft?«

»Ja, aber der Effekt fällt ganz unterschiedlich aus. Wenns schiefgeht, passiert gar nichts.«

»Noch 'ne Lüge. Ehrlich, du erzählst doch von 'nem anderen Spiel!«

»Wie oft soll ich es noch sagen? Ich lüg nicht! Außerdem kann man die Kraft aus Monstern oder Items der Waffe zuführen und damit Werte steigern. Das haben alle Waffen gemeinsam. Das ist so was wie ein besonderes Job-Level.«

Erstaunlich … Ich meinte, etwas Ähnliches schon einmal in einem Game meiner Welt gesehen zu haben: Indem man die Ausrüstung entwickelte, konnte man die eigenen Fähigkeiten boosten. Ein eher dezenter Effekt, aber nicht zu unterschätzen. Ich erinnerte mich auch, dass man so etwas wie einen Finishing Move bestimmen konnte.

»Jaja. Ich finde, jetzt reicht's mal mit dem Unsinn, den Ren und Itsuki hier erzählen. Jetzt bin ich dran.«

»Allzu viel versprech ich mir zwar nicht davon …«

Mittlerweile hörte sich für mich schon alles gelogen an.

»Geradeheraus gesagt geht's in dieser Welt um die Veredlung der Waffe und die Höhe der Werte. Wichtiger als das Level ist es, sich auf einen Statuswert zu spezialisieren und den maximal zu steigern, dann hat man auch keine Schwierigkeiten. Selbst die schwächste Waffe ganz vom Anfang wird stark, wenn man sie nur ordentlich veredelt! Bei den Ausrüstungsboni konzentriere ich mich völlig auf die Angriffskraft.«

»Das ist eine dicke Lüge!«

»Ja, Naofumi, lass dich von ihm bloß nicht in die Irre führen!«

Motoyasu ließ sich von den beiden nicht aus der Ruhe bringen und fuhr fort.

»Es ist bei jeder Waffe etwas anders, aber in erster Linie geht's darum, die nötigen Erze zu beschaffen und die Waffe zu veredeln. In *Emerald Online* wurde allerdings die Waffe zerstört, wenn es schiefging … dann war man sie los. Bei den legendären Waffen passiert aber nicht mehr, als dass der Veredlungswert auf 0 sinkt.«

»So was gibt's doch überhaupt nicht!«

»Genau!«

Die ganze Sache war zu einem Buhrufe-Wettkampf verkommen. Selbst die Königin und ihre Vertrauten sahen ratlos aus.

Ehrlich gesagt ging es mir genauso.

Glaubten sie, sie hätten nichts zu befürchten, wenn sie nur alle logen?

»Dann gibt's noch Augengeister und Status Enchant. Je nachdem, welchen Teil der Seele eines Monsters oder welches Item man der Waffe zuführt, gibt es einen anderen Effekt. So kann man die Waffe mit verschiedenen Vorteilen versehen.

Wenn sie zum Beispiel gegen Menschen eingesetzt werden soll, kann man alles bis zum Maximum darauf packen.«

»Und so was Ähnliches wie bei Itsuki gibt's da nicht?«

»Wie viel man drauflegen kann, steht fest. Auch die Prozentzahl.«

»Jetzt ist es aber langsam genug!«

»Seh ich genauso. Du hast jetzt genug von einem völlig anderen Spiel gefaselt!«

Motoyasu wandte sich betreten ab, als Itsuki und Ren ihn anschrien.

»Ich glaub's nicht ... Warum lügst du eigentlich die ganze Zeit?«

»Das sagt der richtige!«

»Ihr spinnt beide!«

»Ich weiß nicht, ob das Lügen sind oder nicht, aber ...«

Anfangs hatte es so ausgesehen, als teilten einfach alle ihr gemeinsames Wissen mit. Aber irgendwann waren ihre Ansichten auseinandergegangen.

Bisher hatte ich Ren, Itsuki und Motoyasu noch nie so aufgebracht gesehen.

»Wär's nicht auch möglich, dass jede Waffe anders hochzurüsten ist?«

»Vielleicht sollten wir erst mal davon ausgehen.«

»Hm. Das wäre 'ne logische Erklärung. Lassen wir's also dabei bewenden, was?«

»Auf mich passt jedenfalls nichts von dem, was ihr da erzählt habt ...«

Damit schien das Gespräch für die drei beendet.

Nun, ihre Wut kaufte ich ihnen schon ab. Hatten sie möglicherweise gar nicht gelogen?

Falls doch, würde sich dadurch nur ihr eigener Ruf verschlechtern.

»Na ... Soll dann als Letzter mal ich?«

»Natürlich. Wir haben ja auch unsere Karten auf den Tisch gelegt. Jetzt bist du an der Reihe.«

»Ist dann aber nicht meine Schuld, wenn ihr meint, dass ich lüge.«

Was für ein Durcheinander!

»Also, was wollt ihr zuerst wissen?«

Nach wie vor musste ich diese Typen dringend aufrütteln. Noch immer glaubten sie, das sei alles nur ein Spiel. Unser Leben hing davon ab, dass ich ein Stück weit zu ihnen durchdrang. Es war wohl besser, mit nichts mehr hinter dem Berg zu halten.

»Das Geheimnis, wie Raphtalia und Filo so stark geworden sind«, sagte Motoyasu.

»Also, das hängt stark mit zwei Schildserien für Sklaven- und Monsterhalter zusammen. Die haben Ausrüstungsboni, mit denen man das Wachstum und den Anstieg der Werte beeinflussen kann. Was Filo angeht, gibt's auch noch eine Schildserie zu Filolials mit ähnlichen Ausrüstungsboni, weswegen sie noch mal schneller gewachsen ist.«

Sollte ich ihnen auch davon erzählen, was sich beim Klassenaufstieg mit Filos Idiotenzipfel abgespielt hatte? Ich schaute wohl lieber erst einmal, wie sich die Lage entwickelte.

»In dem Game, das ich kenne, hat die Schildklasse keine so nützlichen Kräfte.«

»Ein wenig unglaubwürdig klingt das ja schon. So was Praktisches ... Versteh mich nicht falsch, aber hast du irgendwo einen Cheat-Schild gekriegt?«

Cheat ... Ich wusste nicht, was ich dazu sagen sollte.

»Den Sklavenhalter-Schild hab ich durch die Tinte gekriegt, die beim Aufsprechen des Sklavensiegels verwendet wird.

Der Monsterhalter-Schild kommt aus Filos Eierschale.«

»Na, jetzt wo wir die Quelle kennen, könnten wir es ja auch einmal probieren.«

»Es steht aber nicht fest, dass ihr so was ebenfalls bekommt.«

»Es könnte aber auch sein, dass du uns anlügst.«

»Sag, was du willst. Womöglich ist es einfach die spezielle Methode, mit der man den legendären Schild entwickeln muss.«

»Trotzdem kommt mir die kleine Filo unnatürlich stark vor. Sie war schon immer kräftig, aber ich hab das Gefühl, als hätte sie die Dimension gesprengt und wäre mit einem Mal noch viel stärker. Irgendwas muss passiert sein!«

»Ach so. Motoyasu, als wir vor dir auf der Flucht waren, hat ein Adliger, der zur Drei-Helden-Kirche gehörte, ein gebanntes Monster befreit.«

»Davon hab ich gehört. Obwohl ich das so verstanden hab, dass du das gewesen bist ...«

An dieser Stelle schaltete sich die Königin ein.

»Nein, die Ermittlungen haben ergeben, dass es der Adlige gewesen ist, der die ihm anvertraute Region schlecht geführt hat. Er konnte es wohl nicht hinnehmen, gegen Herrn Iwatani verloren zu haben. Darum hat er das Siegel des Monsters gebrochen.«

Ach ja ... Was war wohl aus jenem Adligen aus der Nachbarstadt geworden, der die Subhumanoiden begünstigt hatte? Insgeheim hatte ich ihn den *Sanftmütigen* genannt.

»Königin, was ist eigentlich aus dem Adligen aus der Nachbarstadt geworden?«

»Er ist in sein Territorium zurückgekehrt. Die Kämpfe haben ihn sehr mitgenommen, daher soll er sich noch ein paar Tage auskurieren.«

»Verstehe ...«

Sicher hatte er den Jungen aus Raphtalias Heimat bei sich gehabt. Ich konnte nur beten, dass sie unversehrt waren.

»Und was war jetzt mit diesem freigelassenen Monster?«

»Wir haben es an eine menschenleere Stelle gelockt, um gegen es zu kämpfen. Aber dann ist Fitoria, die Königin aller Filolials, aufgetaucht und hat das Monster besiegt. Anschließend hat sie uns mit einer mysteriösen Kraft an einen sicheren Ort teleportiert.«

»Teleportiert, sagst du?«

»So erklär ich es mir ... Wir waren plötzlich einfach da, ohne dass sich unsere Kutsche auf normale Weise vorwärtsbewegt hätte. Aber sicher bin ich nicht.«

»Aber das könnte doch der Teleportationsskill gewesen sein, oder?«, warf Itsuki ein. »Dass du ihn nicht kennst, hat man bei deiner Flucht gemerkt, aber ich hab gedacht, du hättest ihn dir vielleicht mittlerweile irgendwo beschafft.«

Ren nickte, und auch Motoyasu stimmte widerwillig zu.

»Hä? So was gibt's?«

»Klar doch«, sagte Itsuki. »Mein entsprechender Skill heißt Transport Bow. Damit kann man sich mit seiner ganzen Gruppe zu einem der registrierten Orte befördern.«

»Bei mir heißt das Transport Sword. Gleicher Effekt.«

»Portal Spear. So was weißt du nicht?«

»Ich hör zum ersten Mal davon!«

Unglaublich! Solche praktischen Sachen konnten die Helden also?

»Um diese Waffen freizuspielen, muss man aber Level 50 sein ...«

Aber war dann nicht klar, dass ich das noch nicht beherrschte? Ich war nur Level 43.

Moment, aber das hieß ja, die drei waren alle mindestens Level 50!

»Und was für einen Stoff braucht man dafür?«

»Sand aus der Drachensanduhr.«

»Genau ...«

Erstaunlich. Ausnahmsweise nickten sie alle drei ...

»So was Wichtiges haben die euch gegeben?«

»Wir haben einfach danach gefragt.«

Ah ... Als ich die Drei-Helden-Kirche aufgesucht hatte, war da jene Ordensschwester gewesen. Die hätte mir niemals etwas davon gegeben.

»Und was habt ihr an eurem Teleportationsziel angestellt?«

»Da hat die Königin mit Filo ein Training abgehalten und ihr anschließend Kräfte verliehen, die sie weit stärker gemacht haben. Ach, und hinterher hat sie mir noch befohlen, mich mit euch anzufreunden. Wenn ich nicht gehorche, will sie kommen und uns alle umbringen.«

Mist ... Ich sah ihnen an, dass sie mir kein Wort glaubten.

»Wenn ihr das für 'ne Lüge haltet, könnt ihr ja mal gegen Filo kämpfen! Sie hat gerade ihren Klassenaufstieg gemacht und ist jetzt noch stärker.«

Ihre Werte waren im Schnitt doppelt so hoch wie meine. Motoyasu hatte schon vorher Schwierigkeiten gegen mich gehabt. Dass er Filo schlagen konnte, war also unwahrscheinlich.

»Na ja ... So weit müssen wir ja nicht gehen ...«

»Okay, dann weiter«, sagte Itsuki. »Beim Kampf gegen diesen Abt ... da schienst du eine unnatürlich hohe Kampfkraft zu haben: diesen unheimlichen Schild und den Skill. Das ist mir in meinem Game nicht begegnet.« Itsuki blickte mich irgendwie argwöhnisch an. »Woher hast du diese Kraft? Ach, nein ... Lass mich so fragen: Wo ist dir Gott begegnet?«

»Hä?«

»Wo hast du dich mit Gott getroffen und von ihm den Cheat-Schild bekommen? In einer Webnovel, die ich kenne, gab es so einen Charakter, der alle anderen ausstach, indem er sich eine solche Kraft zu eigen machte. Verrate es mir bitte.«

Oh Mann! Ich kannte die Geschichte auch, aber *so etwas* hatte ich doch gar nicht!

Ich hatte ja schon einiges durchgemacht, seit ich in diese Welt gekommen war, aber keine Aussage hatte mich bisher so geärgert.

»Das ist kein Cheat!«

»Doch, doch, wenn die Schildklasse plötzlich echte Kampfkraft erlangt, dann sieht das schon sehr nach Cheat aus.«

Ren und Motoyasu nickten.

»Wie bist du an diese Kräfte gekommen? Wenn wir sie in die Hände bekämen, könnten wir viel stärker werden, also sag es uns bitte.«

In mir kochte Wut hoch. So etwas warfen die einem an den Kopf, als wäre es ganz selbstverständlich.

»Könnt ihr euch denn gar nicht vorstellen, dass das meine eigene Anstrengung gewesen sein könnte?«

»Ach, komm.«

Diese Scheißkerle. Sie waren ja von Anfang an überzeugt gewesen, dass der Schild eine schwache Klasse sei. Ich hatte jedoch keinesfalls das Gefühl, dass der Schild so wenig Macht hatte, wie sie sagten. Ich hatte redlich Ausrüstungsboni freigespielt, die meine Werte verbesserten, und ich hatte die Curse Series bekommen, die einen hohen Tribut von mir forderte. Und deswegen war ich nun stärker im Kampf als die Jungs – so jedenfalls meine Analyse.

Dennoch glaubten sie, ich hätte irgendwo Cheat-Fähigkeiten gefunden und sei nur deshalb nun auf einem ähnlichen Niveau.

»Der Schild heißt Schild des Jähzorns. Er gehört zur Curse Series des legendären Schildes. Und woher ich den habe ... Ich kann nur vermuten, dass ich ihn dadurch bekommen hab, dass mein Zorn mich übermannt hat. Das war nach meinem ersten Kampf gegen Motoyasu. Der Zorn entsprang meinem angestauten Groll aufgrund der ganzen Ungerechtigkeit.«

Damals hatte er mich überrollt, und ich hatte nicht gewusst wohin damit.

Ich weiß auch nicht, was passiert wäre, hätte Raphtalia mich damals nicht aufgehalten.

»Steht nichts in der Hilfe? Man zahlt einen hohen Preis dafür. Ob ihr euch wohl unter Kontrolle behalten hättet? Übrigens hab ich gerade Malus auf meine ganzen Werte – nur wegen des Skills, mit dem ich den Heiligen Vater besiegt hab.«

Rens Augen und Finger bewegten sich: Er suchte wohl gerade in seiner Hilfe herum.

Dann sagte er wie selbstverständlich: »So 'nen Abschnitt hab ich nicht.«

Doch, doch, doch! Bei mir gab es den ... Allerdings gab es ihn erst, seit der Schild des Jähzorns freigeschaltet war.

»Es kann sein, dass der Eintrag erst dann erscheint, wenn man das freigespielt hat.«

»Liegen in Webgames solche mächtigen fluchbeladenen Ausrüstungsgegenstände überall rum?«

»Eher nicht. Und die Sache mit den Schilden, die Einfluss auf das Wachstum haben, klingt auch fragwürdig.«

»Wenn du schon lügst, dann solltest du es geschickter anstellen. So wie Ren und Motoyasu.«

Bei der Bemerkung riss Rens Geduldsfaden. Er zeigte mit dem Finger auf Itsuki und brüllte: »Das musst du gerade sagen!

Du Riesenlügner! Du Heuchler!«

»Was? Das klingt ja fast so, als würdest du nicht die ganze Zeit den coolen Macker spielen!«

»Völlig richtig«, fand Motoyasu.

»Halt du bloß die Klappe, du notgeiler Affe!«, schrien die beiden ihn an. »Renn doch los und schmeiß dich 'ner Tussi an den Hals!«

»Sag das noch mal!«

»Jungs! Wie lange wollt ihr noch so tun, als wärt ihr Helden in einem Videospiel? Wenn ihr sterbt, dann ist alles gelaufen!«

Was danach passierte, daran mag ich mich gar nicht erinnern. Es ging mit einem Sturm aus Beschimpfungen los.

Die Königin erhob zwar die Stimme, um uns Einhalt zu gebieten, aber ein Wort ergab das nächste, und dann waren wir über den Punkt hinaus, da man uns noch hätte aufhalten können.

Unser Wortgefecht kam erst zu einem Ende, als mit einem Knall die Tür aufflog und Soldaten hereinkamen, die höchst angespannt wirkten.

»Ist etwas vorgefallen?«

Verdutzt starrten wir die Männer an, die plötzlich im Zimmer standen, und waren einen Moment lang wieder klar im Kopf.

»Unter den Gefährten der Helden ist gerade ein Streit ausgebrochen!«

»Was?!«

Was ... machten die denn nur wieder?

Eilig rannten wir die Treppe hinab.

»Nimm das sofort zurück!«, rief Raphtalia.

»Nö«, sagte die Bitch. »Dieses Scheusal bringt nur Unheil über diese Welt, das sieht jeder, der Augen im Kopf hat.«

»Du sprichst wohl von dir selbst?«

»Hmpf«, machte der Rüstungstyp. »Mehr kann man von den Untergebenen wohl nicht erwarten bei einem so überheblichen Kerl.«

Die Streitenden schienen gar nicht wahrzunehmen, dass wir den Festsaal betraten.

Rens Gefährten, das Mädchen namens Rishia und Filo standen hilflos daneben.

Raphtalia war ganz schön sauer. Was war denn überhaupt passiert?

Die Bitch war offenbar wieder auf den Beinen. Nach einer Vergiftung gerade aus dem Krankenhaus, und schon machte sie wieder Ärger?

Motoyasu hatte, das Miststück inbegriffen, drei Gefährtinnen. Eine krakeelte zusammen mit der Bitch herum, die andere stand etwas weiter weg und stieß von dort ihre Beschimpfungen aus.

»Mit 'ner dreckigen Subhumanoidin und einer Monstergöre gemeinsame Sache machen? Ha! Das wäre ja lebensgefährlich!«

»Dann stirb doch einfach gleich! Schließlich hast du mit dem Getöse angefangen.«

Die Königin triggerte das Sklavensiegel.

»Aaaaaaaaaaaaaaah!«

Auf der Brust des Miststücks erschien das Zeichen, und sofort wälzte sie sich am Boden.

Als der Rüstungstyp das sah, starrte er die Königin an und erbleichte.

»Also wirklich ...« Die Königin blickte entgeistert auf ihre Tochter hinunter, die sich vor Schmerzen krümmte. »Warum musst du immer Ärger machen ...«

Sie schien sie jedoch nicht ernsthaft umbringen zu wollen.

»Raphtalia, was war denn los?«

»Wir haben miteinander gesprochen, wegen unserer Zusammenarbeit. Da haben sich die Bitch und die anderen zusammengetan und angefangen, sich zu beklagen: Es würde ja nichts bringen, mit uns zu reden. Sie haben schlecht über meine Herkunft und über Filo geredet ... Dann meinten sie noch, Melty sei gut darin, sich bei ihren Eltern einzuschleimen. Aber kein Wort über ihre eigenen Verfehlungen!«

Oh Mann ... Ich warf Itsuki und Motoyasu einen bösen Blick zu.

»Das dürft ihr nicht!«, ermahnte Itsuki den Rüstungstypen, der wohl verstand, woher der Wind wehte. »Das sind die Gefährten eines Helden, und sie helfen, die Welt zu retten!«

»Aber Herr Itsuki, diese Leute haben doch überall nur Probleme verursacht!«

Das sagte ausgerechnet er? Wer verursachte denn hier und jetzt gerade welche?

»Es ist bewiesen, dass das nur ein Missverständnis war. Also stellt euch bitte gut mit ihnen!«

»Na schön.«

»Mai... Flittchen!« Motoyasu half der Bitch auf und funkelte die Königin an. »Wie behandelst du denn deine Tochter?«

»Sie hat Ärger gemacht, und ich habe sie lediglich dafür bestraft«, sagte die Königin, den Mund hinter ihrem Fächer verborgen. »Wenn ich richtig gehört habe, trägt sie die Schuld an dem Streit.«

Motoyasu starrte die Königin unverhohlen wütend an.

»Denkt doch bitte einmal nach, Herr Motoyasu: Sie ist kaum aus dem Krankenhaus, da macht sie schon wieder so ein Aufheben?«

»Öh ...«

»Habt Ihr denn nicht gehört, was für Worte gefallen sind? Es ist doch wohl klar ersichtlich, wer für diesen Streit die Verantwortung trägt!«

Nun hatte wohl auch Motoyasu begriffen, dass ihm der Wind ins Gesicht wehte, und sagte nichts weiter. Er hob die Bitch auf wie ein Bräutigam seine Braut und trug sie aus dem Saal.

Itsuki versuchte gerade händeringend, den Rüstungstypen und seine anderen Gefährten zu besänftigen. Im Augenblick gaben sie sich ihm gegenüber hochachtungsvoll, aber ... Die drehten ja mächtig am Rad.

»Beenden wir das Bankett. Wir werden einen anderen Tag finden, um weiter über Eure Zusammenarbeit zu sprechen. Wenn Ihr einmal alle am selben Ort seid.«

»Ist wohl besser«, sagte ich.

»Nichts dagegen«, stimmte auch Ren zu.

Auch Itsuki nickte, und damit verließen wir den Saal.

Was für ein Stress ... Jetzt war ja alles noch komplizierter als vor unserem Gespräch!

Die Helden mussten zueinander finden, sonst würde Fitoria kommen und uns alle umbringen. Stattdessen sah ich nur große Schwierigkeiten auf uns zukommen.

Kapitel 3: Wie man stärker wird

»Aaargh!«

Ich saß im nun völlig stillen Saal und fluchte. Raphtalia und Filo hatte ich bereits auf unser Zimmer geschickt.

Ich dachte in Ruhe über alles nach, was die anderen Helden erzählt hatten, und konnte ehrlich nur die Stirn runzeln. Ich glaubte schon, dass ich alles, was sie wussten, aus ihnen herausbekommen hatte. Mir fehlte jedoch ein Maßstab, um zu unterscheiden, was davon wahr und was gelogen war.

Sie waren sich einig gewesen, dass man fallengelassene Items bekam, wenn man seine Waffe Monster absorbieren ließ.

Der nächste Punkt war das Kopieren von Waffen.

Dieser Faktor war anders als in den Games, die sie gespielt hatten.

Nahm man eine Waffe in die Hand, dann wurde sie kopiert, ihre Bedingungen wurden freigeschaltet, und man konnte sie benutzen. Ferner konnte man es seiner legendären Waffe überlassen, Arzneien und Ähnliches herzustellen.

Bis hierhin stimmten die Ansichten der drei überein.

Als Nächstes wollte ich einmal ihre voneinander abweichenden Behauptungen über das Stärkerwerden ordnen.

Wenn sich die einzelnen Waffen grundsätzlich voneinander unterschieden, dann wusste ich praktisch nichts über die charakteristischen Merkmale meines Schildes. Ich hatte auch kein Game gespielt, das als Modell herhalten konnte. Ich kannte nur jenes Buch, in dem ich gelesen hatte – das mit den leeren Seiten am Ende.

Und nun ... versuchte ich, ein Memo aus allen Behauptungen zu erstellen.

★ **Ren**

Die Stärke hängt wesentlich vom Level ab.

Meisterschaft: Wenn man die Waffe immer wieder benutzt, wird sie stärker.

Energie einspeisen: Benutzt man eine Waffe nicht mehr, kann man ihre Meisterschaft zurücksetzen und die gewonnene Energie einspeisen und verborgene Kräfte freisetzen; ferner lassen sich eingesogene Items in Energie umwandeln.

Steigerung des Seltenheitsgrads: Indem man Energie in eine Waffe einspeist, kann man ihre Seltenheit steigern. Hierdurch steigt die Leistung.

★ **Motoyasu**

Alles hängt von der Waffe ab. Der Spirit Enchant ist alles; die ursprüngliche Stärke der Waffe spielt keine große Rolle. Es kommt nur auf den Statuswert an, den man zum Führen der Waffe braucht.

Veredlung: Ein Ausrüstungsstück wird durch die Verwendung von Erzen verstärkt, was aber auch schiefgehen kann.

Spirit Enchant: Man kann Fragmente von Monsterseelen oder eingesogene Items einarbeiten, um besondere Kräfte hinzuzufügen – anscheinend unfehlbar?

Status Enchant: Auch die eigenen Werte lassen sich auf diese Weise steigern.

★ **Itsuki**

Der Seltenheitswert der Waffe ist das Entscheidende, alles Weitere nur eine Zugabe. In diesem Fall ist vielleicht eher von raren Waffen zu sprechen.

Verstärkung: Durch das Anbringen bestimmter Erze lässt sich die Macht erhöhen, wobei ein Fehlschlag unmöglich ist.

Item Enchant: Absorbierten Items lässt sich Energie entziehen, welche man verwenden kann, um die Angriffe etc. nach Wahrscheinlichkeit prozentual zu verstärken; dies kann fehlschlagen.

Job-Level: Mit der Energie aus bestimmten Monstern oder Items lassen sich Statuswerte boosten.

Hatte ich alles?

Das war ja ein heilloses Durcheinander.

Energie, Verstärkung, Veredlung, Seltenheit, Rarität ... Es gab aber offensichtlich auch einige Überschneidungen.

Wenn ich das alles in meine eigene Erfahrungswelt übertrug, sprach Itsuki gleichsam von einzigartigen Waffen oder seltenen, wie Endgegner sie zurückließen.

Bei Ren zählte die Besonderheit der Waffe selbst: so etwas wie ein seltenes Eisenschwert.

Und Enchant-Formen schien es drei zu geben.

Alle hielten sie die Spielwelt für dieselbe, es schienen jedoch verschiedene Spielsysteme zu sein. VRMMOs*, gewöhnliche MMOs** und Konsolengames.

Über Virtual Reality wusste ich nicht viel, aber MMO und Konsole konnten nicht die gleichen Systeme sein. Wenn es etwas in der Art gab, dann MMO-Fangames: Spiele, die solche Systeme nachahmten.

Auch in meiner Welt waren ähnliche Systeme in Verwendung.

So gesehen ... war es möglich, dass darum alle einander für Lügner hielten: Es war nicht dasselbe Spiel.

Die Jungs hatten gesagt, so etwas wie die Curse Series gebe es nicht. Auch ich hatte sie anfangs nicht in meinem Schildbaum finden können, doch damals, als ich geglaubt hatte, Filo sei tot,

* Virtual Reality Massively Multiplayer Online
** Massively Multiplayer Online

da hatte sich durch meinen Zorn mit einem Mal das Diagramm verändert. Dies hatten wir gemeinsam: Jeder hatte seinen eigenen Blickwinkel.

Aber ... wie war es denn nun wirklich?

Ich schaute auf meinen Schild hinunter.

Ich wurde das Gefühl nicht los, dass die legendären Waffen in gewisser Hinsicht Spiegelbilder unserer Seelen waren.

Ja ... Das musste es sein.

Womöglich ... wehrte ich mich innerlich. Irgendetwas in mir sträubte sich. Und deshalb ... gelang mir nicht, was den anderen so leichtfiel wie das Atmen.

Fitoria hatte gesagt, wir müssten uns anfreunden. Das musste irgendeinen Sinn haben.

Waffen kopieren ... Was das anging, waren sich alle drei einig, also war es keine Lüge.

Die abgeworfenen Items musste es ebenso geben.

Dennoch verstand ich nicht, wie ich darauf zugreifen konnte. In der Hilfe stand auch nichts.

Ich wählte das Waffen-Icon an und sah noch einmal nach ... Wie erwartet fand ich nichts.

Da fiel mir ein: War die Hilfe nicht ursprünglich ein paar Abschnitte länger gewesen – damals vor den falschen Anschuldigungen? Nein, das bildete ich mir nicht nur ein. Ich erinnerte mich deutlich daran, diese Passagen gesehen zu haben.

Gut – ich wollte es einmal versuchen!

Es gibt abgeworfene Items! Es gibt die Kopierfunktion!

Immerhin wussten alle von diesen Dingen, also mussten sie doch existieren.

Los, stell dir ein Fenster vor, in dem alles aufgelistet steht, was Monster abgeworfen haben!

Ich drückte auf die System-Abschnitte meines Schildes. Es kam ein leiser Ton, dann öffnete sich ein Fenster. Ich fand eine lange Auflistung von Monstern, die ich hatte absorbieren lassen, und Items.

»Ey, was ist das denn jetzt?«

Glaube versetzte Berge … Hatte ich meine Möglichkeiten selbst eingeschränkt, weil ich zu sehr darauf bedacht gewesen war, bloß nicht von irgendjemandem hereingelegt zu werden?

Man musste nur auf das Monster klicken, und schon öffnete sich so etwas wie eine Item-Box, in der man sah, was es hinterlassen hatte. Ah, da waren die Kräuter, die man für das Magiewasser brauchte, ebenso die Zutaten für das Seelenheilwasser und verschiedene andere Sachen. Außerdem … Ah, Müll gab es auch reichlich. Die Eingeweide der Monster und ähnliches waren auch alle ordentlich mit aufgelistet.

Dann musste ich wohl versuchen, den Aussagen der Jungs zu glauben.

Was waren sie alle sauer gewesen! Unwahrscheinlich, dass sie logen. Mit dem Gedanken klickte ich auf das Schild-Icon … Aber es wurde nichts angezeigt.

Irgendwie rebellierte ich wohl gerade dagegen.

Diese Lügner sagten ja sowieso nicht die Wahrheit – etwas in der Art.

Reichte die Kraft meines Glaubens nicht? War das hier ein Kinder-Anime, oder was? Na schön … Ich musste also nur ganz fest daran glauben.

»Herr Iwatani?«

Die Königin war erschienen. Ich starrte jedoch nur weiter meinen Schild an, fest entschlossen zu glauben, damit ich überlebte.

Dies war der legendäre Schild – was machte es schon, wenn sie mich angelogen hatten?!

Glaube konnte mir helfen. Und es kostete ja nichts. Da musste ich einfach wie ein Geschäftsmann denken. Wenn man immer nur argwöhnte, betrogen zu werden, entgingen einem profitable Chancen.

Also vertraue! Itsukis Methode des Stärkerwerdens gibt es. Item Enchant gibt es.

Sonst wären wir nicht mehr als etwas stärkere Abenteurer.

Ich glaubte ganz fest an das Schild-Icon und drückte drauf. Augenblicklich flackerte es auf. Im nächsten Moment erklang ein leiser Ton, und dann erschien der Eintrag zum Power-up.

»Na, also!«

Ich nahm Erze, die ich im Schild hatte, und suchte einen dazu passenden Schild.

Bee Needle Shield 0/20
Fähigkeit freigeschaltet … Ausrüstungsbonus: Angriffskraft 1
Sonderfunktion: Needle Shield (klein), Bienengift (Lähmung)

Ich wollte einmal versuchen, den Bee Needle Shield zu verstärken. Wieder gab es einen leisen Ton, und der Zähler des Bruchs verwandelte sich in eine 1.

Aha, so einfach ließ sich also ein Schild verstärken – 20-mal, wie der Nenner besagte. Das lag ziemlich nahe an den Power-up-Methoden in den Monsterjagd-Games meiner Welt.

Dann wollte ich auch einmal probieren, einem der bereits eingesogenen Gegenstände Energie zu entziehen.

Es schien verschiedene verfügbare Effekte zu geben …

Oh? Da hatte ich die Option gefunden, den Schaden herabzusetzen, den Monster des Pillenhasen-Zweigs verursachten. Gleich mal ausprobieren.

Und die Wahrscheinlichkeit … Der erste Versuch schien immer zu glücken.

Bee Needle Shield 1/20
Fähigkeit freigeschaltet … Ausrüstungsbonus: Angriffskraft 1
Sonderfunktion: Needle Shield (klein), Bienengift (Lähmung)
Item Enchant Level 1: Schadensverringerung beim Pillenhasen-Zweig 2 %

Ein bisschen hatte ich noch, also wollte ich es noch einmal riskieren.

Ah, ein Fehlschlag: 0! Aber ich versuchte es weiter.

Ich erreichte Level 2.

So machte ich in rascher Folge weiter, aber bei Level 7 hörte ich auf: Die Erfolgsrate für Level 8 war schrecklich gering.

Bee Needle Shield 1/20
Fähigkeit freigeschaltet … Ausrüstungsbonus: Angriffskraft 1
Sonderfunktion: Needle Shield (klein), Bienengift (Lähmung)
Item Enchant Level 7: Schadensverringerung beim Pillenhasen-Zweig 16 %

Hiermit würde ich wohl besser gegen Pillenhasen-Unterarten kämpfen können – der Wahnsinn!

Aber es hatte doch noch einen Parameter gegeben.

Hatte Itsuki nicht von Job-Leveln gesprochen? Da wollte ich auch einen Versuch wagen.

Aus einer Vielzahl von Einträgen sah ich mir den für mich bedeutsamen Job-Level der Verteidigung genauer an.

Verteidigung: Job-Level 1
Stand: 0/5

Ich hatte viele Innereien von Monstern, die ich nach dem Zerlegen eingespeist hatte. Hiermit wollte ich ein paar Versuche starten.

Der Anstieg schien in gemäßigtem Tempo vonstatten zu gehen: Ich musste eine Reihe von Items verbraten, bis der Wert endlich auf 1 umsprang.

Verteidigungsanzeige: 5/5
Parameter steigt! Verteidigungskraft + 1
Verteidigung: Job-Level 2

Der Stand war nun auf 0/6 gesetzt.

Ich versuchte, weiter Items zu verfüttern, aber mir wurde eine Abkühlzeit angezeigt.

Es schien, als müsste man das mit mehr Regelmäßigkeit angehen.

Das war ein klägliches Ergebnis. Aber mit der Zeit würde sich das bestimmt läppern. Sogar neue Skills schien ich auf diese Weise lernen zu können ... furchterregend!

Auf alle Fälle hatten die anderen auch diesbezüglich die Wahrheit gesagt.

Ren war als Nächster dran. Wie schon bei Itsuki glaubte ich ganz fest, öffnete dabei die entsprechenden Menüs und rief meinen Lieblingsschild auf, den Chimera Viper Shield.

Chimera Viper Shield 0/30 C
Fähigkeit freigeschaltet ... Ausrüstungsbonus: Skill »Change Shield«, Gegengiftsteigerung/Giftabwehr (mittel)
Sonderfunktion: Schlangengiftzahn (mittel), Enterhaken
Meisterschaft: 100

Mein Status hatte sich ohnehin schon beträchtlich verbessert, aber ... waren nun etwa alle Statuswerte ungefähr anderthalbmal so hoch?

Allein bei der Verteidigungskraft machte das einiges aus. Die Meisterschaft-Obergrenze einer Waffe schien bei 100 zu liegen.

Ich fuhr mit dem Finger über die Stelle, und es erschien ein System-Pop-up:

Meisterschaft zurücksetzen?

Zögerlich drückte ich auf »Ja«. Die Werte sanken, und der Schild war nun wieder so, wie ich ihn kannte.

2000 Punkte Meisterschaftsenergie erhalten.

Ich wählte die entsprechende Option aus und speiste die Energie direkt wieder in den Chimera Viper Shield ein. Ah, es reichte nicht ... Ich brauchte 4000 Punkte.

Ich sammelte die Meisterschaftsenergie aus den Schilden, die ich bis auf Weiteres nicht benutzte.

Als ich sie einspeiste, war ein Ton zu hören.

Chimera Viper Shield (erwacht) 0/30 C
Fähigkeit freigeschaltet ... Ausrüstungsbonus: Skill »Change Shield«, Gegengiftsteigerung/Giftabwehr (mittel)
Sonderfunktion: Schlangengiftzahn (groß), Enterhaken
Meisterschaft: 0

Die Grundleistung war beträchtlich gestiegen.

Was war hier denn los?

Und was gab es noch: Steigerung des Seltenheitswertes? C musste die Abkürzung für common sein.

Wie erwartet reichte die Energie nicht. Zunächst musste ich verschiedene Sachen umwandeln.

Geschafft!

Chimera Viper Shield (erwacht) 0/30 UC
Fähigkeit freigeschaltet ... Ausrüstungsbonus: Skill »Change Shield«, Gegengiftsteigerung/Giftabwehr (mittel)
Sonderfunktion: Schlangengiftzahn (groß), Enterhaken
Meisterschaft: 0

UC ... Hieß das wohl uncommon? Die Leistung war etwa um den 1.2-Fache gestiegen.

Ich führte die Prozedur noch einige Male durch und schaffte es, den Schild auf R zu steigern: rare. Allein dadurch war der Schild viel leistungsstärker geworden.

Die Wachstumsrate war ebenfalls erstaunlich. Dazu noch den Zuwachs, den die Meisterschaft mit sich brachte ... Oha!

Wenn ich nun noch Motoyasus Hinweisen nachging ... Ich gab mir Mühe, auch seinen Ausführungen zu vertrauen. Mittlerweile wollte ich alles glauben und begierig weiter vorpreschen.

Scheiße ... Ich hatte keine Erze, mit denen ich Motoyasus Power-up-Methode ausprobieren konnte.

Ich würde die Königin bitten, mir welche zur Verfügung zu stellen. Nachdem ich so weit gekommen war, würde ich es zweifellos schaffen. Allerdings würde es sicher einige Zeit brauchen, das Material zu beschaffen. Was konnte ich denn im Augenblick stattdessen noch versuchen?

Ich hätte auch gern den Spirit Enchant probiert, aber mir fehlten die Materialien. Aber den Status Enchant konnte ich ausprobieren. Auch hierfür brauchte man Stoffe ... Ah, das Ergebnis hing vom Zufall ab?

Das Resultat war jedenfalls, dass Magie hinzugefügt wurde.

Chimera Viper Shield (erwacht) 0/30 R
Fähigkeit freigeschaltet ... Ausrüstungsbonus: Skill »Change Shield«, Gegengiftsteigerung/Giftabwehr (mittel)
Sonderfunktion: Schlangengiftzahn (groß), Enterhaken
Meisterschaft: 0
Status Enchant: Magie 20 +

So viel? Die Menge an Magie, die man aufwenden musste, war gewaltig!

Ah, man konnte den Wert auch zurücksetzen. Aber meine Materialien waren etwas knapp, daher wollte ich es lieber erst einmal lassen.

Der Schild war jedenfalls sichtlich stärker als zuvor. Die Statusanzeige war ein bisschen chaotisch und schwer zu verstehen, aber ich hatte definitiv ein Plus gemacht.

Ich nutzte die Gelegenheit, um noch einmal die Hilfe zu überfliegen.

»...«

Erwartungsgemäß war alles nachgetragen worden.

Das war ja ... Gut, ich war gerade in Schwung. Ob ich wohl auch ein System aus einem beliebigen Game anwenden konnte, an das ich liebevoll zurückdachte?

»Nanu?«

So viel ich auch damit herumspielte und betete: Nichts passierte.

Nun, ich hatte alles schon ordentlich gesteigert und hatte demnach wohl keinen Grund, mich zu beklagen. Nur leuchtete es mir nicht so recht ein.

»Königin …«

»Ja, bitte?«

»Überbringe den anderen Helden bitte eine Nachricht von mir: Was sie erzählt haben, hat alles gestimmt. Keiner von ihnen hat gelogen. Aber das alles funktioniert nur, wenn man den anderen wirklich glaubt. Sag ihnen das.«

Dass es so weit kommen konnte … Aber mir fiel wieder ein, was die Königin gesagt hatte.

Das Replikat unserer Waffen, mit dem der Heilige Vater gekämpft hatte, hatte ja angeblich nur ein Viertel der Kraft der Originale entfalten können.

Auch vor dem Hintergrund ergab das Ergebnis durchaus Sinn. Es konnte sogar sein, dass es sogar noch höher war.

Ich freute mich ja, dass wir ihn ausgestochen hatten, aber wenn die Lage in Wahrheit so aussah, dann hätten wir im schlimmsten Fall …

Am nächsten Morgen gingen wir nach dem Frühstück ins Audienzzimmer der Königin.

Ich hatte erwartet, Ren, Motoyasu und Itsuki dort anzutreffen, doch dem war nicht so.

»Wo sind die Helden?«

»Die sollen schon früh am Morgen aufgebrochen sein.«

»Die hatten's wohl eilig! Fahren sie mit dem Schiff?«

»Ja, es liegt eins im Hafen. Bitte beeilt auch Ihr Euch, Herr Iwatani.«

»Schon klar. Und was ist mit den Reisekosten und so?«

»Das übernimmt alles die Krone. Wenn Ihr sonst noch etwas braucht …?«

»Na dann …«

Ich schrieb die Arten von Erzen und Stoffen, die ich brauchte, um meinen Schild hochzurüsten, auf einen Zettel und reichte ihn der Königin.

»Lass mir das später zukommen.«

»In Ordnung. Wenn die anderen Helden herausfinden, wie stark Ihr seid, werden sie womöglich alles noch einmal überdenken, meint Ihr nicht auch?«

Das wäre zumindest gut.

Ich überschlug nur kurz, wie sehr sich meine Werte allein durch diese Aufrüstungsmethode noch verbessern würden, und der Unterschied war ansehnlich.

Filos Kräftezuwachs war geradezu gespenstisch, doch selbst das fiel angesichts dieser Dimensionen kaum ins Gewicht.

»Also, brechen wir auf?«

»Ja.«

»Los geeeht's! Ich komm wieder, Mel!«

Filo winkte Melty heftig zu, und dann verließen wir das Schloss.

Die letzte Nacht hatte Filo übrigens bei Melty verbracht. Sie verstanden sich wirklich prächtig, die beiden.

Kapitel 4: Waffen kopieren

Nachdem wir das Schloss verlassen hatten, schauten wir vor unserem Aufbruch noch beim Waffenhändler vorbei.

Er war gewissermaßen mein Wohltäter und hatte mir seit jener Zeit der Verleumdungen immer wieder geholfen.

Raphtalias magisches Schwert und die Handschuhe, die Filo in ihrer Menschenform verwenden konnte, stammten beide von ihm.

»Hi, Alterchen. Ist 'n Weilchen her, was?«

»Na, wenn das mal nicht mein Jungchen ist! Ich hab mich ganz schön erschrocken, als einen Tag nach eurer Abfahrt plötzlich überall Steckbriefe hingen.«

»Na ja, das war schon 'ne schlimme Zeit.«

»Aber du scheinst ja deine Unschuld bewiesen zu haben.«

»Ja, und das hab ich unter anderem dir zu verdanken. Du hast mir so viele nützliche Sachen mitgegeben, das weiß ich echt zu schätzen.«

»Wirklich, vielen Dank!«

»Dankeee!«

Raphtalias und Filo wollten ihre Waffen zurückgeben, aber der Waffenhändler hob abwehrend die Hände.

»He, lasst das, ihr bringt mich in Verlegenheit! Das waren nur Prototypen, also macht euch deswegen keine Gedanken.«

»Dieses Ding zum Aufstecken für meinen Schild, das hat einmal eine schützende Barriere erzeugt und ist dann zerbrochen.«

»Macht nichts. Ich wollte damit was überprüfen, aber so einfach lässt sich der legendäre Schild wohl nicht analysieren, hm?«

»Jedenfalls haben wir es dir zu verdanken, dass wir überlebt haben. Ich weiß echt nicht, wie ich dir dafür danken soll.«

»Jetzt lass mal gut sein, Jungchen! Erzähl mir lieber, weswegen ihr heute hier seid.«

»Ach so, ja. Sag mal, kannst du mir ein paar Schilde zeigen?«

»Ich glaub zwar nicht, dass du mit denen, die ich da hab, was anfangen kannst, aber ... Oder sind die für die jungen Damen?«

»Nee ... Na ja, ich denke mal, dir kann ich's ruhig erzählen.«

Ich berichtete ihm von der Waffenkopierfunktion. Wie erwartet, machte er ein mürrisches Gesicht.

»Ich betreibe hier ein Geschäft, und du sagst mir praktisch ins Gesicht, dass du mich beklauen willst!«

»Ist doch besser, als wenn ich's einfach mache, ohne es dir zu sagen, oder? Ich werde dir dafür auch Aufträge von der Krone vermitteln. Also lass es mich probieren, ja?«

»Nun ... Das heißt wohl, die anderen Helden haben es einfach stillschweigend gemacht, was? Na, meinetwegen. Immerhin bittet ja kein Geringerer als du darum. Dann fass mal alles an, was du willst.«

Ich hob einen an der Wand lehnenden Schild auf. Als ich den Griff berührte, spürte ich eine Vibration, und dann erschien ein Icon.

Die Waffenkopierfunktion wurde ausgelöst!

Bedingungen erfüllt für: Iron Shield
Bedingungen erfüllt für: Red Iron Shield
Bedingungen erfüllt für: Pink Iron Shield
Bedingungen erfüllt für: White Iron Shield
Bedingungen erfüllt für: Brown Iron Shield
Bedingungen erfüllt für: Blue Iron Shield
Bedingungen erfüllt für: Sky Iron Shield
Etc ...

Es waren sogar alle Farbvarianten dieses Schildes freigeschaltet worden, die man im Geschäft kaufen konnte!

Damals waren auch farbliche Varianten des Small Shield mit freigeschaltet worden. Da das bloß ein Schild mit Statusbezug war, hatte ich gar nicht mehr groß daran gedacht.

Aber ... Wenn das so funktionierte, hatte ich eine Frage ...

Gab es eigentlich einen Balloon Shield? Dieser Monsterschild tauchte nirgendwo auf.

Mir waren Ballonmonster in orange und rot begegnet. Gab es womöglich auch eine Normalvariante?

Ich nahm jeden Schild im Laden in die Hand und spielte sie auf die gleiche Weise frei. Round Shield, Buckler, Knight Shield, Schilde aus Bronze, Blei, Stahl und Silber ... Sogar lederne Schilde gab es, auch solche, die ich noch nicht durch gegerbtes Leder bekommen hatte.

Alle verkäuflichen Schilde schien es in verschiedenen Farben zu geben.

Dann fertigte ich noch Kopien an von einem Schild aus magischem Silber, dem Heavy Shield, einem Eisenpanzerschild, einem magischen Schild und diversen anderen.

Der Iron Shield und der Eisenpanzerschild waren also unterschiedliche Schilde ... Bei dem magischen Schild ließ sich über einen Schalter am Griff ein Schild aus Magie erzeugen – eigentümliches Ding. Es schien von der Konstruktionsweise her Raphtalias magischem Schwert zu entsprechen.

»Ach ja, da wäre noch was. Warte mal kurz, Jungchen.«

Damit verschwand der Waffenhändler hinten im Laden.

Ich hörte das Geräusch rascher Schritte auf einer Treppe, und dann klapperte irgendetwas.

Nach einer Weile kehrte er zurück.

»Da bin ich wieder. Dieser Schild hier ist selten in diesem Reich.«

Ganz schön derb sah der Schild aus, den der Alte da angeschleppt hatte … Er glänzte jedoch seltsam. Ob das dafür verwendete Metall Eisen war? Der Schild hatte … irgendetwas Eigenartiges an sich.

Ich wandte meine Begutachtungsfähigkeit auf ihn an.

Siderite Shield. Qualität: normal

»Was ist das denn?«

»Das ist ein seltenes Mineral, das vom Himmel gefallen ist. Aus diesem ist der Schild gefertigt. Ein besonderes Ausstellungsstück aus Zeltoble. Prototyp der Siderite Series.«

»Ui … Ein Ausstellungsstück? Und warum liegt das bei dir rum?«

»Ach, das … Das war so ’ne Sache vor langer Zeit.«

»Hmmm.«

Jedenfalls war der Schild sicher unverkäuflich …

Ach, Motoyasu und die anderen hatten doch erzählt, dass es in Zeltoble ein gutes Sortiment gab! Hatten sie die Waffen dort etwa berührt und kopiert?«

»Los, nimm ihn mal in die Hand!«

»O… Okay.«

Ich ließ mir den Siderite Shield reichen.

Die Waffenkopierfunktion wurde ausgelöst!

Siderite Shield 0/20 C

Fähigkeit nicht freigeschaltet … Ausrüstungsbonus: Skill »Shooting Star Shield«

Meisterschaft: 0

Da war sie endlich: Die Schildversion der Shooting Star Series, die die anderen Helden ständig verwendeten!

Den gab es übrigens auch in vielen Farben, aber die waren alle auf gewöhnliche Weise statusbezogen.

Waren wir mit mir nun also die vier Shooting-Star-Deppen? Nun, letztendlich kam es ja auf die Leistung eines Schildes an ...

Ich wechselte zum Siderite Shield.

»Oh!«, machte der Alte.

»Ich hab hier einen interessanten Skill, den will ich mal eben ausprobieren.«

»Wa... He!«

»Shooting Star Shield!«

Um mich herum erschien eine dünne Wand aus fahlem Licht. Der Durchmesser betrug etwa zwei Meter, mit mir in der Mitte. Der SP-Verbrauch ... schien etwa 5 Prozent zu betragen. Die Abkühlzeit war auch kurz: fünfzehn Sekunden.

Dem Aussehen nach schien dieser Skill eine Schutzbarriere zu erzeugen. Sie ähnelte der magischen Barriere, die jenes Experiment des Waffenhändlers erzeugt hatte, von dem wir zuvor gesprochen hatten.

Wenn die Wirkung auch nur annähernd so stark war, war das ein ziemlich großartiger Skill.

»Was ist denn das für ein Skill?«, fragte Raphtalia.

»Ich nehme an, der erzeugt 'ne Schutzbarriere ...«

Raphtalia berührte die Lichtwand, die mich umgab ... und ihre Hand ging einfach hindurch.

»Oder auch nicht ...«

»Hä?«

Filo hatte es ebenfalls probiert und machte nun ein Spiel daraus, indem sie ihre Hand immer wieder hinein- und hinausbewegte.

Die anderen verwendeten die Shooting Star Series gern, also musste sie leistungsstark sein. Ich glaubte kaum, dass sie so schrottige Skills wie ich hatten.

»Jetzt mach doch nicht mitten im Laden so was Komi... Au!«

Der Waffenhändler war meckernd auf mich zu gekommen und gegen die Barriere geprallt.

»Ach so, dann können wohl nur die Mitglieder der eigenen Party rein und raus!«

Ich wusste zwar nichts über die Haltbarkeit, aber es schien sich tatsächlich um eine Schutzbarriere zu handeln. Im richtigen Moment angewandt war das sicher nützlich.

Und die Wirkungszeit ... betrug fünf Minuten. Wenn man bedachte, dass die Abkühlzeit nur fünfzehn Sekunden betrug, war das ein ausgezeichneter Skill.

»Ehrlich, du musst mal ein bisschen mehr nachdenken, Jungchen!«

»Sorry. Ich dachte nur, ich führ dir mal vor, was du hier eigentlich aufbewahrst.«

»Damit nimmst du mir natürlich den Wind aus den Segeln.«

»Das war's dann wohl erst mal, oder? Wir fahren jetzt nämlich nach Cal Mira.«

»Ah, da ist gerade wieder dieses Aktivierungs-Phänomen, oder? Ja, wenn man da mal hinwill, dann jetzt!«

»Ganz genau. Und wenn ich zurückkomme, werde ich mich wohl mit verschiedenen Aufträgen an dich wenden.«

»Aber sicher doch! Wenn du meinst, dass mein Geschäft dir reicht?«

»Ich hab eben großes Vertrauen in deine Fähigkeiten, darum bitte ich dich. Auf dich ist mehr Verlass als auf die Krone.«

»Jungchen ...«

Der Alte wischte sich über die Augen, er war anscheinend gerührt.

Immerhin hatte ich das Meiste der Ausrüstung, die ich bisher verwendet hatte, bei ihm gekauft. Das gab auch mir ein Gefühl der Sicherheit.

»Dann werde ich mir die größte Mühe geben, damit ich deinen Erwartungen gerecht werde.«

»Ja, kannst dich schon mal drauf freuen.«

Und so verließen wir, nachdem ich alle Schilde hatte kopieren dürfen, den Waffenladen.

Kapitel 5: Der Grabbesuch

»Wir erreichen bald eine Stadt mit Hafen.«

Für dieses Event sollten wir uns alle in einer Hafenstadt treffen. Dort würden wir auf ein Schiff steigen.

Die anderen Helden waren offenbar mit einer Kutsche angereist, die das Schloss bereitgestellt hatte. Womöglich hatten sie die besagte Stadt noch nicht in ihrem Portalskill registriert.

Auch Filo war gut drauf, weil wir nach geraumer Zeit endlich wieder gemütlich mit der Kutsche herumfuhren.

»Ach, Herr Naofumi ... Könnten wir vielleicht einen kleinen Abstecher machen?«

»Hm?«

Es kam selten vor, dass Raphtalia irgendwohin wollte. Der Ort, den sie nannte, war nicht allzu weit weg.

»Klar, können wir machen.«

»Gut, Filo, dann bieg bitte dort vorn landeinwärts ab.«

»Jaaa!«

Und so waren wir auf dem Weg zu ... einem Geisterdorf.

Es gab einen Brunnen, aus dem niemand mehr schöpfte, und Gebäude, denen die Dächer fehlten. Häuser waren niedergebrannt ... Es standen noch die Überbleibsel baufälliger Bauten im Dorf.

Vor langer Zeit aufgegeben ... schien das Dorf nicht zu sein, denn so heruntergekommen war es nicht. Es war allerdings auch nicht erst wenige Tage her.

Ich fragte mich, wie lange es schon verlassen dalag.

Vermutlich war dies Raphtalias Heimatdorf.

»...«

Während wir hindurch fuhren, blickte Raphtalia wortlos auf die Ruinen.

Am Rand des Dorfes fanden wir zahllose Gräber.

Ich hatte gehört, dass jener mit der Innenpolitik betraute Adlige bei der ersten Welle umgekommen war. War dies also sein Herrschaftsgebiet gewesen?

Seit ich in diese Welt gelangt war, waren schon mehr als drei Monate vergangen. Wenn man die Reihe von Ereignissen vor unserer Beschwörung mit einberechnete, musste es also etwa vier Monate her sein.

Der Gedanke, dass hier noch vor vier Monaten ein Subhumanoidendorf gestanden haben sollte, ließ mich aufs Neue spüren, mit welcher Gewalt diese Wellen über die Welt hereinbrachen.

»Raphtalia?«, fragte Filo. »Wo fahren wir hin?«

»Bitte noch bis zu dem Felsen, von dem aus man auf das Meer blicken kann.«

»Mhm, na gut.«

Aus unserer klappernden, schwankenden Kutsche betrachte ich den Landstrich, in dem Raphtalia aufgewachsen war.

Schließlich erreichten wir das hoch aufragende Kliff mit dem Blick aufs Meer, und Raphtalia stieg aus. An der Spitze lag ein Haufen aus kleinen Steinen ... Das war ein Grab.

Raphtalia pflückte ein paar Blumen, die in der Nähe wuchsen, und legte sie davor ab. Dann fing sie an, direkt daneben ein Loch zu graben. Schweigend beugte ich mich vor und half ihr.

Ich wusste, was sie vorhatte.

Während der jüngsten Verwicklungen hatten wir im Herrenhaus des Adligen, der sie misshandelt hatte, die Überreste einer Kindheitsfreundin gefunden.

Dies war ein Begräbnis.

Nachdem wir die Knochen mit Erde bedeckt hatten, legten wir die Handflächen aneinander und beteten für das Seelenheil des Mädchens.

Raphtalia hatte erzählt, dass es immer davon geträumt hatte, dem Schildhelden zu begegnen. Hier, fand ich, lag sie zumindest besser als in jenem kalten Keller. Wenngleich das nur der egoistische Wunsch der Lebenden sein mochte.

Ich betete dennoch, dass die Überreste des Mädchens hier in Frieden würden ruhen können.

...

Man musste sich einmal vor Augen führen, dass Raphtalia erst vor etwa vier Monaten ihre Familie verloren hatte. Sie musste ein psychisch überaus starkes Mädchen sein.

Die eigene Familie zu verlieren und dennoch weiterzuleben ... Zudem hatte sie erzählt, dass sie noch allerlei Schlimmes erlebt hatte, ehe sie mir begegnet war.

Was würde wohl aus ihr werden, wenn ich einmal in meine Welt zurückkehrte?

Filo hatte immerhin Melty, aber Raphtalia hatte gar nichts.

Sie fragte mich immer mal wieder, warum ich unbedingt heimkehren wollte. Vielleicht machte sie sich einfach Sorgen wegen der Zeit, wenn das alles einmal vorbei wäre. Machte sie sich Sorgen, dass ich sie ... im Stich lassen würde?

»Ich ...«, begann sie leise.

Ich blieb still und wartete aufmerksam, was sie sagen wollte.

»Ich will für sie alle am Leben bleiben, und ich will allen helfen, die wegen der Wellen trauern. Das ist mir jetzt noch klarer geworden.«

»Hm, ja. Und von jetzt an wird uns das Reich dabei unterstützen. Dann können wir bestimmt noch mehr Leuten helfen.«

Bisher hatte man mir, weil ich der Held des Schildes war, jede Kooperation verweigert. So hatte es unnötige Opfer gegeben.

Jetzt waren wir jedoch in einer besseren Lage und konnten den Wellen ernsthaft entgegentreten. Dementsprechend würde auch die Opferzahl sinken.

»Bitte verzeiht mir, dass ich euch Umstände gemacht habe.«

»Ach was. Das hier ist doch wichtig … Also, wollen wir dann langsam los?«

»Ja! Und … Ich komme wieder. Vater, Mutter, Riphana.«

Raphtalia winkte dem Grab zu und stieg wieder in die Kutsche.

Wenn die nächste Welle geschafft war, wollte ich ein bisschen mehr an Raphtalias Wohl denken. Es war meine Pflicht, Umstände herbeizuführen, die Raphtalia ein glückliches Leben ermöglichen würden. Dieser verlorene Ort voller Erinnerungen … Ließ er sich nicht irgendwie zurückgewinnen?

Als wir jenen sadistischen Adligen besiegt hatten, hatte Raphtalia gesagt, sie werde sich »jene Flagge zurückholen« … Auch ich konnte Tote nicht wieder zum Leben erwecken; aber es musste doch Überlebende geben. Wie Kiru, der ebenfalls im Verlies jenes Adligen gequält worden war.

Könnte man nicht ein Wiedersehen herbeiführen zwischen Raphtalia und den Überlebenden aus dem Dorf? Und könnte man ihnen nicht eine neue Heimat schaffen?

Es war möglich! Sobald ich Gelegenheit hatte, wollte ich nach ihnen suchen … Raphtalia zuliebe. Andernfalls würde ich mir das nie verzeihen.

Die Helden hatten sich in der besagten Hafenstadt eingefunden und wollten gerade an Bord gehen. Die Abfahrtzeit war natürlich im Voraus bestimmt worden, und die Jungs wirkten unzufrieden, weil sie nun doch zusammen mit uns losfahren würden, obwohl sie früher aufgebrochen waren.

Nur, um andere auszustechen … War ihnen das nicht zu blöd?

Die Abfahrt schien noch ein Weilchen hin zu sein.

Wir standen in einer Schlange auf dem Hafendamm und warteten, dass man uns auf das Schiff ließ. Der Typ vor mir blickte gelangweilt in alle Richtungen.

»L'Arc, nimm dich mal ein bisschen zusammen.«

»Schon gut! Ist doch klar, dass man aufgeregt ist, wenn man eine Schiffsreise macht!«

Oje … Jetzt fuhr auch noch so ein Kerl mit, der ständig irgendwelches überdrehtes Zeug redete.

Als ich seufzte, drehte sich der Typ um.

»Hm? Was ist los, Bubi?«

»Bubi …«

Ich war zwanzig – kein Alter, in dem einen jemand so ansprach!

Ich sah den jungen Mann unverwandt an. Seine kurzen Haare standen hoch wie toupiert.

Wurden sie von irgendwelchen Haarbändern in diesem Zustand gehalten? Oder war das einfach seine natürliche Haarstruktur?

Normalerweise sah man nie irgendwelche Typen mit solchen Haaren … Aber vielleicht war das in dieser Welt anders.

Er hatte ebenmäßige Gesichtszüge und zog bestimmt öfter Blicke auf sich. In seinen Augen blitzte Entschlossenheit … Irgendwie vermittelte einem sein Blick das Gefühl, dass man sich auf ihn verlassen konnte.

Hatte er sich die Muskeln fürs Kämpfen antrainiert? Man sah jedenfalls allein an seinen breiten Schultern, dass er ziemlich kampferprobt sein musste.

Wie alt mochte er sein? Grob geschätzt vielleicht Ende zwanzig?

Er hatte das etwas raue Aussehen eines Abenteurers.

Aus irgendeinem Grund hing eine Sichel an seiner Hüfte.

»Ich bin schon zwanzig …«

»Ah, nix für ungut! Wenn jemand jünger aussieht als ich, rutscht mir das eben so raus.«

Die ungehaltene Frau vor ihm … war vielleicht seine Reisegefährtin. Als Erstes fiel mir auf, was für eine schöne weiße Haut sie hatte. Ihr Haar war türkis, ein eigenartiger Ton. Es glänzte, wenn Licht darauf fiel. In dieser Hinsicht war sie Raphtalia nicht unähnlich.

Ihr Haar hatte sie zu einem Zopf geflochten, der ihr über eine Schulter hing. Ihre Augen blickten freundlich, aber ich hatte das Gefühl, dass sich eine gewisse Härte darin verbarg. Vielleicht konnte man sagen, dass sie eine ähnliche Ausstrahlung wie Raphtalia hatte.

Sie trug … Armreife, in die Juwelen eingelassen waren, und auf der Stirn ein Diadem.

Auf der Liste aller Mädchen, die ich bisher kennengelernt hatte, rangierte sie weit oben mit ihrem hübschen Gesicht. Die Edelsteine brachten ihre Schönheit noch mehr zur Geltung, aber auch sie funkelten umso mehr dank ihrer Schönheit. Sie bildeten eine wundersame Einheit mit ihr.

Ah, sie schien über irgendetwas zu grübeln. Das war es, was sie wie Raphtalia wirken ließ. Es war diese gewisse Ernsthaftigkeit, die diesen Eindruck hervorrief.

»Siehst du, L'Arc: Weil du nicht zur Ruhe kommst, hast du den Herrn hinter dir belästigt.«

»Tut mir ja leid.«

»Kein Thema«, nahm ich ihn in Schutz. »Aber sieht so aus, als ginge es langsam vorwärts, oder?«

Ich zeigte nach vorn, wo die ersten Passagiere auf das Schiff stapften.

Ren, Itsuki und Motoyasu waren ganz vorn mit dabei und machten sich wichtig. Hatten es wohl kaum noch erwarten können. Die Armen.

»Jawoll!«

Als die Schlange sich in Bewegung setzte, setzte sich auch der Typ vor mir in Bewegung.

»Meister!«

Was? Wieso stand Filo denn schon auf dem Deck? Sie winkte mir zu.

Sie musste gewartet haben, bis sie die Kutsche verladen hatten … Und dann war sie mit aufgesprungen.

Dank der Fürsprache der Königin hatte ich die Kutsche ausnahmsweise mitnehmen dürfen. Wenngleich ich sie auf Cal Mira nicht benutzen würde.

Ich winkte zurück und ging zusammen mit Raphtalia an Bord.

Zuerst gingen wir zu den Kajüten. Eigentlich hätten für die Helden Privatzimmer bereitgestellt werden sollen, doch aus irgendeinem Grund schien man uns in Mehrbettzimmern unterbringen zu wollen.

»Das tut uns wirklich schrecklich leid«, sagten die Seeleute und das Kajütenpersonal ergeben.

Befürchteten sie etwa, sie würden gefeuert, wenn sie mich wütend machten, oder es würden gar ihre Köpfe rollen?

»Die zuerst zugestiegenen Helden haben die reservierten Zimmer in Beschlag genommen – es musste sogar extra die Kapitänskajüte geräumt werden. Wir haben getan, was wir konnten, aber … Es sind nun schon alle Kajüten besetzt …«

Die zuerst zugestiegenen Helden … Diese Pfeifen … Waren die

jetzt völlig durchgeknallt, sich einfach alle Räume unter den Nagel zu reißen?

Es lag wohl daran, dass sie so viele Gefährten hatten: Wenn man die noch nach Männern und Frauen getrennt unterbrachte, war so ein Schiff schnell voll.

Andererseits war ich ja selbst unvernünftig gewesen und hatte Filos Kutsche aufladen lassen. Insofern konnte ich mich nicht groß beklagen. Ich würde trotzdem später der Königin davon berichten.

»Wenn Ihr Euch ein Weilchen gedulden würdet … Wir werden gewöhnlichen Fahrgästen eine Entschädigung zahlen und sie bitten, von Bord zu gehen, sodass Kajüten für Euch frei werden …«

»Sag mal … Wie viel zahlen denn gewöhnliche Abenteurer in dieser Saison für eine Fahrt zu den Inseln?«

»Was? Nun, zu dieser Zeit ist es für gewöhnliche Abenteurer ein wenig kostspieliger. Da die Krone diese Veranstaltung organisiert, verkauft sie auch direkt Karten zu einem niedrigeren Preis. Aber die sind alle vergriffen …«

Ich erfuhr, dass in dieser Phase der Verkehr zur Insel eingeschränkt wurde, weil Abenteurer, Soldaten und Feldherren anreisten und hochleveln wollten. Es kam wohl auch vor, dass sich Leute einschmuggelten, aber es war schwierig, in diesen rauen Gewässern mit kleinen Booten überzusetzen.

Das war wie bei Tickets für Konzerte von Popstars …

In meinem Fall übernahm die Krone die Kosten … Ob Cal Mira zum Königreich Melromarc gehörte?

Mir taten die Abenteurer leid, die nun eine mickrige Abfindung bekamen und aussteigen mussten.

»Wenns möglich ist, könnt ihr uns auch einfach in ein Gemeinschaftszimmer stecken, das macht uns nichts aus.«

Ich hätte auch fragen können, ob in einem der Zimmer der Helden noch Platz sei, aber ich machte mir Sorgen, dass das wegen Raphtalia und Filo nicht so harmonisch ablaufen würde.

Die Erinnerung war noch frisch: Als die Gefährten das letzte Mal versucht hatteen, miteinander ein Gespräch zu führen, war gleich Streit ausgebrochen.

Rens Gefährten schienen noch ganz in Ordnung zu sein, daher fragte ich ihn, aber ... dort hockten sie schon ziemlich dicht aufeinander, somit war das Zimmer voll.

Bei Itsuki und Motoyasu schien eher noch Platz zu sein, aber das würde nur Ärger geben. Itsukis Gefährten hatten mit Raphtalia Streit gesucht, und Motoyasu hatte die Bitch dabei. Es war wohl nicht zu ändern – ich würde es aufgeben müssen. Und so landeten wir schließlich in einer Gruppenkajüte.

»Das ist kein gutes Omen, oder?«

»Wohl nicht ...«

Wir waren bei den Mehrbettkajüten angekommen. Ich öffnete die Tür des Zimmers, in dem wir übernachten würden. Und dort ...

»Oh? Das ist doch der Bubi von vorhin!«

Sofort schlug ich die Tür wieder zu. Das war doch dieses erwachsene Kind!

»Raphtalia, tut mir leid, aber geh doch bitte noch mal zu den Seeleuten und frag, ob wir in ein anderes Zimmer können.«

»W... Was ist denn?«

»Heda!« Die Tür ging auf, und der Mann mit den strubbeligen Haaren trat heraus. »Was ist denn los, Bubi?«

»Ich sag doch, ich bin kein Bubi! Wir sind altersmäßig nicht so weit auseinander.«

»Nun, stimmt wohl ... Also, was ist los?«

»Ach, sieht bloß so aus, als wären wir in derselben Kajüte.«

»Ach, guck an! Zimmergenossen sind wir, ja? Dann wollen wir uns mal anfreunden! Hör mal, wollt ihr in dem engen Gang Wurzeln schlagen? Kommt schnell rein!«

Fröhlich grinsend führte er uns in unser Quartier. Aber diese Stimmung war gar nicht mein Ding. Der Typ erinnerte mich ein wenig an den Waffenhändler – nur wesentlich aufgedrehter.

»Stellen wir uns erst mal vor. Mein Name ist L'Arc Berg. Du kannst L'Arc zu mir sagen.«

»Angenehm … Mein Name ist … «

»Wir sind Abenteurer. So, und das hier ist Therese.«

Meine Güte, wie der einem über den Mund fuhr … Da hatten wir aber einen anstrengenden Zimmergenossen …

»Sehr erfreut. Ich bin Therese Alexandrite.«

»Mein Name ist Raphtalia.«

»Und ich heiß Filo!«

»Nett, euch kennenzulernen!«

»Ähm, Therese, stammst du vielleicht aus einem anderen Reich?«, fragte Raphtalia. »Ich hab dich nicht so recht verstanden …«

»Hm?«, machte L'Arc. »Ach, stimmt ja! Therese …«

Dann sah es so aus, als würde Therese die Sichel berühren, die an seiner Hüfte baumelte, und eine Kugel aus Magie erschien in der Luft.

»Ist es jetzt besser?«

»Ah, ja. Jetzt verstehe ich plötzlich deine Worte.«

»Hi hi hi, das hatte ich glatt vergessen. Ich sorge mit meiner Magie dafür, dass ihr mich verstehen könnt. In diesem Sinne noch einmal: Es ist mir eine Freude!«

Aha … Solche Zauber gab es also auch?

Ich mit meinem legendären Schild, der für mich dolmetschte, war womöglich ein Sonderfall.

Mir fiel auf, dass ich mich noch immer nicht hatte vorstellen können ...

Die Kajüte war schmucklos eingerichtet: Auf beiden Seiten gab es drei Kojen übereinander. Diese Zimmer waren also für sechs Personen gedacht.

Raphtalia, Filo und ich, dazu die beiden ... Fünf also ...

Anscheinend war die Mannschaft so rücksichtsvoll gewesen, uns zu fünft diese Kajüte benutzen zu lassen.

»Oh, ich glaub, es geht los!«

Der Anker wurde rasselnd eingeholt. Dann begann es zu rumpeln, und ich sah durchs Fenster, dass wir uns bewegten.

Das war der Beginn unserer beunruhigenden Überfahrt. Oder empfand nur ich das so?

»Sag mal, Bubi, wie heißt du denn nun?«

Wenn ich ihm jetzt nicht meinen Namen sagte, würde er mich die ganze Schiffsfahrt über Bubi nennen. Nicht auszudenken, was passieren würde, wenn Ren, Itsuki oder gar Motoyasu das hörten!

»Naofumi.«

»Naofumi?«

Als ich nickte, begann L'Arc schallend zu lachen.

»Ha ha ha, was redest du da? So heißt doch der Held des Schildes! Wenn du schon 'nen Decknamen benutzt, such dir 'nen anderen aus.«

»Äh ... Vielleicht bin ich ja der Held des Schildes?«

»Nee, nee, der Held des Schildes ist wohl kaum so ein Bubi.«

»Wie war das?«

»Hör mal, der Held des Schildes, das ist ein richtiger Schuft – der klaut seinen besiegten Gegnern noch die Sachen aus den Taschen!«

Nun, an so etwas erinnerte ich mich tatsächlich.

Als Glass die Bitch umgehauen hatte, hatte ich sie gefilzt und nach Magie- und Seelenheilwasser durchsucht.

Dennoch: Er begegnete mir zum ersten Mal. Woher wollte er wissen, ob ich ein Bösewicht war oder nicht? Menschen waren in der Lage, eine hübsche Fassade aufzusetzen und dabei kaltblütig eine böse Tat nach der anderen zu verüben.

So wie die Bitch zum Beispiel!

»Meinst du nicht, so ein Schuft sähe ein bisschen gemeiner aus als du?«

»Na ja, ich krieg schon oft gesagt, ich sähe böse aus.«

»Was hör ich da? Du bist doch nicht böse – höchstens 'n bisschen verschroben.«

Raphtalia hörte sich unser Hin und Her an, fasste sich an den Kopf und stöhnte.

»Da fehlen einem die Worte …«

Nun, rein objektiv betrachtet, konnte man mich schon für einen Schurken halten.

»Und darum kannst du jedenfalls kaum der besagte Schildheld sein.«

Er wollte schlichtweg nichts davon wissen. Ich hatte aber keine Lust, weiter als Bubi bezeichnet zu werden.

»Na, und was ist dann hiermit?« Ich zeigte ihm meinen Schild und verwandelte ihn vor seinen Augen mehrmals hintereinander. »Das sollte doch wohl beweisen, dass ich der Schildheld bin, oder nicht?«

»Was redest du da? Ich hab gerade erst gesehen, wie ein falscher Schildheld verhaftet wurde, und der hat was ganz Ähnliches gemacht.«

»Wie jetzt?«

»Vor einer Weile sind eine ganze Reihe von Hochstaplern aufgetaucht und haben sich als der Held des Schildes ausgegeben. Da hatten die Abenteurer ordentlich zu tun, sie hopszunehmen! Ja, dein Gesicht ähnelt dem auf den Steckbriefen, aber die suchen mittlerweile niemanden mehr. Also hör lieber auf zu lügen, sonst schmeißt dich noch jemand über Bord.«

Hochstapler, die sich als der Held des Schildes ausgaben … Da hatten sich bestimmt Anhänger der Drei-Helden-Kirche als ich ausgegeben und Straftaten verübt.

Unterdessen war ich mit Filos Hilfe als der Heilige mit dem Göttervogel unterwegs gewesen. Die Aktion war für die Drei-Helden-Kirche wohl ein Riesenflop gewesen.

Nun, die Waffe, die der Heilige Vater verwendet hatte, war mit ihrer Kampfkraft sicher eine Ausnahme gewesen, doch Waffen, die einfach nur ihre Form veränderten, ließen sich bestimmt leicht fälschen.

Scheiße … Wenn es nicht einmal reichte, meinen Schild zu verwandeln, um zu beweisen, dass ich der Schildheld war, dann wusste ich auch nicht weiter. Eigentlich hätte der Typ mein Gesicht wiedererkennen müssen, aber offenbar hatte er keinen Schimmer. Japanisch aussehende Gesichter waren hier sicher selten, aber vielleicht kam so etwas schon vor. Konnte das sein?

Ach ja, wenn sie immer mal wieder Helden aus anderen Welten herbei beschworen, konnten die ja auch Kinder in die Welt gesetzt haben!

Wenn reihenweise Leute mit japanisch anmutenden Gesichtern herumliefen und den Schildhelden spielten, wie konnte ich dann beweisen, dass ich das Original war?

Würde so etwas wie eine Bescheinigung von der Königin diesen Zweck erfüllen?

In meinem Fall hätte eigentlich schon Filo als Beweis reichen sollen. Ferner Raphtalia, denn schließlich war vielen bekannt, dass ich mit einer schönen Subhumanoidin der Waschbärenart unterwegs war.

Irgendwie ahnte ich jedoch bereits, dass L'Arc mir selbst dann nicht glauben würde, wenn Filo ihre Monstergestalt annähme. Dieser Schwachkopf hatte mich ja auf den Kristallbildern der Steckbriefe gesehen und bestand dennoch darauf, das sei nicht ich.

Das sagte mir jedenfalls mein Händlergespür. Also gab ich es auf.

»Jaja. Ist mir egal. Nenn mich halt, wie du willst.«

»Ganz schön nachlässig, Bubi.«

»Egal was ich sage, du wirst deine Meinung nicht ändern. Also geb ich's auf.«

»Herr Naofumi, du solltest deine Worte etwas vorsichtiger wählen ...«

»Keinen Bock.«

»Na schön. Ist mir 'ne Freude, Schildbubi!«

Wir hatten ja ohnehin nur auf dieser Tour miteinander zu tun, insofern musste ich ihm nichts beweisen.

Und so richteten wir uns also zusammen mit den beiden fremden Abenteurern in der Kajüte ein und setzten unsere Reise nach Cal Mira fort.

Kapitel 6: Der Cal-Mira-Archipel

Die Helden waren gebeten worden, sich den Matrosen vorzustellen, daher hatten wir uns an Deck versammelt.

Den anderen Helden war schlecht, und sie hingen in den Seilen.

»Seekrank, was?«

Mir war das noch nie passiert, aber es gab wohl viele, denen auf Fortbewegungsmitteln aller Art schlecht wurde.

Wussten die überhaupt, was ich erdulden musste, weil sie sich alle guten Zimmer unter den Nagel gerissen hatten?

»Dir wird wohl nicht schlecht, Naofumi …«

»Nee, ich war noch nie seekrank.«

Ehrlich gesagt hatte ich keine Lust, mich aus Mitleid mit ihnen zu verbrüdern. Das war eben die Strafe dafür, dass sie sich die Kajüten gekrallt hatten.

»Juchhu!«

Filo in ihrer Monstergestalt sprang vom Schiff und schwamm wie ein Wasservogel im Meer herum.

»Ah …«

Von hinten näherte sich ihr der Schatten eines großen Fisches.

»Filo, pass auf!«

»Mhm?«

Während sie sich umdrehte, öffnete das Monster, das einem Hai ähnelte, sein großes Maul und schnappte nach ihr.

»Hiah!«

Sie verpasste ihm einen Kick unters Kinn, und er flog in die Luft.

Sie trat noch einmal zu: Der Fisch kam zum Schiff geflogen und platschte aufs Deck. Die Matrosen und Abenteurer schrien auf.

Das Monster wälzte sich auf dem Deck herum. Filo versetzte ihm den Todesstoß.

»Glaub mal nicht, dass du mich so einfach verputzen kannst!«

Sie fing direkt an, ihn mit ihren Klauen zu zerreißen und sich den Schnabel vollzustopfen.

»Mach nicht das Deck schmutzig.«

»Wie grausam ...«, murmelte der kreidebleiche Itsuki in meine Richtung. »Als wäre nichts dabei.«

Na ja, grausam war es schon, aber so war Filo eben.

Das war übrigens schon ihr zweiter Hai. Den ersten zerlegte ich und gab ihm meinem Schild. Dadurch bekam ich Schilde mit interessanten Fähigkeiten.

Bedingungen erfüllt für: Blue Shark Shield
Bedingungen erfüllt für: Shark Bite Shield

Blue Shark Shield
Fähigkeit nicht freigeschaltet ... Ausrüstungsbonus: Schwimmen 1

Shark Bite Shield
Fähigkeit nicht freigeschaltet ... Ausrüstungsbonus: Fähigkeit, auf Schiffen zu kämpfen 1
Sonderfunktion: Haizähne

Schwimmen ... Die meisten Leute konnten das doch ohnehin.

Egal. Die andere Fähigkeit hatte sicher damit zu tun, wie gewandt man sich auf einem Schiff bewegen konnte.

Würde ich die brauchen, wenn es hier zu einer Kampfsituation käme? Wenn sich Zeit fand, sollte ich das wohl freispielen.

Da das zweite Monster derselben Art angehörte, brauchte mein

Schild es nicht. Filo durfte es ruhig fressen.

»Jungs, solltet ihr solche Fahrten nicht besser wegstecken?«

»Naofumi ... Du bist hier der Komische!«

»He, Schildbubi. Was gibt's Neues?«

»Hm?«

L'Arc und Therese kamen auf mich zu. Sie hatten Raphtalia im Schlepptau.

»Ich schwatze nur mit ein paar Bekannten.«

»Ach, die seekranken Burschen da drüben? Waschlappen! Wir sind gerade mal 'nen halben Tag auf dem Schiff.«

»Na ja, wir kommen ja auch schon morgen früh an ...«

Den beiden schien jedenfalls nicht schlecht zu sein.

Ich setzte mich an die Reling und blickte aufs Meer hinaus. Die Wellen schienen höher zu werden.

»Könnte ein Sturm werden«, sagten ein Matrose und Raphtalia.

»Und, Bubi, was habt ihr vor, wenn wir auf den Inseln angekommen sind?«

»Gibt doch nur eins, was man während der Aktivierung auf den Cal-Mira-Inseln macht, oder?«

Natürlich war unser Ziel, unsere Level zu pushen, was sonst?

Natürlich wollte ich auch schauen, was sich an unbekannten Stoffen fand oder was die Monster so fallen ließen.

»Ach ja?«

Und außerdem ... könnten wir die heißen Quellen aufsuchen: Die hatten angeblich eine gute Heilwirkung bei schweren Flüchen. Ein Bad darin könnte also meine Genesung unterstützen.

»Na, wenn das so ist, wollen wir dann vielleicht gemeinsam losziehen?«

»Hm? Wo kommt das denn plötzlich her?«

»Dass wir hier auf dem Schiff zusammengekommen sind,

das ist Schicksal! Nur mit Therese hochzuleveln macht überhaupt keinen Spaß. Ich hab mir gedacht, dass wir alle zusammen grinden könnten, Bubi.«

Hm ... Ehrlich gesagt war mir das schnuppe.

L'Arc schien zu glauben, dass ich nicht der Schildheld sei, sondern nur ein Abenteurer, der so tat.

Es war also klar, dass er nicht vorhatte, mich auszunutzen.

Was war er überhaupt für einer?

Ich sah Raphtalia an.

»Was meinst du?«

»Das wäre doch in Ordnung, meinst du nicht? Oder behindert uns das in irgendeiner Weise, wenn wir gemeinsam kämpfen?«

Was war wohl die Mitglieder-Obergrenze für eine Party in dieser webgamemäßigen Welt?

Die Truppenbildungsfunktion, mit der man zum Beispiel Ritter mitnehmen konnte, schien auf die Wellen beschränkt zu sein. Eine gewöhnliche Party war ein klein wenig anders.

Ich kannte Games, in denen man große Gruppen aus 20 Personen bilden konnte, insofern war es nicht einfach zu sagen.

Da fiel mir Itsukis Party ein. Das war ja ein ziemlich großer Haufen: mit Itsuki sieben Personen.

Wenn wir uns zu einer Gruppe zusammenschlossen, wären wir zu fünft: Raphtalia, Filo, L'Arc, Therese und ich. Dürfte eigentlich kein Problem sein.

»Aber steht uns nicht im Weg, sonst lassen wir euch zurück.«

»Ha ha, du nimmst mir die Worte aus dem Mund!«

Überraschend erwachsen, wie er auf meinen Spott reagierte. Ich hatte nicht direkt was gegen solche Typen, aber sie brachten einen aus dem Rhythmus.

»Wir finden uns erst mal allein ein bisschen rein, und dann legen wir alle zusammen los.«

»Okay, machen wir so.«

Und so hatten wir uns also mit Abenteurern, die wir nicht kannten, zur Hochlevel-Monsterjagd verabredet.

Das war etwas ganz anderes im Vergleich mit damals, als die Bitch und der Drecksack mich hinters Licht geführt hatten.

Was wohl die Gefährten der anderen Helden gerade machten? Wahrscheinlich lagen sie entkräftet in ihren Kojen.

Am Abend geriet das Schiff in einen Sturm, der es kräftig durchschüttelte, doch am darauffolgenden Morgen erreichten wir ohne Probleme unser Ziel.

Die Kajüte war eng, was mir keine großen Probleme bereitet hatte, aber Filo war sehr aufgeregt gewesen, und Raphtalia war natürlich auch schwindlig geworden.

Und die Abenteurer, die allesamt keine Seeleute waren … Na, es lässt sich wohl erraten.

Cal Mira bestand aus Vulkaninseln und war größer als erwartet.

Ich hatte keine Garantie, dass die Karten genau waren, aber … ich schätzte es etwa auf die Größe Hawaiis in meiner Welt.

Übrigens war Cal Mira so etwas wie ein Kosename: Die formelle Bezeichnung lautete Cal-Mira-Archipel.

Es handelte sich um mehrere, nahe beieinander gelegene Inseln.

Im Binnenmeer waren die Wellen sanft, und wenn Ebbe war, konnte man den Weg zwischen vielen Inseln sogar zu Fuß zurücklegen … hatte ich zumindest gehört.

Ob wir auf Filos Rücken wohl auf eine andere Insel gelangen könnten?

»Na dann, bis übermorgen, Bubi – dann gehen wir gemeinsam auf die Jagd!«

»Machen wir.«

Ohne etwas zu verabredeten, etwa wo wir uns treffen würden, gingen wir getrennter Wege.

»Na denn. Ich bin ja auch froh, dass wir da sind, aber …«

Fassungslos sah ich zu, wie überglücklich und dankbar die anderen Helden waren, als sie am Hafen endlich wieder an Land gehen konnten. Sicher hatten sie alle nachts nicht schlafen können und waren in ihren Kajüten herumgepurzelt. Demensprechend sah nun die ganze Bande beim Gang von Bord ganz schön erledigt aus. Auch die Bitch war blass, als würde sie sich gleich übergeben. Geschah ihr recht.

»Mann, ihr haltet echt nichts aus …«

»Naofumi … Du bist in der Hinsicht der Komische hier!«

»Ich dachte schon, wir gehen unter!«

Das hatte ich auch gedacht, aber man konnte sich nicht von jeder Kleinigkeit aus der Ruhe bringen lassen.

Sicher, herumgeschleudert zu werden und ständig hinzufallen, war schon lästig gewesen.

War das eigentlich ein ungewöhnlich heftiger Sturm gewesen? Hing vielleicht auch das mit den Wellen des Untergangs zusammen?

Nach den Maßstäben meiner Welt war das auf alle Fälle ein Sturm der Größenordnung gewesen, bei dem Schiffe sanken.

Bei so einer Schiffsfahrt nahm man so richtig wahr, dass man in einer fremden Welt war.

»Wir hatten Glück, dass unser Schiff nicht gesunken ist – sonst hätte jetzt unser Leben auf einer einsamen Insel begonnen.«

»Sag nicht so was Schreckliches!«

»Das ist nicht lustig.«

»Wir sollten jedenfalls heute früh ins Gasthaus, um keine Zeit zu verschwenden.«

Doch ehe wir zu der Pension gehen konnten, die die Königin uns vermittelt hatte, mussten wir erst den Adligen begrüßen, der die Insel verwaltete. Das war sicher jemand recht Hochrangiges: Es war zwar eine abgelegene Gegend, aber es kamen häufig Leute zu Besuch.

»Die vier heiligen Helden und alle ihre Gefährten – herzlich willkommen!«

Wir warten gerade darauf, dass die anderen Helden sich wieder erholten, da kam ein merkwürdiger Typ auf uns zu, die Flagge eines Fremdenführers in einer Hand.

Er trug die Militäruniform Melromarcs und wirkte auf den ersten Blick wie ein kultivierter Mann mittleren Alters, aber ... Die Flagge passte nicht zu ihm.

»Mir wurde der Cal-Mira-Archipel zur Verwaltung anvertraut. Ich bin Graf Habenburg.«

»H... Hallo.«

Ich war der einzige Held, dem es gut ging, daher musste wohl ich vorangehen und mich mit ihm abgeben.

»Ich freue mich darauf, Euch besser kennenzulernen!«

»Ja ... Angenehm.«

Alle Helden stellten sich dem Grafen vor.

»Nun, dann möchte ich den werten Helden mal alles über den Cal-Mira-Archipel erzählen.«

Äh ... War er etwa tatsächlich ein Fremdenführer? So etwas mochte ich gar nicht, das wurde schnell lästig.

»Wir sind nicht unbedingt wegen der Sehenswürdigkeiten hier ...«

Wir waren bloß auf die Erfahrungspunkte scharf, die es hier wegen der Aktivierung geben würde. Dennoch belehrte er uns über die Inseltraditionen ... Das war doch keine Bildungsreise!

»Nun, alles begann in alter Zeit damit, dass sich die heiligen Helden aus den Legenden hier gestählt haben ...«

Während er palaverte, führte er uns zum Marktplatz der Insel. Dort erblickte ich ein eigenartiges Kunstobjekt.

Es war so etwas wie ein Totempfahl, vier Tiere übereinander, die alle Weihnachtsmannmützen trugen: ein Pinguin, ein Kaninchen, ein Eichhörnchen und ein Hund. Der Pinguin hielt eine Angelrute, das Kaninchen einen Spaten, das Eichhörnchen eine Säge und der Hund ein Seil.

Was sollte das denn sein?

»Oh? Der Held des Schildes hat einen Kennerblick! Das sind die legendären Ureinwohner, die der Legende zufolge diese Insel urbar gemacht haben sollen: Pekkle, Usaunie, Riska und Inult.«

Die Namen klangen alle ziemlich japanisch. Die Helden von damals hatten wohl gar kein Gespür gehabt.

»Übrigens sind diese Namen nach den Maßstäben der Welt jener Helden erdacht: Man hat sich die Bezeichnungen der ähnlichsten Tiere nennen und sich davon inspirieren lassen.«

So oder so ganz schön einfallslos. Mehr war wohl nicht drin gewesen?

»Gibt's solche Tiere auf den Inseln?«

»Nein, die sollen nach der Erschließung des Archipels in neue Regionen aufgebrochen sein. Danach hat sie niemand mehr gesichtet.«

Dann waren sie wohl ausgestorben, kurz gesagt. Oder es hatte sie nie gegeben.

Die Idee allein, dass irgendwelche Monster einen Landstrich kultivierten ...

»Ui ... Die sehen aber lecker aus«, sagte Filo geifernd.

Wenn man andererseits genauer darüber nachdachte, gab es ja auch Monster, deren höchstes Glück es war, eine Kutsche ziehen zu dürfen. Da wäre es auch wieder nicht übermäßig verwunderlich, wenn andere Monster Freude an der Landarbeit hätten.

Ich bemerkte, dass neben dem Kunstobjekt ein Gedenkstein stand.

»Und was ist das da?«

»Die Inschrift darauf sollen die vier heiligen Helden hinterlassen haben.«

»Oh!«

Höchstwahrscheinlich waren jene Helden ebenfalls Japaner gewesen.

Hatten sie vielleicht irgendetwas auf Japanisch geschrieben?

Hm, mal sehen ... Moment mal.

»Hey. Das ist 'ne Fälschung!«

Die anderen Helden kamen dazu und stellten fest, dass auch sie die Inschrift nicht lesen konnten.

»Das ist aber seltsam ... Dabei gibt es eine Legende, der zufolge sie diese Worte für später hier auftauchende Helden hinterlassen haben sollen ...«

»Soll das ein Witz sein? Das sind die magischen Zeichen dieser Welt!«

Diese Schrift ... hatte mir schon ganz schön Kopfzerbrechen bereitet. Man konnte sie sich nicht einfach von irgendwem erklären lassen und sie sich so merken.

Wie soll ich es beschreiben ... Diese Zeichen gaben jedem, der sie las, andere Antworten. Es war eben eine magische Schrift.

Wenn ich zum Beispiel versuchte, in das Grimoire zu schauen, mit dem Raphtalia die ihrer Eignung entsprechenden Illusionszauber lernte, konnte ich gar nichts entziffern. Wenn man versuchte, es zu übersetzen, kam nur Kauderwelsch raus. Raphtalia hatte das Buch jedoch komplett gelesen und die entsprechende Magie manifestiert.

Es gab wohl auch magische Zeichen, die die Standardsprache abbildeten, aber alles Praktische, was darüber hinausging, konnte man ohne entsprechende Affinität nicht lesen. Ja, man brauchte Magie dafür. Wenn man aber die Zeichen dieser Welt an sich nicht beherrschte, half einem auch das nicht.

»Kannst du das etwa lesen?«

»Ihr bestimmt nicht, oder? Ihr habt euch ja auf eure Kristallkugeln verlassen. So leicht hatte ich es wegen des Drecksacks nicht. Ich musste schon lesen, um Zauber zu lernen.«

Magie ließ sich entweder mithilfe von Kristallkugeln erlernen oder indem man Zauberbücher las. Mit der ersten Methode erwarb man die Fähigkeit sofort, aber die Kraft ließ sich schwer steuern. Die zweite Methode erforderte Zeit, ließ sich aber auf verschiedene Weise zuschneidern.

»Und was steht da jetzt?«

»Ähm ...«

Ich setzte meine Magie ein, um die Inschrift zu dechiffrieren. Sie war in recht einfacher Sprache verfasst.

»Ich ... der Held des Schildes, als Quelle deiner Macht, befehle dir: Ergründe das Wesen der Überlieferung und unterstütze ...«

Man durfte ein Ziel bestimmen. Hm ... Sollte ich das als Erstes einmal auf Filo anwenden?

»... sie! Aura Stufe zwei ...«

Ich hielt die Hand vor sie, und sie guckte verträumt, als sich um sie her eine durchscheinende magische Membran bildete.

»Ah! Da strömt irgendwie Kraft durch mich!«

Sie fing an, wild herumzuhüpfen. Obwohl sie in ihrer Menschengestalt war, konnte sie ganz schön hoch springen ...

Ich warf einen Blick in ihren Status: Alle Werte waren gestiegen.

»Aura ...«, murmelte Itsukis Gefährtin ... Rishia? »Diesen Zauber verwendeten die legendären Helden. Er steigert alle Werte.«

Aha, es gab sogar eine Legende darüber ...

»Wahnsinn! Das wollen wir auch lernen!«

Alle drei, immer noch ganz im Videospielerdenken gefangen, drängten sich um die Inschrift, im Glauben, sich diesen Zauber aus alten Zeiten ohne jede Anstrengung draufschaffen zu können.

Doch leider ...

»Das ... kann ich nicht lesen.«

»Wie auch? Ihr beherrscht ja nicht die magische Schrift!«

Ich hätte mich auch totgeärgert, wenn die das einfach gelernt hätten, obwohl sie es schon mit den Kristallkugeln so bequem gehabt hatten.

»Naofumi?«

Itsuki blickte mich an.

»Was?«

»Woher hast du den Schild, der es dir ermöglicht, die magische Schrift zu lesen?«

»Das hab ich aus eigener Kraft gelernt! Man kann sich nicht bei allem auf die eigene Waffe verlassen!«

»Du bist doch nur knauserig, oder?«

»Ganz genau! Sag's uns schon!«

Also wirklich, diese Typen ... Kamen sie nun schon angerannt, damit ich ihnen die Sprache einer fremden Welt einimpfte?

Sie hatten wohl geglaubt, sie könnten sich die Mühe sparen und das einfach mit ihren Waffen lösen.

»Nur weil ich den Aura-Zauber gelernt habe, heißt das nicht, dass ihr den auch kriegt.«

»Auch wieder wahr«, räumte Itsuki ein. »In unserem Fall wäre das bestimmt ein stärkerer Zauber.«

Ganz offensichtlich sah er mich vom Rang her unter sich. Das nervte mich total, wenn jemand so von oben herab mit mir sprach.

Dabei hatten sie beim Kampf gegen den Heiligen Vater nichts zuwege gebracht ... Ach, ich durfte mich nicht ärgern, sonst hatte ich schon verloren.

»Gehen wir dann weiter? Gibt bestimmt noch mehr zu sehen, oder?«

»Nun«, setzte der Graf eine Erklärung an, »dann will ich Euch auf dem Weg zur Herberge noch einige wichtige Hinweise über die Inselkette geben und Euch über die Verkehrsmittel in Kenntnis setzen ...«

Während der Aktivierung waren auf Cal Mira im Habitat der Monster offenbar alle Lebenszyklen beschleunigt. Die Monster vermehrten sich wie die Ratten, und es würde wohl erhebliche Probleme geben, wenn nicht Abenteurer und Helden kamen und sie erschlugen. Und wir waren nun hier, um unseren Vorteil aus dieser Lage zu ziehen und kräftig hochzuleveln.

Man wäre uns offenbar dankbar, wenn wir nach Möglichkeit alle Monster besiegten, die uns über den Weg liefen.

Anderen Abenteurern müssten wir zwar nicht extra aus dem Weg gehen, wenn sie aber gerade mitten im Kampf waren, sollten wir uns nicht einmischen und uns zurückhalten, sonst gebe das nur unnötig Ärger.

Das war ja wie ein Knigge für Webgamer ...

Zwischen den Inseln fuhren immerzu kleine Fähren hin und her. Wir würden uns also übersetzen lassen können. Schlimmstenfalls konnte man anscheinend aber auch schwimmen.

Das Gasthaus, in dem die Königin uns untergebracht hatte, war Spitzenklasse ... Es war vergleichbar mit den Hotelanlagen meiner Welt.

Ursprünglich mochte es mal ein Schloss oder so etwas gewesen sein.

Jedenfalls war nicht nur die Anlage luxuriös, es machte auch alles einen reinlichen Eindruck.

Die Wände bestanden aus einem glänzenden Gestein, das mich an Marmor erinnerte. Es gab steinerne Statuen von Pekkle und Riska, die als Springbrunnen dienten. All dies ließ einen beinahe vergessen, dass man sich in einer fremden Welt befand.

Befanden wir uns in der Südsee? War dies das Hawaii meiner Welt?

Dieser Täuschung konnte man leicht unterliegen, wenn man über den luxuriösen Teppich des Hotelflurs hinweg zu seinem Zimmer geführt wurde.

Dieses ... Hotel übernahm unter anderem die Verantwortung für unser Gepäck, und ich durfte ihnen auch Filos Kutsche überlassen.

Sobald wir unsere Sachen auf dem Zimmer hatten, brachen wir auf, um die Monsterjagd in Angriff zu nehmen. Wir stiegen auf eine Fähre und ließen uns aufs Geratewohl zu einer Insel bringen.

»Es ist eine Weile her, dass wir nur zum Stärkerwerden gegen Monster gekämpft haben, oder?«

»Stimmt.«

Nachdem Filo ausgewachsen gewesen war, hatten wir uns in den Reisehandel gestürzt. Wir hatten vorwiegend die Monster bekämpft, die uns zufällig über den Weg gelaufen waren. Direkt auf die Jagd hatten wir uns so gut wie gar nicht begeben, es sei denn man hatte uns darum gebeten.

Und dann, als wir uns wegen unseres vereitelten Klassenaufstiegs in ein anderes Reich hatten aufmachen wollen, waren wir mit einem Mal Gesuchte gewesen.

Irgendetwas war immer los gewesen.

Nach dem Kampf gegen den Gottesmann waren mehrere Ortswechsel nötig gewesen, und auch auf der Überfahrt nach Cal Mira hatten wir nicht kämpfen können – abgesehen von den Monstern, die Filo unterwegs erledigt hatte.

Insofern ... Ja, es war wirklich ein Weilchen her.

Ach ja: Während unserer Flucht hatten wir unterwegs Monster erlegt, um sie zu essen. Aber das ging wohl ebenfalls kaum als Grinden durch.

»Von jetzt an werden wir zusammen hochleveln, bis wir die Inseln wieder verlassen. Hängt euch richtig rein.«

»Okay!«

»Jaaa!«

Wir stiegen von der Fähre und begaben uns in ein Monsterrevier.

In dieser Gegend begegnete man anscheinend violetten Blobs, magentafarbenen Fröschen, gelben Käfern und Kaktuswürmern.

Die waren bestimmt nicht so stark, dachte ich mir. In dem Moment sprang uns auch schon aus dem Gebüsch einer der Frösche entgegen.

»Hepp!«

Das magentafarbene Monster hüpfte auf meinen Schild zu, den ich ihm gleich in den Bauch rammte.

Es gab ein feuchtes Geräusch, und der Frosch klebte an meinem Schild.

»Haaaa!«

Raphtalia hieb mit ihrem Schwert zu.

Mhm. Ganz schön flink, die Bewegung!

EXP 95 erhalten.

Hm ... Gemessen an der Stärke des Monsters waren das tatsächlich viele Erfahrungspunkte. Ein unbedeutender Gegner, der sich mit einem Schlag besiegen ließ.

Raphtalia blickte mit schiefgelegtem Kopf ihr Schwert an.

»Der war schrecklich schwach. Trotzdem haben wir so viel Erfahrung bekommen ...«

»Muss wohl mit dieser Aktivierung zusammenhängen.«

»Verstehe ... Na, dann will ich mich mal nicht unnötig zurückhalten.«

»Pass aber auf, dass du niemandem den Gegner wegschnappst.«

»Klar doch! Hiah!«

»Haaaa!«

Raphtalia haute ein Monster in der Mitte durch, und Filo verpasste einem anderen einen so heftigen Tritt, dass es zu Hackfleisch zerbarst. Sie sollten sich lieber ein bisschen zurückhalten, damit noch etwas zum Absorbieren für meinen Schild übrig blieb!

Gestärkt, wie ich war, konnte ich es problemlos mit einer ziemlich großen Zahl von Monstern aufnehmen. Vielmehr ... fingen die Monster schon an, mich links liegen zu lassen, weil ich keinerlei Schaden abbekam.

Selbst Monster waren also nicht auf den Kopf gefallen. Klar, simple Monster wie Ballons griffen einfach immer weiter an, aber sobald die Gegner auch nur ein wenig Intelligenz hatten, erkannten sie recht bald, dass sie mir nichts anhaben konnten, und nahmen stattdessen Raphtalia und Filo ins Visier.

Zuerst versuchte ich, vorn zu stehen und die Monster zu packen, damit die beiden sie leichter angreifen konnten, aber als immer mehr auf uns eindrangen, war das nicht mehr praktikabel. Zum Glück wichen Raphtalia und Filo allen Angriffen immer rasch aus, insofern musste ich mir keine Vorwürfe machen.

Hier zeigte sich dennoch ein großes Problem: Wenn ich in meiner Rolle als Schildträger keine Angriffe mehr abwehren musste, hatte es eigentlich keinen Sinn, dass ich überhaupt dabei war.

»Herr Naofumi ... Ich hab das Gefühl, dass unsere Gegner ein bisschen zu schwach sind. Wollen wir ein wenig weiter vordringen?«

»Hm ...«

Was sollten wir tun? Dieses Problem musste sich doch irgendwie lösen lassen.

Eine Möglichkeit wäre, mit einem etwas schwächeren Schild den Monstern entgegen zu treten. Vielleicht würden sie den Unterschied bemerken und mich wieder als Ziel auswählen. Ich bliebe dennoch unverletzt, und es würden weniger Gegner auf Raphtalia oder Filo losgehen. Außerdem könnte ich so noch ein paar Schilde freispielen.

Die nächste Welle kam ebenfalls näher – ich würde die verbleibende Zeit so effektiv wie möglich nutzen müssen. Auf den ersten Blick erschien mir der Plan unproblematisch.

Allerdings erledigten die Mädchen die Gegner ohnehin mit nur einem Schlag.

Als wir noch ein Stück vorangekommen waren, bekam ich plötzlich keinerlei Erfahrungspunkte mehr.

»Was ist denn jetzt los?«

»Ist irgendwas passiert?«

»Ich krieg plötzlich 0 EXP. Wie sieht's bei euch aus?«

»Wir kriegen normal viele.«

Ich sah selbst noch einmal bei den EXP der Mädchen nach. Tatsächlich: Irgendwie schien ich als Einziger überhaupt keine Erfahrungspunkte mehr zu bekommen.

Ich fragte mich gerade, was da nicht stimmte, da hörte ich plötzlich wütende Stimmen.

»Du wagst es, uns die Monster zu klauen, gegen die wir gerade kämpfen? So jemand wie du hat überhaupt kein Recht zu le…«

»Hieh?!«

Itsuki, der Rüstungstyp und die anderen hatten soeben Monstern, gegen die andere Abenteurer gekämpft hatten, den Todesstoß verpasst – die glaubten wohl, ihnen gehörte hier alles.

Boah, und gerade hatte man uns noch ermahnt, anderen Abenteurern nicht ihre Beute streitig zu machen!

Sprachlos blickte ich Itsuki und seine Leute an, aber der schien gerade selbst zu bemerken, dass er keine Erfahrungspunkte mehr bekam, und blickte in unsere Richtung.

»Ah, Naofumi, du bist hier? Ich hab mich schon gefragt, warum ich keine EXP mehr einfahre. Darum also.«

»Stören sich unsere Heldenwaffen gegenseitig?«

»Ja. Können du und deine Gefährtinnen vielleicht auf eine andere Insel fahren?«

Dieser Arsch … Offenbar kam ihm gar nicht in den Sinn, dass er und seine Leute ebenso gut die Insel wechseln könnten.

In letzter Zeit ging mir Itsukis Einstellung zunehmend auf die Nerven.

»Ganz genau!«, sagte der Rüstungstyp. »Der Held des Schildes kann sich 'ne andere Insel suchen!«

»Du hältst die Klappe!«

Der ging mir so richtig auf die Eier. Seine Art war wirklich das Letzte. Zudem verstand ich nicht, warum er mich seit unserer ersten Begegnung so feindselig anging.

»Itsuki, sag du mir lieber ... Was sollte das gerade?«

»Was meinst du?«

»Der Graf dieser Inseln hat's uns doch gesagt: Wir sollen den anderen Abenteurern nicht die Monster wegschnappen, gegen die sie gerade kämpfen.«

»Was redest du überhaupt? Wir haben die ja wohl zuerst angegriffen!«

Er hatte es kaum gesagt, da richtete er schon wieder seinen Bogen auf ein Monster in der Ferne, das ein Abenteurer gerade erschlagen wollte, und schoss einen Pfeil ab.

»Äh ...«

»Was hast du? Wir haben offensichtlich die erste Attacke gekriegt!«

Die Abenteurer und wir stellten uns offenbar gerade dieselbe Frage. Aber Itsuki tat so, als wäre das alles ganz normal.

Er mochte keine Regel gebrochen haben, aber problematisch war es dennoch.

In Internetgames begegnetem einem auch immer wieder solche Maschen.

In manchen Spielen war so etwas explizit erlaubt oder verboten, das ließ sich nicht pauschal sagen ... Aber an einem Ort wie diesem die anderen zu behindern oder zu verärgern, wo alle einträchtig Monster jagen wollten und bestimmte Regeln galten ... Was sollte das denn?

Aber das zeigte wieder sehr klar, dass Itsuki aus der Welt

des Home-Entertainment kam.

»Itsuki, dein Verhalten kann zu allen möglichen Problemen führen, ist dir das überhaupt klar?«

»Äh … natürlich! Aber wir haben doch den ersten Schuss abgefeuert!«

»Ihr könnt aus der Distanz angreifen und deswegen habt ihr auch das Vorrecht, die Monster zu besiegen … Geht so deine Logik?«

Itsuki nickte, ohne auch nur eine Sekunde zu zögern. Ich bekam zwar allmählich Kopfschmerzen, aber immerhin verstand ich nun den Grund.

Bei Konsolenspielen musste man auf so etwas überhaupt keine Rücksicht nehmen. Es gab ja kein menschliches Gegenüber, und Situationen wie diese, in denen man mit anderen gemeinsam gegen Monster kämpfte, kamen gar nicht vor. Ich musste dennoch etwas dazu sagen.

»Frag später mal Ren oder Motoyasu deswegen. Oder den Inselgrafen, wenn du willst. Aber ich sage dir: Dieses Verhalten ist ein Ärgernis und auch ein Verstoß gegen die Tugend.«

»Ich weiß gar nicht, wovon du redest.«

»Na, dann …«

Ich warf Filo einen Blick zu.

Itsuki erspähte aus dem Augenwinkel ein Monster, das aus dem Dickicht hervorgeprescht kam. Er spannte seinen Bogen.

»Fast Wind!«

Filo schleuderte einen Windzauber. Doch eine Sekunde später durchbohrte Itsukis Pfeil das Monster, und es starb.

»So was ist Diebstahl!« Ich zeigte demonstrativ auf Itsuki. »Du kannst jemandem nicht einfach das Monster klauen, gegen das er gerade kämpfen will!«

Der Rüstungstyp sah gar nicht zufrieden aus. Er trat vor und öffnete den Mund.

»Schurkischer Schildheld! Willst dich wohl meinem Herrn widersetzen?«

Itsuki sah kurz ärgerlich aus, begriff dann aber sofort die Situation.

»Beruhige dich bitte. Na gut, Naofumi, ich verstehe, was du meinst.«

Er lächelte zwar freundlich, aber seine Augen blieben ernst. Er versteckte seine Unzufriedenheit nur hinter einer Maske.

Es war fragwürdig, ob er sich an die Regeln halten würde, wenn wir erst einmal weitergezogen waren. Wir sollten trotzdem rasch zu einer anderen Insel übersetzen.

»Nun, wollen wir dann, bis ich wieder Erfahrungspunkte kriege, erst mal Mittag essen?«

Es sah so aus, als hätte Itsuki eine Pause angeordnet.

Eigentlich hatte ich kein großes Interesse daran, es war ja nicht meine Party. Aber ...

»Rishia! Es ist Lunchzeit!«

»J... Jawohl!«

Offenbar verlangte der Rüstungstyp, dass sie ihm und den anderen Gefährten das Mittagessen servierte.

Und überhaupt: Lunch?! Vielleicht übersetzte der Schild das ja nur komisch, aber diese wichtigtuerische Ausdrucksweise gefiel mir überhaupt nicht.

»Sag mal, das kannst du doch wohl selber!«, murrte ich. Der Rüstungstyp guckte mich an, als wollte er mir den Kopf abreißen.

»Was redest du da?«, fragte Itsuki. »Rishia ist ein Neuling bei den Leibwächtern. Ihre Arbeit besteht in solchen Routineaufgaben!«

»...?«

Mir fehlten die Worte. Wie bitte? Neuling?

Er schien sich selbst für so etwas wie den Chef einer Firma zu halten, wenn er neue Gefährten anheuerte. Aber war das nicht ein bisschen was anderes?

Diese Rishia verteilte offenbar das Essen an die Gefährten, aber ... sie sah sich jede Speise genau an, als gäbe es dabei eine Ordnung einzuhalten, und erst nachdem sie alles mehrfach geprüft hatte, rief sie leise der Reihe nach alle Gefährten auf.

Und jedes Gericht, das sie ausgab, war ein bisschen schäbiger als das davor.

Itsuki bekam offenbar ein selbstgemachtes Bento: Sie übergab ihm eine Lunchbox. Als Nächstes kam der mit der protzigen Rüstung: Er bekam ein großes Stück Fleisch am Knochen und dazu ein Sandwich, dick mit Fleisch belegt. Der Krieger erhielt ein Sandwich mit Bratfisch ... Und so ging es weiter.

Rishia nahm aus dem übrigen Beutel ein Stück Obst heraus und biss hinein.

Was? Sie bekam nicht das gleiche Essen wie die anderen?

»Aber das ... Sagt bloß, ihr habt 'ne Rangordnung oder so was?!«

»Was gibt's denn da zu gucken?«, fragte Itsuki. »Du störst, Naofumi! Also sieh bitte zu, dass du auf eine andere Insel wechselst.«

»Lenk nicht ab! Ehrlich mal ... Hast du sie noch alle?«

Vielleicht war es seltsam, dass ausgerechnet ich das sagte, aber so, wie sie das Mädchen behandelten, war es nicht mehr als eine Sklavin.

Ich aß immerhin gemeinsam mit Raphtalia und Filo. Itsuki und seine Leute waren viel schlimmer. Eigentlich behandelten sie Rishia schlechter als eine Sklavin.

»Meister, ich hab Hunger ...«

»Sei still, Filo!«

Kaum sah sie Itsuki und seine Leute essen, schon fing sie an, nach Essen zu schreien.

Der Rüstungstyp grinste triumphierend.

»Wie sehr sich Herr Itsuki auf uns verlassen kann, wie groß unser Beitrag ist, das bestimmt unseren Rang. Das ist auch ganz richtig so. Wir müssen dem Schildhelden wohl einmal gründlich erklären, was unseren Herrn so großartig macht!«

»Nee, davon will ich gar nichts hören!«

»Fangen wir damit an, wie ich ihm begegnet bin. Ich erwachte für die Gerechtigkeit, als ...«

In dieser Art fingen der Rüstungstyp und die anderen an, Itsukis große Taten zu preisen.

Ich will mich gar nicht erinnern, was genau sie erzählten.

Das Meiste waren belanglose Geschichten, wie er sich getarnt und versteckt und auf diese Weise irgendwelche Übeltäter besiegt hatte. Wenn man ihnen zuhörte, glaubte man beinahe, Itsuki sei der Held, der im Alleingang die Welt vor dem Untergang bewahrte.

Das war praktisch schon so etwas wie eine Religion ... der Itsukismus.

Nicht nur das: Itsuki selbst blickte uns voller Stolz entgegen.

Ich kam nicht mehr mit ... Wie konnte man aufgrund der Worte anderer nur einen solchen Hochmut entwickeln?

Meine Analyse: Itsuki besiegte immer wieder irgendwelche Bösewichte, und deswegen gaben sich nun alle der Illusion hin, dass sie automatisch auf der Seite der Gerechtigkeit stünden.

Für eine derartige geistige Verfassung ... gab es da nicht einen Namen?

Ich hatte mal einen Film über einen ausländischen rechtschaffenen Polizisten gesehen, den es stimulierte, gegen das Böse zu kämpfen. Der Film hatte dieser Geisteskrankheit ihren Namen gegeben. Offenbar litten Polizisten häufig darunter.

Ich kam nicht drauf, wie sie hieß, aber ich glaubte, der Ursprung war der Filmtitel ...

Schurken hätten keine Rechte und andere solche Sachen, hatte er gesagt, und er war zu weit gegangen – hatte Leute selbst für kleine Vergehen mit dem Tode bestrafen wollen, zuletzt sogar nur weil sie Widerstand geleistet hatten.

Der Polizist in dem Film hatte es letztendlich nicht getan, aber die Vorstellung war in die Richtung gegangen. Und das hier schien mir etwas Ähnliches zu sein.

Berauschte sich Itsuki nicht zu sehr daran, so zu tun, als wäre er der Streiter für die Gerechtigkeit?

Darüber hatte ich auch in jenem Buch gelesen, dem *Traktat der Waffen der vier Heiligen:* Der Held des Bogens hatte einen ausgeprägten Gerechtigkeitssinn.

Aber seine Vorstellungen, worum es sich bei Gerechtigkeit überhaupt handelte, schienen doch ziemlich verdreht. Unter dem Deckmantel der Gerechtigkeit konnte er doch nicht tun, was immer er wollte.

Allerdings ... schienen meine Worte bei Itsuki wenig Wirkung zu zeigen.

Jedenfalls hatte ich kein großes Vertrauen, dass ich ihm ein schlechtes Gewissen würde einreden können.

»So, wir dringen jetzt ein bisschen weiter vor«, sagte Itsuki. Sie hatten bereits aufgegessen. »Wiedersehen, Naofumi.«

»Okay, bis dann. Und versuch mal, keine anderen Leute mehr zu stören.«

Damit gingen er und seine Gefährten von dannen.

Ich ließ es dabei bewenden, und auch wir brachen auf.

»Ich wusste es ja noch von unserem Gespräch im Schloss, aber … diese Leute sind doch einfach unglaublich, oder?«

»Und ob …«

Man hatte gleich weniger Lust, Itsuki wieder zu begegnen.

Es war lästig, die Insel wechseln zu müssen. Es war wohl besser, sich im Vorfeld zu erkundigen, auf welchen Inseln die anderen Helden gerade unterwegs waren – vielleicht bei Schatten, die sich auf Cal Mira aufhielten.

Mit diesem Entschluss kehrten wir verfrüht auf die Hauptinsel zurück.

»Wenn das nicht der Schildbubi ist! Schon wieder zurück? Waren euch die Gegner zu stark?«

Wir waren L'Arc und Therese am Hafen der Hauptinsel begegnet.

»Die Monster waren nicht der Rede wert. Wir sind aus einem anderen Grund umgekehrt.«

Und zwar weil sich die Waffen der Helden gegenseitig behinderten, aber davon wollte ich lieber gar nicht erst anfangen.

»Was war denn los?«

»Es war Essenszeit. Und es kam einer der Helden vorbei: Wir hätten auf eine andere Insel wechseln müssen.«

Es war schon beinahe zwei Uhr, weil wir uns ewig die Prahlerei Itsukis und seiner Gefährten hatten anhören müssen.

Hätten wir uns jetzt noch ein anderes Jagdrevier gesucht … hätten wir wohl ohnehin schon bald wieder umkehren müssen. Erst einmal mussten wir uns erkundigen, wohin die anderen Helden aufgebrochen waren, sonst würden wir nur noch mehr Zeit verschwenden.

»Oho, du ahmst den Helden ja wirklich sehr getreu nach! Die Helden behindern sich untereinander, stimmt's?«

»Na ja, so ist es.«

»Wollt ihr auch zur Jagd aufbrechen?«, fragte Raphtalia.

»Ja. Wollen mal gucken, wie viel man so kriegt. Wie viel ist bei euch rausgesprungen?«

»Dafür, dass die Monster so schwach waren, gab's ganz ordentlich Erfahrung.«

»Ach, wirklich?«

Dann meldete sich plötzlich Therese zu Wort.

»Darf ich dich Naofumi nennen? Ich habe etwas von Raphtalia erfahren …«

»Hm? Worum geht's denn?«

»Du sollst recht geschickt im Kunsthandwerk sein, hat sie gesagt …«

Geschickt im Kunsthandwerk? Das kam ja unvermittelt …

Mit L'Arc hatte ich, seit wir die beiden getroffen hatten, reichlich geredet, mit Therese hingegen kaum ein Wort gewechselt, deswegen war ich gerade ein wenig verlegen.

»Hm, geschickt … Da gab's so einen Typen, der mir was beigebracht hat. Und ein bisschen was hab ich wohl mitgenommen …«

»Wenn ich dir Material und Geld geben würde, könntest du mir dann vielleicht ein Accessoire herstellen?«

»Na ja … Kann ich schon machen, wenn zwischendurch mal Zeit ist …«

»Das wäre nett.«

»Okay.«

Nun, Arbeit sollte man nicht abschlagen. So käme immerhin ein bisschen Geld in die Kasse.

»Und was für ein Accessoire willst du?«

»Vielleicht einen Armreif? Am liebsten das, was du für am besten hältst.«

Solche ungenauen Bestellungen bereiteten mir immer Kopfzerbrechen.

Also gut, dann würde ich mir eben ihr Material ansehen und überlegen, was sich daraus machen ließ.

»Ohne Material kann ich aber nichts anfertigen.«

»L'Arc?«

»Alles klar.«

L'Arc griff in den Beutel, der an seiner Hüfte hing, und zeigte mir eine Reihe roher Erzbrocken.

Es waren ganz schön viele Rohedelsteine darunter.

»Und woraus soll ich jetzt was machen?«

»Du kannst dir einfach was aussuchen und damit arbeiten.«

»Verstanden.«

Ich nahm die Brocken von L'Arc entgegen. Sollte ich das als Auftragsarbeit ansehen?

»Also, ich verlange dann später Geld dafür.«

»Klar! Danke schon mal, Schildbubi.«

»Jaja.«

Nun erfuhr ich einmal, wie es für den Waffenhändler sein musste, wenn er von mir solche Bestellungen entgegennahm.

Ich hatte den Auftrag angenommen, nun wollte ich auch gute Ware liefern.

»Na, dann wollen wir mal los.«

»Passt auf euch auf, L'Arc und Therese!«

»Tschüüüß!«

Raphtalia und Filo winkten den beiden hinterher, als sie in einem kleinen Boot davonfuhren.

Irgendwie schon traurig, dass man mit gewöhnlichen Abenteurern besser reden konnte als mit Itsuki und Konsorten.

Dann erfragten wir bei einem vom Schloss gesandten Schatten und dem Grafen, wohin die anderen Helden aufgebrochen waren.

Ren und Motoyasu hatten offenbar per Absprache geregelt, wohin sie wollten. So hatten sie die Inseln untereinander aufteilen können.

Schon lästig, dass die Heldenwaffen einen derart schlechten Einfluss aufeinander hatten ... Da wir bisher nur bei den Wellen alle gemeinsam an einem Ort gekämpft hatten, enttäuschte mich das schon.

Es tat mir sehr weh um die verlorene Zeit. War es Zeit für ein wenig Leichtsinn?

»Raphtalia.«

»Was denn?«

»Wollen wir ein bisschen Zeit gutmachen und nachts kämpfen?«

Raphtalia legte die Hand an den Mund und dachte angestrengt nach.

»Stimmt. Es kommt mir schon ein wenig gefährlich vor, aber es würde uns auch helfen, stärker zu werden.«

»Wir kämpfen nachts?«

»Genau.«

Ich hätte wegen des Fluchs auch ein Bad in der heißen Quelle nehmen können, denn nach der Bootsreise fühlte ich mich ein bisschen steif. Aber ich hielt es ebenfalls für keine schlechte Idee, einmal einen Nachtkampf zu erleben und dabei ein bisschen aufzuholen. Auch die Wellen mussten ja nicht zwingend tagsüber kommen.

Zudem war Filo ja so etwas wie ein wildes Tier und hatte schon während unserer Flucht mehrmals nachts kämpfen müssen. Also beschlossen wir, uns zu einer Insel aufzumachen, auf der sich keiner der Helden aufhielt, und bis in die Nacht hinein zu kämpfen.

»Puh …«

»Hier also, ja?«

»Schätze schon.«

Auf der Insel angekommen, kämpften wir gegen Monster und hörten auch nicht auf, als die Sonne untergegangen war.

Es zeigte sich bald, dass die Monster auf Cal Mira alles Mögliche fallen ließen. Vor allem fand ich viele Zutaten für Wundsalbe, Magiewasser und Seelenheilwasser.

Als die Sonne komplett verschwunden war, tauchten mit höherer Frequenz Monster auf.

Das war ziemlich profitabel, da wir dadurch natürlich umso mehr Erfahrungspunkte sammeln konnten.

Schließlich waren wir erschöpft. Ich machte ein Feuer, und wir ruhten uns aus.

Filos Blick huschte immer wieder in alle Richtungen. Sie wirkte nicht so, als wollte sie sich ausruhen.

Cal Mira bestand aus vielen verschiedenen Inseln, manche voller steiler Gebirgshänge, andere bewaldet und wieder andere mit dichtem Dschungel bewachsen.

»Die Zeitabstände zwischen dem Auftauchen der Monster sind ganz schön kurz, oder?«

»Allerdings.«

Gerade waren wir auf einer bergigen Insel.

Als ich in die Richtung der Gipfel blickte, sah ich, dass sie auffallend rote Konturen hatten, als wären sie von einer Aura umgeben. Ob das auch mit der Aktivierung zusammenhing?

Wegen unseres nächtlichen Kämpfens waren unsere Level bereits ziemlich gestiegen.

Bei unserer Ankunft war ich Level 43 gewesen und die Mädchen jeweils Level 40. Nun hatte ich jedoch schon Level 48, Raphtalia Level 50 und Filo Level 51 erreicht.

Raphtalia zufolge waren die Monster zu schwach, sie musste sich nicht genug anstrengen.

Zudem hatten die Monster zwar immer wieder dieselben Namen, unterschieden sich aber in der Größe und den Erfahrungspunkten, die sie brachten.

Wir trafen unter anderem auf einen magentafarbenen Frosch meiner Größe. Dennoch hatte Filo leichtes Spiel mit ihm und gab ihm im Nu den Rest.

Sie waren nicht so stark. Es half aber schon sehr, dass sie so reichlich Erfahrungspunkte brachten und so rasch nacheinander erschienen.

In nur einem Tag waren wir in einem Wahnsinnstempo hochgelevelt.

Raphtalias und Filos Werte entwickelten sich ebenfalls sehr schön. Ich dachte darüber nach, wie ich meinen Schild weiter hochpowern sollte. Mit dem Material, das ich dabeihatte, kam ich nicht weit.

Mein favorisierter Schild war der Chimera Viper Shield, aber ich hatte ja auch noch andere Schilde, die die Möglichkeit der Verwandlung mit sich brachten. Auf den gefährlichen Schild des Ingrimms wollte ich mich lieber nicht verlassen, daher suchte ich nach einem, der in seiner Grundform schwach war, sich aber gut hochpowern ließe.

»Ah …«

»Herr Naofumi, es fällt dir bestimmt nicht leicht, etwas zu sagen … Aber du siehst erschöpft aus, als würde dir der Fluch zu schaffen machen. Willst du dich nicht lieber noch ein bisschen ausruhen?«

Mein Körper fühlte sich schwer an. Vielleicht war es wirklich zu anstrengend für mich, noch lange weiterzukämpfen.

Den Fluch hatte ich komplett verdrängt. Da mein Schild mittlerweile so stark war, hatte ich problemlos kämpfen können. Aber nun hatte mich die Anstrengung doch eingeholt.

»Die Monster hier haben keine Chance, mich zu verletzen. Daher dachte ich mir, das geht schon irgendwie, aber …«

Ich entspannte mich gerade, so gut ich konnte, und streckte die Beine aus, da hörte ich plötzlich, wie sich Schritte näherten.

Wer war da?

L'Arc und Therese – beide ziemlich blass.

»Es ist immer später geworden, und ihr kamt einfach nicht zurück. Alle haben sich Sorgen gemacht, deswegen sind wir hier, um euch zu suchen!«

»Hä?«

»Bubi, der Fährmann sah ganz krank aus vor Sorge! Ihr kamt einfach nicht wieder …«

»Es kommt bestimmt öfter vor, dass Abenteurer hier auf den Inseln sterben, oder? Warum machen die sich da Sorgen um einen einzigen? Schon komisch.«

Diese Leute behandelten mich wie einen Glücksritter, der sich als der Held des Schildes ausgab. Dass sich ein Neuling einmal zu viel zumutete und dabei umkam, war in diesem Gewerbe aber doch bestimmt selbstverständlich … oder nicht?

Ich hatte mich nicht allzu ernsthaft mit anderen Abenteurern ausgetauscht, daher wusste ich es nicht.

»Das sagst du so, aber irgendwann haben wir uns halt Sorgen gemacht.«

Hm ... Sie hatten sich also Sorgen gemacht und waren mir darum mitten in der Nacht auf diese Insel gefolgt.

Ich stellte fest, dass sich mein Eindruck von den beiden allmählich besserte. Sie schienen allerdings dazu zu neigen, sich unnötig Sorgen zu machen. Als wären sie gar keine Abenteurer, sondern Ritter oder Kleriker. Wenngleich die Ritter und Kleriker dieses Reichs der letzte Dreck waren.

»Uns war's zu schade um die Zeit. Wir haben uns keine Gedanken gemacht und einfach weitergekämpft.«

»Aber jetzt geh erst mal in die Herberge zurück. Ehrlich, Bubi, jag uns doch nicht so einen Schrecken ein!«

»Jaja.«

Ich musste mich auch noch wegen des Fluchs behandeln lassen, insofern war es vielleicht keine schlechte Idee, es mit dem Nachtkämpfen gut sein zu lassen.

»Also, kehren wir mal heim, was?«

»Ist wohl besser ... Wenn man sich schon Sorgen um uns macht.«

»Wir gehen schon?«

Filo legte den Kopf schief.

»Ja.«

»Genau. Also, los ...«

Wir lösten unser Lager auf und kehrten auf die Hauptinsel zurück.

Ich hatte mir nichts dabei gedacht, aber offenbar bestand wider Erwarten bereits eine Art Verbindung zwischen den beiden und uns.

Kapitel 7: Die Taverne

»Wir haben euch Umstände gemacht.«

»Macht nichts, Bubi.«

Wir waren auf dem Boot und dümpelten auf die Hauptinsel zu.

Tief in der Nacht waren auf der Insel, die tagsüber so belebt gewesen war, alle Läden geschlossen. Bestimmt hatten höchstens noch Kneipen auf.

»Jetzt gehen wir erst mal in die Taverne und feiern ordentlich, dass euch nichts passiert ist!«

»Eigentlich würde ich lieber baden und dann schnell schlafen gehen.«

»Was? Nun sei mal nicht so ungesellig! Wenigstens ein bisschen kannst du doch bleiben, oder?«

Sie hatten sich Sorgen gemacht und nach uns gesucht. Da musste ich mich wohl wenigstens ein bisschen mit ihnen abgeben.

»Na gut. Aber nicht so lange.«

»Bestens!«

In der Schenke ging es hoch her, und die anwesenden Abenteurer machten einen Heidenlärm. Alle schienen sich gegenseitig zu berichten, wie sie an den verschiedenen Stellen hochgelevelt hatten.

Ich hatte mich übrigens vergewissern können, dass die Königin für unsere Kneipenspesen aufkam. Der Abend kam später auf die Ausgabenliste.

Zuerst suchten wir uns einen großen Tisch. Beim Wirt bestellten wir uns auf gut Glück etwas zu trinken.

»Und was machen wir mit dir, Filo?«

»Hmmm?«

Sie saß in ihrer Menschenform da, machte ein komisches Gesicht, als wäre ihr der Alkoholgeruch unangenehm, und blickte sich in der lauten Schenke um.

»Sieht irgendwie lustig aus … Aber es riecht hier komisch.«

»Stimmt wohl …«

Filo war wohl noch etwas zu jung dafür.

Sie war ja noch so jung. Und Alkohol sollte man Filolials wohl ohnehin lieber nicht geben – wer weiß, was die dann anstellten?

»Na? Wer gewinnt?«

Zwei bärige Männer, die sich etwas auf ihre Kraft einbildeten, begannen gerade einen Armdrück-Wettkampf.

Schon begannen sie, verbissen zu pressen, um den Arm des anderen auf die Tischplatte zu bringen. Dahinter standen Leute und schlossen Wetten ab, wer aus dem Wettkampf als Sieger hervorgehen würde. Ah, und dort drüben baggerte Motoyasu gerade ein Mädchen an und füllte sie ab. Alles wie gehabt. Sicher würde er sie später mit in die Unterkunft nehmen und versuchen, sie herumzukriegen.

Im Hintergrund wand sich eine Tänzerin verführerisch, und ein Typ, der wie ein Barde aussah, spielte mit einer Hand auf einer Leier und sang dazu.

Das war nun wieder ein Platz, der sich wirklich nach fremder Welt anfühlte.

»Ah! Das sieht lustig aus!«

Filo war ein Vogelmonster, ein Filolial. Interessierte sie sich daher für alles, was mit Gesang zu tun hatte?

»Ja, geh ruhig hin. Aber stör ihn nicht.«

»Mhm!«

Filo rannte zum Tanz und der Musik.

Zur selben Zeit brachte man uns unsere Getränke. Ich nippte an meinem Glas.

Tja, Alkohol schmeckte wohl auch in einer fremden Welt nicht sonderlich anders.

»Das ist also Wein …«

Raphtalia blickte höchst interessiert in ihr Glas.

»Ach, Raphtalia, vielleicht solltest du lieber nicht trinken?«

»Was? Warum nicht?«

Na, weil du vom Alter her eigentlich noch ein Kind bist.

Rein körperlich war sie aber bereits erwachsen. Wie war dieser Fall ethisch zu bewerten?

»Na gut. Pass nur auf, dass du es nicht übertreibst.«

»Gut!«

Zögerlich wie jeder beim ersten Mal, setzte sie die Lippen ans Glas.

»Ist ein bisschen bitter …«

»Tja, da hast du recht.«

»Ha ha ha, das Fräulein ist wohl noch ein bisschen jung dafür«, tönte L'Arc und nahm selbst einen gewaltigen Schluck aus seinem Humpen.

Therese trank nur ein wenig. Was für ein Unterschied in der Trinkweise!

Für mich machte es keinen großen Unterschied, ob ich nun Alkohol, Wasser oder Saft trank. Ich war noch nie betrunken gewesen.

»Und was hältst du vom Trinken, Herr Naofumi?«

»Ich mach mir nicht groß was draus … Ich trink nicht gewohnheitsmäßig Alkohol. Höchstens mal in Gesellschaft.«

»Ach so?«

»In meiner Welt gibt's auch genug Leute, die nicht trinken, aber hier ist das bestimmt selten.«

Ren und Itsuki waren noch nicht volljährig, doch hier in dieser fremden Welt tranken sie vielleicht trotzdem.

Ah ... Da entdeckte ich Itsuki schon: Er saß an einem Außentisch, in irgendeine Art von Gelage involviert. Obwohl er noch minderjährig war.

Na, wir waren eben ganz woanders. Hier gab es kein Gesetz, das ihn dafür bestrafte. Höchstwahrscheinlich betrank sich auch Ren gerade.

»Vielleicht gar nicht so schlecht, mal auszuloten, wie viel man verträgt ...«

Raphtalia holte tief Luft. Dann hob sie ihr Glas und trank mit großen Schlucken.

»Meinst du so?«

»Mann, du steckst ja was weg!«

»Stimmt ...«

Ich dachte an die Partys in meiner Welt zurück. Ich hatte nichts dagegen einzuwenden, dass Mädchen tranken. Von alters her tranken die Menschen Alkohol, um sich von den Anstrengungen des Tages zu erholen. So schlecht konnte es also nicht sein. Und Raphtalia war immer so beherrscht. Man fragte sich schon, was wirklich in ihr vorging.

»Hey, trink ruhig, wenn du willst.«

»Okay.«

Ich schenkte ihr gerade nach, da hörte ich mit einem Mal Lärm aus der Richtung des Barden. Ich sah hin: Filo hatte angefangen, zur Musik des Barden zu singen. Und sie war gar nicht schlecht!

Anfangs waren der Musiker und die Umstehenden wohl erschrocken, aber Filo hatte eine unerwartet schöne Singstimme, und nun waren alle begeistert.

Hm? Motoyasu hatte es anscheinend auch mitbekommen.

»Bravo, Filo!«

Wollte er sich nicht lieber um sein Mädchen kümmern?

»Lass mich!«

Was für ein Theater.

Eine halbe Stunde später.

»Wie viele Level kann man hier auf den Inseln wohl steigen? Wenn man tiefer reingeht, da wo die stärkeren Monster sind ...«

»Urp ... Ganz schön stark, du und ... das Frollein ...«, lallt L'Arc.

Raphtalia hatte insgesamt 15 Gläser geleert und erzählte mir gerade, worüber sie nachdachte. Sie schien Alkohol ziemlich gut zu vertragen.

»Aber nicho schark wie ich!«

L'Arc war nicht länger nur betrunken – er war sturzbesoffen. Er konnte schon nichts mehr richtig aussprechen.

»Hör mal, L'Arc, lass uns langsam ins Gasthaus zurück!«

Therese stützte ihn.

Das konnte sie ja gut! Aber sie schien Magie dafür zu benutzen.

»Wir lassen es dann für heute Nacht gut sein und gehen heim, ja?«

»Alles klar, dann bis morgen, falls sich die Gelegenheit bietet.«

»Aber ... ihr vertragt ja wirklich einiges, ihr beiden. Besonders du, Naofumi, du scheinst nicht einmal angetrunken zu sein!«

»Na ja, mir ist Alkohol schon immer gut bekommen.«

»Darüber scheint's aber weit hinauszugehen.«

Therese lächelte noch einmal, dann verließ sie, L'Arcs Arm über ihrer Schulter, die Taverne.

»Lass uns noch ein bisschen was trinken, Herr Naofumi.«

»Dir scheint Alkohol ja auch nichts auszumachen.«

Selbst der Wirt schien sein Erstaunen über Raphtalias ungeheure Trinkfestigkeit nicht verbergen zu können. Vielleicht waren Subhumanoide ja besonders resistent gegen Alkohol? Ich sah einen jener Shigaraki-Tanukis* aus Keramik vor mir, der eine Sakeflasche hielt. Dann riss mich der Kerl, der zuvor beim Armdrücken verloren hatte, aus den Gedanken, indem er mir vor die Füße kullerte.

»Ich muss doch bitten!«, sagte Raphtalia verärgert. »Wir unterhalten uns hier, also störe uns nicht!«

Normalerweise hätte sie in so einer Situation nichts gesagt. Lag das am Wein?

Genau bedacht waren wir bei all den Handelsreisen, der Welle und unserer Flucht kaum jemals richtig zur Ruhe gekommen. Man musste vielleicht auch mal Stress abbauen, Dampf ablassen …

»Ha! Wenn du dich beschweren willst, musst du mich erst im Armdrücken besiegen!«

»Ach ja? … Na schön, kannst du haben!«, erklärte sie.

Das ging schon in Ordnung. Obwohl es ungünstig wäre, wenn sie sich hier irgendeine Verletzung zuzöge.

Ich setzte mich an die Theke und sah mir von dort aus besorgt das Spektakel an.

Meine Hand wanderte zu einer Schale traubenartiger Früchte, die dort standen.

»?!«

Was war das? Die Dinger waren ja unfassbar lecker! Wie Trauben, nur konzentriert und völlig ohne komischen Nachgeschmack. Die wundersame Süße blieb jedoch ewig lange auf der Zunge … Unbewusst streckte ich wieder die Hand aus.

»Wir haben eine Siegerin!«

* Glücksbringer, dessen Geburtsort Shigaraki ist

»Oha! Die ist stark!«

»Gewonnen! Will es noch jemand versuchen?«

Ich sah, wie Raphtalia mit halbgeöffneten Augen eine Siegerfaust emporreckte. Nanu, war sie etwa doch betrunken? Sollte ich sie lieber bitten aufzuhören?

»Ähm …«

Der Wirt stand vor mir und blickte mich besorgt an.

»Hm?«

»Ist alles in Ordnung?«

»Machst du dir Sorgen um dein Lokal? Okay, ich guck mal, dass wir das beenden.«

»Nein, so mein ich das nicht …«

»Hä?«

Irgendwie machte der Mann gar keinen guten Eindruck auf mich. Er wurde zusehends blasser.

Vermutlich weil Raphtalia einen Muskelberg nach dem anderen im Armdrücken abzog. Das erschreckte ihn bestimmt.

»Wein! Wir brauchen mehr Wein!«

Ein Mann kam mit einem großen Fass an, nahm eine dieser Trauben, tat sie in das Fass und rührte um. War das eine geheime Zutat? Na ja, diese Früchte waren ja auch ungewöhnlich lecker.

So ging das fröhliche Treiben in der Taverne weiter.

Raphtalia überrumpelte einen Gegner im Handumdrehen, und das Wetten erreichte seinen Höhepunkt.

»Wer kann gegen das Mädchen im Armdrücken gewinnen?«

Filo schien das Singen unglaublich Spaß zu machen: Sie schmetterte noch immer begeistert Lieder zusammen mit dem Barden.

Ich war froh. Das war alles eine schöne Abwechslung.

Ich schnippte mir noch eine der Trauben in den Mund.

»W... Was machst du denn da?«, brüllte ein Mann und zeigte mit dem Finger auf mich.

Im Wirtshaus wurde es schlagartig still.

»Was? Was ist denn los?«

Ich kaute zu Ende und schluckte.

Hatte der zu viel getrunken und wollte sich mit mir anlegen?

»Du isst die Lukol-Früchte pur? Willst du tot umfallen?!«

»Hä? Was faselst du da?«

Es waren noch ein paar Trauben in meiner Reichweite. Ich schnappte mir eine und warf sie mir in den Mund.

Sofort brach ein Riesentumult los. War irgendetwas Komisches vorgefallen?

»H... Herr Naofumi! Was ist passiert?«

Die allgemeine Aufregung schien Raphtalia ernüchtert zu haben. Sie klang wieder ganz normal.

»Wer weiß? Der Typ da drüben hat plötzlich einen Anfall gekriegt – keine Ahnung warum.«

Nach den Dingern konnte man tatsächlich süchtig werden. Das war mein neues Lieblingsobst. Ach, eine würde ich mir noch genehmigen.

Schwupp, war sie in meinem Mund.

»Aaah?! Der hat noch eine gegessen?!«

Aus irgendeinem Grund sahen mich in der Kneipe plötzlich alle an. Was gab es denn da zu meckern? Ich aß doch nur eine Kleinigkeit! Wieso sahen die nur so erschrocken aus?

»Was ist jetzt wieder los?«

Motoyasu kam mit geringschätzigem Blick näher.

»Ach, der Typ da macht 'nen Aufriss, weil ich dieses Obst hier esse.«

»Verstehe … Diese Früchte sind doch irre teuer, oder nicht?«

»Echt? Dann tut's mir leid. Regt euch mal ab, ich bezahl das schon!«

Womit ich meinte, dass die Königin es für mich bezahlen würde. Sie übernahm die Kosten, daher konnte ich die Dinger ruhig essen.

»Nun …«, druckste der Wirt herum, »die sind zwar schon recht teuer … Aber das ist nicht das Problem …«

»Was ist dann damit?«

»Also … Nun, wir stellen unseren Alkohol her, indem wir eine dieser Lukol-Früchte in ein großes Fass Wasser einrühren. Erst dann kann man's trinken. Wenn man die einfach so isst …«

»Hä? Was erzählst du? Soll das ein Witz sein?«

»Nein … Es ist die Wahrheit …«

»Naofumi ist nicht betrunken. Mit so einer Lüge kommst du nicht durch.«

Motoyasu nahm sich eine Lukol-Frucht und warf sie sich in den Mund.

»Oh … Die schmeckt irgendwie intensiv … Ganz schön le…«

Er brachte den Satz nicht zu Ende, kippte einfach vornüber.

Ohne jede Falltechnik krachte er auf den Boden, dass die Wände wackelten.

Ha ha! Der Typ verdrehte die Augen, dass man das Weiße sah! Aber waren diese Früchte wirklich so gefährlich?

»W… Wie schrecklich! Er hat eine Lukol-Frucht gegessen und ist direkt umgefallen!«

»Schnell, er muss das wieder erbrechen!«

»Na, los!«

Irgendwie war die ganze Taverne außer Rand und Band. Motoyasu wurde hochgehoben und weggetragen.

Na toll … Die gute Stimmung war dann wohl dahin.

Andererseits sollten diese Dinger ja hochkonzentrierten Alkohol enthalten …

»Raphtalia, willst du auch so eine?«

»Nein …«

»Und was ist mit dir, Filo?«

Filo hatte mit dem Singen aufgehört. Sie kam zu mir und nahm sich eine Traube.

Dann legte sie sich eine Hand auf den Mund und wich zurück.

»Igitt!«

»Das sieht dir Vielfraß ja gar nicht ähnlich.«

»Die Frucht ist irgendwie eklig!«

Hmmm … Alle reagierten negativ darauf. Dass selbst Filo dieses Obst ausschlagen würde, hatte ich nicht erwartet.

»Der Säufer aller Säufeeeeeer!«

»Ich glaub, ich hab ein Gespenst gesehen!«

»Selbst der Gott des Weins klemmt den Schwanz ein und nimmt Reißaus!«

Aus irgendeinem Grund drehten gerade alle durch.

Diese Frucht … Das musste doch ein Scherz sein! Oder die Konstitution der Leute hier war irgendwie anders? Vielleicht war Motoyasu den Andersweltlern ja körperlich ähnlicher. Wir waren uns zwar äußerlich ähnlich, kamen aber dennoch aus völlig unterschiedlichen Welten.

»Tut mir schon leid, dass ich hier irgendwie diesen Aufruhr ausgelöst hab. Gehen wir mal wieder ins Gasthaus.«

»O… Okay.«

Und so kehrten wir dem Tumult in der Kneipe den Rücken und machten uns auf den Heimweg.

Kapitel 8: Karma

Sobald am nächsten Morgen die Sonne ein Stück weit über den Horizont gestiegen war, brachen wir wieder zur Jagd auf.

Am Tag darauf wollten wir zusammen mit L'Arc und Therese losziehen.

Dafür waren zwar keine besonderen Vorkehrungen zu treffen, aber ich wollte bis dahin zumindest noch so weit wie möglich hochleveln.

Und die Level stiegen ja so rasch, dass es schon unheimlich war.

Ach ja: Bei einem der Schilde, die ich im Waffenladen kopiert hatte, hatte ich einen interessanten Skill entdeckt. Sein Name: Hate Reaction.

»Hate Reaction!«

Nichts passierte, und ich runzelte die Stirn. Filo blinzelte mehrmals.

»Meister, du strahlst was Komisches aus, irgendwie unangenehm!«

Erst fragte ich mich, was das zu bedeuten hatte, doch bald darauf verstand ich es.

Denn alle Monster in der Umgebung drangen mit einem Mal auf mich ein.

Natürlich auch die, gegen die gerade andere Abenteurer kämpften.

Der Wirkungsbereich betrug etwa 15 Meter.

Am Tag davor hatten mich die Monster gemieden, weil sie gewusst hatten, dass sie mir nicht gewachsen waren. Nun hatten sie es plötzlich auf mich abgesehen.

Wenn ich diesen Skill verwendete, wo sich viele Menschen aufhielten, würde ich sie damit stören, doch weiter im Landesinneren, in Gegenden, in die es keine gewöhnlichen Abenteurer verschlug, würde sich der Skill gut einsetzen lassen.

Und tatsächlich wagten sich nicht so viele Abenteurer ins Zentrum der Insel vor.

Wohl weil gewöhnlich das Limit bei Level 40 lag. Gehörte man nicht zu den Auserkorenen mit Klassenaufstieg, dann war das gefährlich.

Überaus selten begegneten wir Abenteurern, aber … ganz bis ins Herz drang dann doch niemand vor.

Wir fanden auch die Gebeine mancher Unersättlicher … An einem Ort wie diesem wurden die Schwachen zur Beute der Starken. Wie viele Abenteurer waren wohl schon auf diesen Inseln gestorben?

Die Sorge, die L'Arc und Therese uns entgegengebracht hatten, und dass sie nach uns gesucht hatten, war im Hinblick auf solche Abenteurer wohl durchaus angemessen. Als wir jedenfalls schon weit vorgedrungen waren und es halb den Berg hinaufgeschafft hatten … stand plötzlich ein Monster vor uns, das wie ein großer schwarzer Hund aussah. Es hießt Karma Dog Familia.

Dieses Monster erinnerte an jenen zweiköpfigen schwarzen Hund, den Raphtalia und ich in der Vergangenheit besiegt hatten. Es hatte etwas von einem Dobermann.

Dieser Hund hatte zwar nur einen Kopf, aber sein schwarzes Fell erzeugte ein ganz ungutes Gefühl bei mir, und als ich Raphtalias verstörten Blick sah, war ich wenig überrascht.

»Kommst du zurecht?«

»Ja, kein Problem.«

Sie packte ihr Schwert fester und machte sich kampfbereit.

Filo näherte sich Schritt für Schritt dem Karma Dog Familia.

Wir hatten sowieso keine Wahl, wir mussten kämpfen.

Ich ging an die Spitze und marschierte auf das Monster zu.

»GAAAH!«

Der Hund klappte seine Schnauze weit auf und biss mir in die Schulter.

Ich war jedoch mittlerweile so stark, dass er mir nichts anhaben konnte.

Ich schlang ihm die Arme um den Hals und hielt ihn fest.

»Haaa!«

»Hiaaaah!«

Die Mädchen nutzten die Gelegenheit und griffen an.

»Uh ... Der hält aber was aus, oder?«

Raphtalia stieß ihm immer wieder ihr Schwert in die Flanke, und Filo trat ihm die Hinterläufe weg.

»...?!«

Der Karma Dog Familia wollte brüllen, doch es drang kein Laut aus seiner Kehle.

Das tat seiner Aggression jedoch keinen Abbruch, und sein Biss lockerte sich erst, als er schließlich sein Leben aushauchte.

Er war unerbittlich gewesen und hatte so heftig attackiert, als wäre ihm sein eigenes Überleben gleichgültig gewesen.

Ein ziemlich starkes Monster – aber man musste wohl stark sein, wenn man so tief im Inneren der Insel überleben wollte.

»Der war ganz schön hartnäckig ...«

»Ja, oder?«

»Auch ganz schön zäh.«

Filo hatte angefangen, an dem Kadaver herumzupicken.

»Lass das!«

»Naaa gut.«

Filo mal wieder … Murrend ließ ich meinen Schild den Karma Dog Familia absorbieren.

Bedingungen erfüllt für: Karma Dog Familia Shield

Karma Dog Familia Shield
Fähigkeit nicht freigeschaltet … Ausrüstungsbonus: Geruchssinnsteigerung (schwach), Inult-Statusanpassung (klein)

Es folgten noch mehrere Einträge, aber ich sah mir der Einfachheit halber nur die Freispielbedingungen und die Ausrüstungsboni an.

Geruchssinnsteigerung … Da würde dann wohl meine Nase besser?

Wenn ich solche Fähigkeiten mit Wahrnehmungsbezug steigerte, war ich bald bestimmt auch so verwildert wie Filo.

Inult … Das war doch eines jener Wesen, das bei der Kultivierung dieser Inseln geholfen hatte? Das gab es doch eh nicht!

Und abgeworfen … hatte das Monster unglücklicherweise auch nichts Besonderes.

Wenn wir noch so einem über den Weg liefen, würde ich ihn wieder zerlegen und dem Schild geben.

Erfahrungspunkte bekamen wir reichlich für den Kampf: 800 EXP!

Näher an den Küsten gab es im Schnitt 90, insofern war das ganz schön viel.

»GAH!«

Oh, schon wieder einer? Auf diese Art arbeiteten wir uns weiter vorwärts.

»Sind wir jetzt ganz im Innersten?«

»Hm, ich weiß es auch nicht ...«

Rasch drangen wir weiter vor, und mit der Stärke unserer Gegner stiegen auch die Erfahrungspunkte. Dementsprechend rasant levelten wir auch hoch.

Mittlerweile war ich bei 57, Raphtalia bei 59 und Filo bei 61.

Bis jetzt war unser Aufstiegstempo geradezu absurd. Raphtalias und Filos Werte schossen durch die Decke.

»Oh ...«, stöhnte Raphtalia und starrte mehrmals ihr Schwert an.

»Was ist los?«

»Ich weiß nicht ... Irgendwie trau ich meinem Schwert nicht mehr so recht.«

Sie schwang es mehrmals, um sich zu vergewissern. Bildete ich es mir nur ein oder hatte sich die Klinge gekrümmt? Dabei war das Schwert doch gar nicht so alt ...

»Vielleicht bist du drüber hinausgewachsen?«

Wenn sie es weiter so strapazierte, würde es sich noch mehr verbiegen oder sogar brechen.

Bei dem Gedanken warf ich einen Blick zu Filo hinüber: Die Spitzen ihrer Metallkrallen waren ebenfalls schon abgebrochen.

»Was ist, Meister?«

»Ach ...«

Die Waffen schienen der Kampfkraft der Mädchen nicht gewachsen.

Im Hinblick auf die nächste Welle musste ich mich vorrangig um neue Waffen für die beiden bemühen, sonst wurde das noch gefährlich.

Vorerst konnten wir uns mit den Eisenschwertern und Ähnlichem behelfen, die die Monster fallen ließen, aber weit kämen wir damit nicht.

Dies war wirklich einer jener Momente, in denen wir auf Maßanfertigungen setzen mussten.

Sobald ich die Möglichkeit hatte, würde ich beiden schöne Waffen bauen lassen.

»Soll ich mit dem magischen Schwert weitermachen?«

Sie steckte ihr metallenes Schwert weg und zog stattdessen die magische Waffe.

Die war zum Kampf gegen Monster ohne Substanz gedacht. Materiellen Gegnern zog sie lediglich Magie ab. Tödlich verwunden konnte man damit niemanden, höchstens ausknocken.

Kaputtgehen würde das Schwert wahrscheinlich nicht ... Raphtalia ließ die magische Klinge erscheinen.

Die Leistung schien weit höher zu sein als zuvor: Ich hörte es laut knistern.

»Ah ...«

Rasch ließ Raphtalia die Klinge wieder verschwinden.

»Was ist?«

»Das geht wohl nicht. Anscheinend erhitzt sich der Griff, wenn ich zu viel Energie hineinleite.«

»Wenn du nicht vorsichtig damit bist, geht es noch kaputt.«

»Ja.«

Während wir uns unterhielten, gelangten wir zum Mittelpunkt der Insel. Wir sahen eine Ruine vor uns: So etwas wie ein Heiligtum, das ... an Stonehenge erinnerte.

Im Zentrum des Steinkreises befand sich eine Kugel ... Sie war mit so etwas wie einer magischen Linse versehen.

»Was ist das denn für ein Ding?«

»Nun ...«

Die Kugel ließ mich irgendwie an die Wellenrisse denken. Man spürte jedenfalls, dass etwas daran anders war.

»Filo, kannst du's mal angreifen?«

»Mach ich!«

Filo sprang und kickte die schwarze Kugel weg.

Einen Moment lang schien sich das Objekt zu verzerren, dann nahm es seine ursprüngliche Form wieder an.

Was es damit wohl auf sich hatte? In den Games, die ich kannte, würde sich irgendetwas tun … Es mussten nur erst die richtigen Bedingungen erfüllt sein …

Während ich noch überlegte, erschien plötzlich ein großer, pechschwarzer, geflügelter Hund, vielleicht fünf Meter lang … groß jedenfalls. Was war das für eine Rasse …? Hatte was von einem Golden Retriever. Was für ein unansehnliches Monster … Deswegen war es aber bestimmt nicht weniger bösartig.

Ich prüfte seinen Namen: Karma Dog wurde angezeigt.

War das der Endgegner dieser Insel?

Ich konnte mir leicht vorstellen, dass die Karma-Dog-Familia-Monster seine Schergen waren.

»Raphtalia, Filo – los geht's! Aura, Stufe zwei!«

Nachdem ich meinen neuen Unterstützungszauber auf die beiden angewandt hatte, stellte ich mich dem Karma Dog entgegen.

Sofort versuchte der Hund, mich mit seinen gewaltigen Hauern zu erwischen.

»Hmpf!«

Als er zuschnappen wollte, packte ich zu.

Es machte *Klonk*, und der Karma Dog war gestoppt.

Seine Zähne bohrten sich in meine Haut, und Schmerz durchzuckte mich.

Er war offensichtlich noch stärker als seine Familie. Sogar mächtig stark, wenn er es schaffte, meine Verteidigung zu durchbrechen!

Das konnte nur bedeuten, dass mein Power-up immer noch nicht komplettiert war. Ich war zwar nun wie beabsichtigt viel widerstandskräftiger, aber es reichte offenbar noch nicht.

»Hiah!«

»Ho!«

Raphtalias Schwert und Filos Klauen fuhren in den Leib des Riesenhundes. Der ließ sich davon jedoch überhaupt nicht beeindrucken und schlug mit seinen Klauen, die ich nicht unter Kontrolle bekam, nach den Mädchen.

»Du erwischst mich nicht!«

»Hopp!«

Da ich den Karma Dog festhielt, hatten die beiden leicht ausweichen können.

»Wahuuuuuuuuuuuuuuuuuu!«

Als das Monster heulte, spuckte die Kugel plötzlich zwei Karma Dog Familia aus.

Verdammt ... Das war aber lästig!

»Raphtalia! Filo! Könnt ihr noch?«

»Kein Problem!«

»Mhm!«

»Super! Wir machen einen Kombinationsskill! Filo, stimm dich mit mir ab!«

»Mach iiich!«

Kombinationsskills hatten wir zuerst bei Motoyasu und seinen Leuten gesehen: Das waren Angriffe, die Magie mit einem Skill verbanden.

Durch die Kombination kam ein anderer Effekt zustande als bei einem bloßen Skill.

»Kapiert, Filo? Ich erzeuge einen Air Strike Shield, und du ... sprichst gleichzeitig einen Wind-Angriffszauber!«

»Gut!«

Filo begann sich zu konzentrieren.

»Ich, als Quelle deiner Macht, befehle dir: Ergründe das Wesen der Dinge und feg ihn mit einem starken Tornado aus Wind weg! – Tornado, Stufe zwei!«

Vor meinen Augen erschienen die Namen der Skills, die ich starten konnte.

»Tornado Shield!«

Vor den anstürmenden Karma Dog Familia erschien ein großer Schild, von Wind umtost.

Als sie dagegen knallten, drang aus der Mitte des Schildes eine noch größere Windhose als bei Filos Tornado der Stufe zwei.

Die beiden Hunde wurden in die Luft geschleudert.

Oh ... genial! So etwas war also auch möglich – man musste es nur gut timen.

Raphtalias Talent lag in der Illusionsmagie, war für Angriffe also nicht geeignet.

Für so etwas ließ sie sich nicht einsetzen. Dafür konnte man Gegner damit täuschen. Es kam darauf an, wie man das einsetzte.

»Raphtalia!«

»Ja!«

»Ich, als Quelle deiner Macht, befehle dir: Ergründe das Wesen der Dinge und stifte Verwirrung! –Mirage, erste Stufe!«

»Mirage Shield!«

Mithilfe von Second Shield feuerte ich meinen zweiten Kombinationsskill ab.

Als der Tornado abebbte, stoppte ich den Sturz der Hunde mit meinem plötzlich erscheinenden Schild.

Und dann wickelte sich der Schild um die beiden Monster.

»Fiep!«

Die zwei Karma Dog Familias landeten unsanft auf ihren Rücken und rappelten sich taumelnd wieder auf. Und dann ...

»Gaaah!«

Beide glaubten wohl, sie hätten uns aus einer anderen Richtung gehört, und griffen plötzlich einander an.

Wahrscheinlich unterlagen sie beide der Täuschung, uns zu attackieren, während sie in Wahrheit aufeinander losgingen.

Der Mirage Shield schien den Effekt zu haben, die Gegner durcheinanderzubringen.

»Klasse! Und jetzt machen wir den Boss alle!«

»Okay!«

Wir richteten unsere Blicke wieder auf den Karma Dog, umschlossen unsere Waffen fester und stürzten uns in den Kampf.

»Puh.«

Wir hatten den Karma Dog besiegt. Dass er seine Kumpels gerufen hatte, war nervig gewesen. Aber zum Glück hatten wir sie aufeinanderhetzen können, und da Raphtalia und Filo so viel stärker geworden waren, hatten sie es nicht allzu schwer mit dem Hundemonster gehabt.

Hinterher erledigten wir noch die beiden Familia, und als wir uns vergewissert hatten, dass keine Gefahr mehr bestand, gab ich meinem Schild den Karma Dog und sah nach, was er abgeworfen hatte.

Mein Gamergespür aus alten Zeiten flüsterte mir zu, dass ein Boss wie der Karma Dog etwas Tolles bei sich haben müsse.

An den Items, die ein Endgegner fallen ließ, begründete sich die Sehnsucht eines jeden Videospielers. Man konnte darauf hoffen, dass es eine starke, einmalige Waffe war: Sie würde eine

Eigenschaft des Monsters aufweisen, wäre mächtig und rar.

Eilig sah ich nach.

Oreikul-Erz? Das würde ich vielleicht zum Hochrüsten verwenden können. Ich hatte den Eindruck, das schon einmal gesehen zu haben.

Hm?

»Karma ... Dog Claw ...?«

Dem Namen nach musste das eine Waffe sein, oder? Ich gab dem Schild über das Menü die Anweisung, die Klauen auszuspucken.

Es gab ein *Klonk* und ... ich sah zwei Klauen aus dem Schild kommen.

»W... Was ist das denn?«

»Das hab ich dir doch schon mal erklärt: eine Fähigkeit des legendären Schildes.«

»So viel ist mir klar. Ich hab mich nur erschrocken, weil da plötzlich zwei schwarze Krallen rausgekommen sind.«

Na gut, verständlich.

Ich sah mir die Klauen genauer an. Sie hatten die Länge meines Handrückens. Filo würden sie wohl nicht passen.

Begutachtung wurde getriggert, und die Details tauchten vor mir auf.

Karma Dog Claw
Qualität: erstklassig
Hinzugefügter Effekt: Gewandtheitssteigerung, Magiesenkung, Angriffskraftsteigerung, Verteidigungskraftsenkung

Die Klauen beeinflussten die Grundwerte ziemlich stark.

Sie hatten aber keine blutabweisende Beschichtung oder so

etwas. Man würde sie also wohl schleifen müssen. Außerdem fand ich bedenklich, dass einige Werte abgesenkt wurden.

»Krallen?«, fragte Filo mit schiefgelegtem Kopf.

»Sieht so aus. Aber …«

Sie passten nicht auf Filos Füße.

»Ich will sie anprobieren.«

»Dann musst du in deine Menschenform.«

Gegen Monster kämpfte Filo nie in ihrer menschlichen Gestalt. Fitoria hatte ihr beigebracht, dass es einem den Kampf erleichterte, wenn man eine zum Gegner passende Größe hatte.

»Hmmm. Dann versuch ich, in meiner Menschenform zu kämpfen.«

Mit einem *Plopp* verwandelte sie sich und steckte sich die Klauen auf die Hände.

»Na ja, wenn du meinst, das geht … Hier gibt's ja genug Monster, an denen du sie ausprobieren kannst.«

Also suchten wir im Zentrum der Insel nach Monstern und fanden auch relativ schnell welche.

»Tornado Claw!«

Der Karma Dog Familia war kaum erschienen, da sauste Filo schon rotierend auf ihn zu.

»Gah …?!«

Filo traf das Monster, und es flog aufgeschlitzt davon

»Boah, die sind aber schaaarf, Meister!«

Als es aufschlug, war der Kadaver jedoch mit schwarzen Wunden übersät – das sah verdächtig nach Fluch aus!

Filo schnupperte und verzog das Gesicht.

»Wenn ich die Monster damit kratze, kann ich sie danach nicht essen …«

»Sieht so aus.«

Diese Waffen schienen Dunkelheit in sich zu tragen. Womöglich waren sie verflucht.

»Filo, kannst du die Klauen wieder abnehmen? Ich meine, passiert dann nichts?«

»Hmmm? Was denn?«

Filo zog die Klauen einfach ab und hielt sie mir hin. Verflucht schienen sie nicht zu sein.

Auch das Minus schien Filo jetzt nicht mehr zu betreffen.

Nun, dann konnten wir uns mit den Dingern vielleicht über Wasser halten, bis wir den Waffenhändler wiedersahen.

»Wollen wir dann noch ein bisschen weiterkämpfen und uns dabei auf Filos Angriffe verlassen?«

»Machen wir.«

Etwa zwei Stunden waren wohl vergangen, da verzerrte sich die Kugel in der Ruine abermals, und ein weiterer Karma Dog wurde gespawnt.

Das Erscheinen neuer Karma Dogs schien einem spezifischen Zyklus zu unterliegen. Der nächste kam 30 Minuten später.

Da Filo nun eine mächtige neue Waffe hatte, konnten wir sie in noch kürzerer Zeit erlegen.

Die Erfahrungspunkte waren auch angemessen. Ich fand, unsere Jagd verlief erfolgreich.

Übrigens hinterließen die Karma Dogs Krallen in verschiedenen Größen. Deswegen gelangten wir auch an welche, die Filo in ihrer Filolialform benutzen konnte.

Somit konnte sie nun je nach Form die passenden Klauen auswählen.

Da die Sonne mittlerweile sank, traten wir den Rückweg zur Hauptinsel an.

Ich hatte jetzt Level 63 erreicht, Raphtalia Level 65 und Filo Level 67.

Wie weit würden wir wohl noch aufsteigen?

Nun, je höher desto besser.

»Na? Wie läuft's?«

L'Arc und Therese hatten mich am Hafen aus meinen Gedanken gerissen.

»Fabelhaft. Und bei euch?«

»Ganz ähnlich. Die Jagd war eine nette Herausforderung.«

»Hauptsache.«

»Ach, übrigens: Die vier heiligen Helden sollen auf den Inseln sein. Man hört alle möglichen Gerüchte.«

»…«

Ich wollte ausrufen, dass er gerade vor einem dieser Helden stand. Doch was ich auch sagte, es wäre zwecklos: Er war nun einmal davon überzeugt, dass ich ein Hochstapler sei, der sich nur als der Held des Schildes ausgab.

»Ui.«

Ich schaltete auf Durchzug und machte nur noch bestätigende Laute.

»Was für Gerüchte denn?«

Ich war froh, dass Raphtalia sich einmischte. Das wurde mir eh zu nervig. Ich würde das Reden ihr überlassen.

»Na, es heißt, der Held des Schwertes kämpft ganz allein. Und der Held der Lanze soll versucht haben, auf dem Markt vorbeilaufende Mädchen aufzugabeln.«

Immer das Gleiche mit diesen Typen.

»Und der Held des Bogens?«, fragte Raphtalia.

L'Arc und Therese blickten verlegen zur Seite.

»Es soll wohl Ärger gegeben haben, weil er irgendwelche

Jagdgründe für sich allein in Anspruch genommen hat.«

Also hatte er nicht auf uns gehört. Ich hatte nichts anderes erwartet.

Aber diese Gerüchte über die Helden gefielen mir gar nicht ... Was dachten wohl die Abenteurer, wenn sie das hörten?

Noch während wir redeten, kamen die Protagonisten jener Gerüchte des Weges spaziert.

»So, wollen wir wieder ins Gasthaus?«

»Hm ...«

»Ja, wir sollten schnell schlafen gehen, um morgen wieder fit zu sein.«

Die drei gingen in Richtung der Pension davon.

»Ich frag mich nur, wo diese Kerle sich wohl rumtreiben ...«

»Ja, nicht wahr? Solche herausragenden Persönlichkeiten sollte man doch eigentlich auf Anhieb erkennen ...«

Die Helden waren gerade vor den Augen der beiden vorbeigegangen ... Zwecklos. Was für ein begriffsstutziges Paar.

Andererseits war es immer nett, mit ihnen zu reden. Sie sahen eher die guten Seiten als die schlechten, waren eben wohlwollend. Wenn man jedoch gar zu wenig mitbekam, war das schon ein Grund zur Sorge.

»Ähm, und was für Gerüchte hört man so über den Helden des Schildes?«

»Hmmm ... Er hat wohl große Aufregung ausgelöst: Er soll ein Fass ohne Boden sein.«

»Ein Fass, sagst du?«

»Therese, das bedeutet, er säuft wie ein Loch. Stell dich doch nicht dumm!«

»Hi hi hi, tu ich das?«

Ich seufzte.

Ein Fass ohne Boden ... Soso. Nur weil ich von diesen Trauben gegessen hatte, war ich doch nicht gleich ein Säufer!

»Aber der Schildheld ist woanders sowieso bekannter als auf den Inseln.«

»Wovon redest du?«

»Darüber haben wir doch auf der Herfahrt schon geredet. Er soll ein ungeheuerlicher Erzbösewicht sein: Trickbetrug, Erpressung, Kinderraub, Anbiederung bei Machthabern ... Ein richtiger Teufel, der sogar Leute hinrichten lassen will, die ihm nicht in den Kram passen!«

So wirkte ich also von außen betrachtet?

Na ja, ganz falsch war es ja nicht.

Obwohl die Hälfte der Gerüchte wahrscheinlich die Drei-Helden-Kirche gestreut hatte. Bei dem letzten Punkt ging es um die Strafe, die die Bitch und der Drecksack bekommen hatten.

Raphtalia legte sich betroffen die Hände an die Wangen.

»Leider kann man nichts davon so recht abstreiten ...«

»Gut gesagt, Raphtalia! Meine großen Taten lassen sich nicht so einfach wegreden.«

»Was? Du bist wohl auch noch stolz darauf?«

»Ha ha!«

»Da gibt's nichts zum Lachen! Bei diesen Gerüchten geht's um dich!«

Die Leute hatten von Anfang an schlecht über mich geredet. Zu spät, sich jetzt noch deswegen aufzuregen.

Allmählich wurde das alles angegangen, und demnächst würde sich das Gerede bestimmt legen. Seit der Beendigung der ganzen Affäre war nicht einmal eine Woche vergangen. Was sollte man da groß verlangen?

»Na, Schildbubi? Bist du vielleicht doch wer anders? Scheinst dich ja nicht allzu sehr wie der Held des Schildes zu verhalten.«

»Red du nur.«

Die beiden waren Musterbeispiele für Gutgläubigkeit.

»Und was steht als Nächstes bei euch an, Bubi?«

»Nachtkämpfe wollen wir nicht machen. Wir werden wohl in die Unterkunft zurückgehen und uns ausruhen. Ich will ja für Therese auch noch das Accessoire machen.«

»Wirklich?«

»Na dann, Bubi, wollen wir uns morgen früh hier am Hafen treffen?«

»Wir würden uns jedenfalls freuen.«

»Klar. Also, bis dann.«

Wir trennten uns von den beiden, und Raphtalia und Filo winkten ihnen nach.

»Na, dann machen wir mal 'ne Pause. Geht ihr beiden ruhig los und amüsiert euch allein.«

»Und du, Herr Naofumi?«

»Ich mach's mir im Gasthaus gemütlich. Den Fluch gibt's ja auch noch.«

»Hm ... Stimmt. Dann bleib ich bei dir.«

»Ich geh schwimmen!«

»Ja, mach nur. Und du bist sicher, Raphtalia? Ich meine, wo wir schon mal so was Ähnliches wie Ferien machen?«

»Ich bin vom vielen Kämpfen ganz schön gerädert.«

Das wunderte mich nicht. Wir hatten zwei Tage lang durchgegrindet. Ruhepausen waren wichtig.

Filo rannte zum Strand, und wir kehrten ins Gasthaus zurück.

Übrigens war Filo ziemlich lange schwimmen. Später erzählte sie uns voller Begeisterung, wie schön es im Meer gewesen sei.

»So, heute gehen wir also mit L'Arc und Therese auf die Jagd …«

Wir würden uns eine Insel aussuchen müssen, auf der sich keiner der anderen Helden aufhielt.

Ob nun Vorlieben oder Gegenmaßnahmen dahintersteckten: Jedenfalls schienen die anderen Helden die Inseln nach einem Plan abzuarbeiten. Sicher bekamen sie Empfehlungen von Schatten oder Leuten aus Melromarc, wenn sie die Insel wechseln sollten.

Nun, das war bestimmt effizienter als nur spezielle Monster zu jagen.

Als wir am Hafen ankamen, warteten dort bereits die beiden Abenteurer auf uns.

»He, Schildbubi! Wie geht's, wie steht's?«

»Sag ich dir, sobald wir angefangen haben. Ach ja, ich hatte gestern ein bisschen Zeit und hab die Auftragsarbeit gemacht.«

Ich holte das hergestellte Accessoire hervor und warf es Therese zu.

Unter den Rohedelsteinen, die sie dabeigehabt hatten, war auch ein seltener Edelstein namens Starfire gewesen, der meine Neugier geweckt hatte.

Ich hatte ihn geschliffen und Magie eingearbeitet, mir dann jedoch den Kopf zerbrochen, welches Erz ich als Grundlage nehmen sollte. Letzten Endes hatte ich mir von meinem Schild das am Vortag gefundene Oreikul-Erz ausgeben lassen, war zur Eisenhütte der Insel gegangen und hatte dort die Fassung anfertigen lassen.

Daher war etwas ganz Anständiges herausgekommen, obwohl ich mich bloß von meinen Launen hatte leiten lassen.

Oreikul Starfire Bracelet (Steigerung der magischen Durchschlagskraft (stark))
Qualität: hoch

»Aber das ...«

Therese verschlug es den Atem, als sie den Armreif sah.

»Unglaublich ... Der Edelstein ist von Freude erfüllt. Dass du mir so etwas Schönes gemacht hast ...«

Plötzlich liefen ihr dicke Tränen über die Wangen.

Was? So glücklich machte sie das Ding? Oder war sie vielleicht zu empfindsam?

»H... Hey.«

»Er ist wunderschön ... So ... So etwas Wunderschönes hast du mir gemacht ...«

»The... Therese! Was hast du?«

»Siehst du das denn nicht, L'Arc? Wie hier die Freude eines Juwels überquillt ... Es ist, als eröffnete sich mit diesem Werk eine ganz neue Welt!«

»Du übertreibst aber ...«

»Du bist ein großer Meister, Naofumi! Ein solches Talent darf man nicht verkommen lassen. Bitte mach unbedingt weiter mit deiner Arbeit!«

Na ja, ich hatte ja schon einen Job, und zwar den des Schildhelden ... Ich war doch kein Kunsthandwerker von Beruf!

»Wir müssten dann noch über den Preis sprechen ...«

Therese streckte rasch die Hand nach L'Arcs Tasche aus und warf mir ein Geldsäckchen zu.

»Ah, Therese! Du ...!«

»Selbst das reicht nicht. L'Arc, gib ihm unser gesamtes Vermögen!«

»He, Therese! Lass das!«

Therese hatte angefangen, L'Arc die Kleider vom Leib zu reißen. Die Leute um uns her begannen schon zu tuscheln.

»Mach nicht so einen Wind! Du kannst auch in Raten zahlen.«

»Einverstanden.«

Therese ließ von L'Arc ab und nickte.

Solche Frauen konnte ich absolut nicht leiden, die ihren Kerl ausnahmen wie eine Weihnachtsgans.

Mich als Schöpfer des Armreifs freute es natürlich schon, dass er sie so glücklich machte. Nun wusste ich, wie es dem Waffenhändler ging.

»Dann will ich heute für dich mein Bestes geben!«

»Mensch, Therese, wie deine Augen funkeln ... Du musst ganz schön tüchtig sein, Schildbubi, das bringt nicht jeder fertig!«

»Na ja, ob ich so gut bin ...«

Es lag wohl eher an dem hochwertigen Material.

»Na dann, wollen wir los?«

»Gute Idee. Ach ja: Wir sind jetzt tatsächlich mal dem Schildhelden über den Weg gelaufen!«

»Wie bitte?«

L'Arc nickte mehrmals.

»Ich wusste nach nur einem Blick: Das ist er, ganz ohne Zweifel! Der führt ganz sicher was im Schilde, so fies, wie der guckt!«

»Von wem redest du?«

Wer trat hier als ich auf? Diesem Jemand würde ich womöglich eine Lektion erteilen müssen.

»Na, guck doch: der da!«

L'Arc zeigte auf Itsukis Gruppe, die sich gerade zum Aufbruch fertig machte ... Genauer gesagt: auf den Rüstungstypen.

»Jetzt siehst du's aber auch, oder, Bubi? Das ist der Schildheld!

Wie der nur so überschäumt vor Selbstgefälligkeit! Dem seh ich an der Nasenspitze an, dass der über Leichen geht. Das ist das Gesicht eines Menschen, der überzeugt ist, immer im Recht zu sein.«

Quatsch, Mann! Da steht zwar ein Held – aber du hast den falschen erwischt!

»Früher oder später wird der Schwierigkeiten machen. Den muss man im Auge behalten.«

»Da kann ich dir nicht widersprechen.«

Das spürte man tatsächlich sofort, wenn man mit ihm redete. Der würde noch Probleme verursachen. Vielmehr verursachte er bestimmt schon welche, seit er auf der Insel war.

Die Schatten, die aus dem Schloss gekommen waren, oder die Ritter, hatten doch irgendwie alle erschöpft ausgesehen!

»Also, mit dem verwechselt zu werden ...«

Raphtalia machte ein komisches Gesicht.

Ja, ich war auch ein bisschen enttäuscht, aber es brachte nichts, mit jemandem wie L'Arc zu diskutieren,

»So, genug geplaudert. Wollen wir mal los?«

»Hast recht.«

Ich schickte den beiden eine Party-Beitrittsanfrage.

»Ich hab mir schon eine Insel ausgesucht, aber gibt's vielleicht noch andere Kandidaten?«

Am liebsten wäre es mir, wenn sie sich mit meinem Vorschlag zufriedengaben, damit keine Wechselwirkungen zwischen den Helden auftraten.

»Kein Problem, Schildbubi – nehmen wir ruhig die, die du dir ausgesucht hast. Wir kommen an den meisten Stellen gut zurecht.«

»Genau. Der Armreif, den du mir gemacht hast, kann es kaum noch erwarten, sich in den Kampf zu stürzen!«

Soso … Der Armreif will kämpfen. Alles klar.

Ich fand Therese mit ihrer übergroßen Gefühligkeit schon ein klein wenig anstrengend. Ich nannte den beiden meine Wunschinsel.

»Ach ja, wie hoch sind eigentlich eure Level?«

Wenn sie sich auf dem Plateau der 40 oder darunter befanden, würden sie uns womöglich zur Last fallen.

Aber gerade darum hatte ich ja die Mädchen ihre Level so fleißig steigern lassen: um solchen Problemen vorzubeugen.

Aller Wahrscheinlichkeit nach waren das schlichte Abenteurer. Ich konnte mir nur schwer vorstellen, dass sie höher als 40 waren.

»Nun, ich bin Level 56, und Therese ist 52.«

Ach, doch? Sie mussten also einen Klassenaufstieg absolviert haben. In dem Fall würden wir gar keine Probleme haben.

Dennoch war das recht hoch. Ich fühlte mich ein wenig verraten – auf eine gute Weise. So einen Verrat konnte ich nur begrüßen.

»Und wie sieht's bei euch aus, Bubi?«

»Ich 63, Raphtalia 65, Filo 67.«

»Oha, ganz schön hoch!«

»Na ja, wir sind während der letzten beiden Tage mächtig gestiegen.«

Filo war satte 27 Level hochgeklettert.

Geradezu grotesk, dieses Tempo. Natürlich half auch, dass ich die Feinde mit den Kräften meines Schildes ganz gut kontrollieren konnte.

Wie sehr sie auch angriffen – meine Verteidigung war tadellos. Wenn man auch starke Monster einfach besiegen konnte, stieg man eben rasch auf.

»Erst mal zur Strategie. Wie sieht deine Kampfmethode aus, Bubi?«

»Mit meinem Schild? Wie schon? Ich geh nach vorn und beschäftige die Monster. Währenddessen machen meine Gefährtinnen sie fertig.«

»Hui, du bist aber gründlich mit deiner Imitation des Schildhelden! Aber das ist simpel und gefällt mir.«

»Und wie macht ihr das?«

Die große Sichel an seiner Hüfte war sicher seine Waffe, aber konnte man damit überhaupt kämpfen?

Es war eine eigenartige Wahl. Sicheln ließen mich an die Todesgötter in manchen Games denken. Normalerweise benutzten Bauern sie ja bei der Arbeit.

»Ich? Meine Waffe siehst du ja. Und Therese ist für Zauberei zuständig.«

»Ja. Und ich freue mich schon darauf herauszufinden, wie viel stärker meine Magie durch die Kräfte des Armreifs ist!«

Hm ... L'Arc war der Angreifer und Therese die Verteidigerin? Bei uns kam die Abwehr etwas kurz, insofern kam mir das genau recht.

Wir waren immer noch etwas angriffslastig, und ein Mittelfeld zu haben, wäre schon auch schön.

Das waren Kämpfer irgendwo dazwischen ... Solche, die beide Rollen ausfüllen könnten. Oder solche, die Waffen mit einer größeren Reichweite führten und darum mehr auf Distanz gehen konnten als die Vorhut, zugleich jedoch aktiver standen als die Nachhut.

Unter den Helden war Motoyasu ein gutes Beispiel für diese Position.

Würde ich mit den anderen Helden kämpfen, dann stünden Ren und ich vorne, Motoyasu im Mittelfeld, und Itsuki wäre die Nachhut.

Die Rolle eines Mittelfeldkämpfers war es, alle Monster zu erledigen, die es an der Vorhut vorbeischafften, ehe sie der Nachhut Schaden zufügen konnten ... Auch konnten sie der Vorhut schneller beispringen als die Nachhut. Kämpfer in der Mittelposition hatten vielfältige Aufgaben.

Alles zu können, war Vorteil und Nachteil zugleich ... Allerdings war Motoyasu vom Naturell eher ein Angreifer.

»Alles klar. Ich stoppe also die Gegner, und ihr beiden kämpft zusammen mit Raphtalia und Filo.«

Diese ungefähre Absprache musste eigentlich genügen.

Aber sie sollten bloß nicht glauben, dass sie einfach nur uns zaubern und angreifen lassen konnten. Hier gab's nichts umsonst.

»So machen wir das!«

Die Antwort zeigte immerhin schon mal Kampfgeist.

Sobald wir von der Fähre gestiegen waren, gingen wir landeinwärts.

Die Monster, die uns über den Weg liefen, waren nicht besonders stark: Gleich bei Feindkontakt machte Filo sie mit dem ersten Schlag nieder.

Vorerst blieb sie in ihrer Menschenform.

Ihrer eigenen Aussage zufolge wollte sie sich daran gewöhnen, sodass sie auch so einigermaßen kämpfen konnte.

»So.«

»Und was machen wir mit den Monstern?«

L'Arc zeigte auf einen Kadaver.

»Hm? Zerlegen und das Material verwenden, würde ich sagen.«

Die Monster Cal Miras taugten allerdings nicht besonders dafür.

Die ganzen kleinen Fische auf dem Weg ins Landesinnere waren wirklich nicht zu empfehlen.

»Ich hab mich gefragt, ob ich vielleicht das hier haben darf.«

»Hm ...«

Die Monster hatten bestimmt einen einfachen Verbrauchsgegenstand bei sich, der sicher helfen würde.

Andererseits ... Ich überlegte noch, da streckte L'Arc seine Waffe nach vorn.

»Na, dann machen wir halbe-halbe.«

Dann ließ er seine Sichel ein Monster absorbieren, wie ich es sonst mit meinem Schild tat.

»Hä?«

»Was ist, Bubi?«

Wie selbstverständlich hatte er den Kadaver in seine Sichel verfrachtet. Ich war sprachlos.

Wie jetzt? Ich war sicher gewesen, dass nur die Heldenwaffen dazu in der Lage seien!

L'Arc war jedoch kein Held: Als er das Monster getötet hatte, hatte nämlich auch ich Erfahrungspunkte bekommen.

Was ging hier vor sich?

»N... Na dann jetzt ich.«

Auch ich hielt meinen Schild nach vorn und ließ ebenfalls ein Monster verschwinden.

Hm, davon hatte mir die Königin nichts erzählt ... Aber diese Welt war eben voller Rätsel.

Obwohl L'Arc kein Held war, hatte er eine Waffe mit ähnlichen Funktionen, wie die legendären Waffen sie hatten.

Genau bedacht wusste ich eigentlich nicht viel über gewöhnliche Abenteurer.

Das musste es sein. Waffen, die sich verwandeln ließen, mochten selten sein, aber das hieß nicht, dass es keine gab. Melty hatte uns ja erzählt, die Skills der legendären Waffen seien schon reproduziert worden.

Ich würde beim nächsten Mal den Waffenhändler danach fragen.

Wenn es praktische Waffen wie diese gab, warum verkaufte er die dann nicht?

Mit meinem begrenzten Wissen konnte ich jedenfalls nur zu diesem Gedanken gelangen.

»Kann es sein, dass wir hier ganz besondere Menschen kennengelernt haben?«, flüsterte Raphtalia mir mit einem Blick auf L'Arc zu.

»Möglich.«

»Die Kleine hat aber auch was drauf!«, sagte L'Arc.

»Oh ja.« Therese räusperte sich. »Wie stark du bist, Filo!«

Filo stand da mit geschwellter Brust, als die beiden sie lobten.

Ich wollte unbedingt herausfinden, wie stark die beiden wirklich waren.

Während wir weiter vorrückten, begegneten wir schwarzen Monstern, die wie Kaninchen aussahen. Ihr Name: Karma Rabbit Familia. Das ließ darauf schließen, dass wir im Zentrum der Insel eine Stelle finden würden, die endgegnerartige Monster mit dem Namen Karma Rabbit hervorbrachte.

Konnten wir die beiden bis dahin mitnehmen?

Aber vorerst sollte ich mich wohl auf den Kampf konzentrieren.

Diese Monster sahen also wie Kaninchen aus, aber von diesem Anblick durften wir uns nicht täuschen lassen.

Von jeher kamen in Games immer wieder lästige Gegner in Kaninchengestalt vor. In der Frühphase waren es meist nur kleine

Fische. In dem Fall musste man sich nicht allzu sehr vorsehen, immerhin tauchten sie als unbedeutende Gegner auf. Die Pillenhasen waren ein Beispiel hierfür.

Wenn man jedoch schon ziemlich weit aufgestiegen war und einem kaninchenartigen Monster begegnete, dann war es häufig alles andere als wehrlos, sondern ziemlich gefährlich.

Ich hatte schon in mehreren Games erlebt, wie sie einen mit ihrem niedlichen Äußeren täuschten, um einem dann mit einem tödlichen Angriff den Garaus zu machen.

Sobald man sich eine Blöße gab, machten sie dich einen Kopf kürzer ...

Das Kaninchen stieß sich mit den Hinterbeinen ab und raste auf mich zu.

Ich riss den Schild zu meinem Hals hoch. Es klirrte, und Funken umsprühten mich.

Wusste ich's doch ...

Das Karma Rabbit Familia wollte zurückweichen und fliehen, aber ich packte es.

»Passt auf! Die sind viel stärker, als sie aussehen! Außerdem sind die richtig bösartig und schnell!«

»Alles klar.«

»Verstanden.«

Raphtalia und Filo nickten.

»Jetzt iiich!«

Nun stürmte Filo behände auf eins der Kaninchen zu.

Therese blieb hinten und ... machte was genau?

»Kräfte aller Juwelen weit und breit: Erhört meinen Ruf und manifestiert euch! Mein Name ist Therese Alexandrite. Gefährten, werdet meine Kraft, den Feind zu vernichten!«

Therese sagte einen Zauberspruch.

Aber diese Formulierung hatte ich noch nie gehört. Während sie sprach, färbte sich ihr Haar rot. Dann begannen ihre Armreife zu leuchten, und ein Feuerball erschien vor ihr.

»Pyroxen-Rubinfeuer!«

Er schoss auf das Karma Rabbit Familia zu und ... so ein schönes Leuchten hatte ich noch nie gesehen. Das Feuer hüllte dabei auch mich ein.

»Herr Naofumi!«

Hey! Ich steh auch noch hier! Was schleuderst du Magie auf mich?

Doch dann bot sich mir plötzlich ein wundersamer Anblick.

Nur das Kaninchen, das ich festhielt, ging in Flammen auf.

Da hörte ich eine sanfte Stimme.

Danke ... Ich erinnerte mich nicht daran, sie je gehört zu haben.

Thereses Zauber schien nur das Monster zu verbrennen. Mich selbst ließ es unversehrt, nicht einmal die Hitze spürte ich. Mit meiner Verteidigungskraft hatte das nichts zu tun – die Magie schien einfach keinen Effekt auf mich zu haben.

Ganz im Gegenteil schien die Flamme mich sogar zu beschützen: Ich spürte, wie die von jenem Fluch betroffenen Stellen meines Körpers reingewaschen wurden und das Gefühl der Schwere dahinschmolz.

Was für eine geheimnisvolle Magie!

Schließlich erstarb das Feuer. L'Arc hob seine Sichel hoch über den Kopf und ließ sie herabfahren.

»Großes Himmelsrad!«

Die zu Energie gewordene Sichel wurde zu einem Rad und schlitzte das Karma Rabbit Familia auf.

Es war sofort tot.

»Alles klar bei dir?«

»Hey, was war das denn für Magie?«

»Thereses Magie verletzt Verbündete doch nicht, oder?«

»Na ja … Das hab ich auch gemerkt.«

Aber ich habe so etwas eben noch nie gesehen.

»Naofumi, der Armreif, den du mir gemacht hast, birgt eine ungeheure Kraft!«

»Oh ja, das hab ich auch sofort gesehen. Wenn dein Rubinfeuer dadurch so mächtig wird, dann hat's wirklich noch nicht gereicht, ihm unser ganzes Geld zu geben. Mensch, Bubi, danke noch mal!«

»Nein, ich meinte …«

Und dann, als wäre ihm endlich aufgegangen, dass ich eine Frage gestellt hatte, fasste er sich ans Kinn und nickte.

»Ja, bei ihren Zaubern vereint Therese ihre Kräfte mit denen der Juwelen.«

»Ah …«

»Von dieser Magie hast du wohl noch nie gehört, oder?«

»Das liegt daran, dass … Nun, diese Magie ist typisch für meine Heimat.«

»Was redest du da, Therese? Deine Magie ist doch …«

Aber Therese legte L'Arc eine Hand auf den Mund. Dann flüsterte sie ihm etwas ins Ohr, und er nickte.

Was war hier los?

»Na ja, stell's dir wie ein Geschäftsgeheimnis vor.«

»Aha?«

Es war ja nicht so, als hätte ich ihnen alles erzählt, insofern beruhte das wohl auf Gegenseitigkeit.

Wir waren ja eher flüchtige Bekannte, die sich geeinigt hatten, auf diesen Inseln gemeinsam zu jagen … Sie hatten sich uns angeschlossen, weil sie gesehen hatten, dass wir stark waren.

Mehr war es eigentlich nicht. Das sollte ich wohl auch im Hinterkopf behalten.

»Hach, die vielen Erfahrungspunkte!«

»Stimmt.«

In kurzer Kampfzeit kam ziemlich viel zusammen. Vorerst wechselten L'Arc und ich uns dabei ab, die Monster, die wir besiegten, nach abgeworfenen Gegenständen zu durchsuchen.

An neuen nutzbaren Fähigkeiten bekam ich immerhin dies:

Bedingungen erfüllt für: Karma Rabbit Familia Shield

Karma Rabbit Familia Shield
Fähigkeit nicht freigeschaltet ... Ausrüstungsbonus: Wahrnehmungsbereich (schwach), Usaunie-Statusanpassung (schwach)

Wahrnehmungsbereich (schwach) also? Vielleicht war diese Fähigkeit so etwas wie die Geruchssinnsteigerung (schwach) bei den Karma Dog Familias. Dies schien aber höherrangig zu sein, oder?

»Bubi, du bist ja aus Stahl!«

»Na ja.«

Was wäre ich auch für ein Schildheld, wenn ich keine Monsterangriffe blocken könnte?

»Aber sag mal, L'Arc, ihr beiden seid auch ganz schön stark!«

Er schien mit Raphtalia mithalten zu können, was die Angriffskraft anging, und machte Monster, denen wir begegneten, mit einem Hieb kalt.

Die kleine Sichel, die man normal am Gürtel tragen konnte, verwandelte sich im Kampf in eine große Sichel.

Das war keine Heldenwaffe. Es war aber auch keine Kopie der Waffen der vier Helden, wie sie der Heilige Vater geführt hatte.

Es schien eine eigenständige Gattung zu sein.

Doch je mehr ich über die Großartigkeit von L'Arcs Sichel erfuhr, desto mehr Fragen hatte ich.

Was war das überhaupt für eine Waffe?

Mir fielen die Worte der Königin wieder ein: die Helden seien schwächer, als sie es sich erhofft hatte.

Und dies waren vielleicht einfach ... starke Abenteurer. Dann wäre das alles verständlich.

Aber mein Zweifel wollte sich nicht verflüchtigen, und während ich weiter darüber nachgrübelte, gelangten wir schließlich zum Herz der Insel.

Wie erwartet fanden wir einen weiteren Steinkreis mit einer mysteriösen Kugel darin.

Als wir uns näherten, verformte sie sich, und ein großes Kaninchenmonster namens Karma Rabbit erschien.

Seine Ohren waren sehr lang und bewegten sich, als wären es Hände.

Wir müssten ... also nicht nur mit den tödlichen Bissattacken wie bei den Karma Rabbit Familias zurechtkommen, sondern auch mit Angriffen, die es mit diesen handartigen Ohren ausführte.

»BUH!«

In meiner Welt waren Kaninchen eher leise Tiere. Das Karma Rabbit hatte jedoch tief Luft geholt und ein Brüllen ausgestoßen.

In seiner Umgebung schossen Erdnadeln aus dem Boden.

Erd-Attacken hatte es also auch. Unangenehm!

»Okay! Ich halt es in Schach, alle anderen greifen an! Los!«

»Gut.«

»Jupp!«

»Jaaa!«

»Dann wollen wir mal.«

Und so stellten wir uns dem Karma Rabbit.

Mittendrin mischten sich mehrmals Familias ein, aber auch die machten wir mit vereinten Kräften problemlos nieder.

Das Karma Rabbit tobte mit verschiedenen Angriffstechniken herum, aber dann büßte es seine Gewandtheit ein, weil ich es festhielt, und wir besiegten es auf vergleichsweise sichere Weise, noch schneller als den Boss am Tag davor.

»Puh.«

»Das war's dann wohl, was?«

Raphtalia schüttelte ihr Schwert leicht und wischte das Blut ab, prüfte aber immer wieder die Klinge. Sie begann definitiv sich zu verbiegen. In absehbarer Zeit würde sie brechen ...

»Bubi, sag bloß ...«

»Hm? Was denn?«

Ich hatte das Gefühl, dass L'Arc mich einen Augenblick lang nachdenklich ansah.

»A... Ach, vergiss es. Jedenfalls seid ihr ganz schön stark!«

»Die Starken hier seid ja wohl eher ihr beiden.«

Es war wirklich erstaunlich, was für eine Kampfkraft sie sich antrainiert hatten.

Wären sie nicht gewesen, hätten wir bestimmt noch ein Weilchen gebraucht.

»Freut uns, das zu hören.«

»Jaja. Darf ich das hier haben?«

Mich interessierte mächtig, was das Karma Rabbit hatte fallen lassen. Schließlich war Filo dank der Krallen des Karma Dogs um einiges stärker geworden. Ich hatte den Eindruck, dass sie auch bei diesem Kampf den größten Beitrag geleistet hatte.

»Mach nur, Bubi. Ihr habt eh mehr dafür geleistet.«

»Herzlichen Dank.«

Ich gab meinem Schild das Karma Rabbit.

Dann sah ich nach abgeworfenen Items.

»Karma Rabbit Sword?«

Ich ließ den Schild das Schwert auswerfen. Es war schwarz … und in den Griff war ein Kaninchenmuster geritzt.

Es schien von derselben Art zu sein wie Filos Klauen.

Karma Rabbit Sword

Qualität: exzellent

Hinzugefügter Effekt: Gewandtheitssteigerung, Magiesenkung, Angriffskraftsteigerung, Verteidigungskraftsenkung

Es war zweifelsohne eine ziemlich machtvolle Waffe, und wohl tatsächlich mit Filos Krallen vergleichbar.

»Raphtalia, probier's mal aus.«

»O… Okay.«

»Oho! Habt ihr eine gute Waffe gekriegt?«

»Scheint so.«

Raphtalia umfasste den Griff des Karma Rabbit Sword fest und reckte es empor.

»Scheint ein recht gutes Schwert zu sein. Als Notbehelf taugt es wohl.«

Anschließend kämpften wir alle weiter in der Zentralregion.

Infolgedessen stiegen anscheinend auch L'Arc und Therese viele Level auf.

Wir drei standen jetzt bei 70, 72 und 73. Aber das Wachstum hatte sich verlangsamt.

Woran das wohl lag? Passten die Monster nicht mehr zu unserem Niveau?

Ich kannte die Mechanismen dieser Welt nicht gut genug.

Power-Leveling schien hier möglich zu sein, aber es war auch schon von passenden Leveln die Rede gewesen ...

So etwas unterschied sich von Game zu Game.

In manchen Webgames war es so gelöst, dass man nicht hochleveln konnte, wenn man nur gegen schwache Gegner kämpfte.

In solchen Spielen bekam man Erfahrungspunkte, wenn man Monster mit passenden Leveln besiegte – sie mussten ausreichend nahe am eigenen Entwicklungsstand sein.

In dem Fall bekamen sogar die schwächeren Gefährten im Team keine Erfahrung für einen aus ihrer Sicht mächtigen bezwungenen Feind.

Das Gefühl hatte ich aber bei Filos Aufzucht nie gehabt. Wie war es hier denn nun?

»Raphtalia. Wie liegt denn das neue Schwert in der Hand?«

»Mein Körper fühlt sich plötzlich sehr leicht an, aber das Schwert führt sich etwas eigenwillig.«

Es machte sie stärker, hatte aber auch seine Macken ... Wohl gar nicht so einfach zu verwenden.

Etwas in der Art war wohl zu erwarten, falls ich den Waffenhändler aus den Stoffen der Karma-Bosse Waffen anfertigen ließ.

Aber mit der Angriffskraft konnte man immerhin etwas anfangen.

Eine Schwäche gab es: Man würde die Sachen nicht lange benutzen können, weil sie keine blutabweisende Beschichtung hatten.

Dieses Problem konnte ich nachts im Gasthaus mit dem Schleifsteinschild angehen, aber ich hatte gerade auch eine große Zahl nicht freigespielter Schilde. Ich wollte dem Hochrüsten meiner Waffe den Vorrang geben. Um eine Beschichtung konnte ich später auch den Waffenhändler bitten, aber ... Im Hinblick auf die nächste Welle würde ich ja so oder so bei ihm vorbeischauen müssen.

Dass das Hochleveln allzu geschmeidig lief, brachte mich etwas aus dem Konzept. Unser rasanter Aufstieg verstärkte mein Gefühl drohender Gefahr.

Normalerweise spielte ich stets alle Schilde frei, aber nun machte ich mir Sorgen, dass schwer zu kompensierende Lücken entstehen könnten, wenn ich mir Schilde unbekannter Monster durch die Lappen gehen ließ.

Sollte ich, wenn die nächste Welle überstanden war, die Lebensräume unbekannter Monster aufsuchen?

Das nötige Kapital würde mir die Königin sicher zur Verfügung stellen, in einer finanziellen Notlage war ich demnach nicht.

Auf jeden Fall mussten wir drei stärker werden.

»Lassen wir's dann für heute gut sein?«, fragte L'Arc, als die Sonne schon recht tief stand.

»Hm? Stimmt, es war eine erfolgreiche Jagd. Und was machen wir morgen?«

Die Eliminierung der Karma Rabbits war mittlerweile schon ein Kinderspiel für uns.

Raphtalia und Filo konnten sie sicher schon allein besiegen, und dennoch kämpften wir zu viert.

Es ging ja hier auch darum, L'Arc und Therese beim Hochleveln zu helfen.

»Nee, uns reicht's. Hat mächtig Spaß gemacht! Morgen lassen wir wohl mal fünfe gerade sein.«

»Ach so ...«

Ich war ein wenig enttäuscht. Aber vielleicht waren Abenteurer eben freiheitsliebend.

Wenn wir die Inseln wieder verließen, würde ich sie fragen, ob sie meine Gefährten werden wollten.

»Also, ab nach Hause?«

»Jepp.«

Und so verließen wir die Insel, noch ehe die Sonne ganz hinter dem Horizont verschwunden war. Unterwegs schienen L'Arc und Therese immer wieder in tiefes Grübeln zu verfallen.

Was war nur mit denen? Hatten sie begriffen, dass ich doch der Schildheld war, und wurden deswegen ... nun reserviert?

Konnte das sein ...? Ach, nein. Die beiden waren nicht die Typen, mit so etwas hinter dem Berg zu halten. So gut hatte ich sie bereits kennengelernt.

»Na dann, Schildbubi. Vielleicht ergibt sich's ja mal wieder, dass wir zusammen kämpfen.«

»Klar. Und falls ihr vor der Abfahrt wieder zu Geld kommt, dürft ihr's gern vorbeibringen.«

So verabschiedeten wir uns unbeschwert voneinander. Alles in allem hatte die Jagd mit ihnen schon Spaß gemacht.

»Abgesehen von den Wellen, und Melty mal ausgenommen, war es das erste Mal, dass wir gemeinsam mit anderen gegen Monster gekämpft haben, oder?«

»Kann man so sagen.«

»Diese Abenteurer hatten reichlich Erfahrung. Die waren ganz schön stark.«

Wohl wahr. Ich nickte.

Ich fand L'Arc und Therese sogar ungeheuer stark. Sie schienen uns ebenbürtig zu sein.

Ja, falls möglich, wollte ich sie gern zu meinen Gefährten machen.

Kapitel 9: Die Tage auf Cal Mira

Unsere Arbeit des Hochlevelns ging weiter.

Wir besiegten einen Endgegner namens Karma Pengu. Das war ein pinguinartiges schwarzes Monster, das fliegen konnte.

Es kam uns aber ungeheuer schwach vor. Mittlerweile waren wir wohl einfach zu stark. Da wir bis hierhin jedoch so rapide aufgestiegen waren, verstand ich nun besser, warum die anderen Helden immer noch in der Wahrnehmung gefangen waren, sich in einem Videospiel zu befinden.

Karma Pengu Shield

Fähigkeit nicht freigeschaltet … Ausrüstungsbonus: Tauchen 2, Angeln 3, Pekkle-Statusanpassung (mittel)
Sonderfunktion: Tauchzeitverlängerung

Karma Pengu Familia Shield
Fähigkeit nicht freigeschaltet … Ausrüstungsbonus: Tauchen 1, Angeln 2, Pekkle-Statusanpassung (klein)

Pekkle … Aber waren die nicht ausgestorben?

Anderseits waren ja auch schon bei den anderen Karma-Schilden ähnliche dabei gewesen.

Ja, ganz sicher Usaunie und Inult.

Über Monstersiegel würde ich diese Monster wohl in Dienst nehmen können. Aber was hatte ich davon, wenn sie ausgestorben waren? Ich sah mir die abgeworfenen Sachen an.

Pekkle-Kostüm? Was sollte das sein? Ich ließ das Item auswerfen.

»A… Aber was ist das denn?«

»Scheint 'ne Art Kostüm zu sein.«

»Zieht man es zum Schlafen an?«

Es war das Kostüm eines Pekkle mit Weihnachtsmannmütze. Ich nahm erst einmal die Werte in Augenschein.

Pekkle-Kostüm

Verteidigungskraftsteigerung, Stoßresistenz (schwach), Wasserresistenz (stark), Dunkelheitsresistenz (schwach), HP-Regeneration (schwach), Magiesteigerung (mittel), automatische Reparatur, Tauchzeiterhöhung, Größenanpassung, Fähigkeitenanpassung (klein)

Geht bei Monstern mit einer Gattungsverwandlung einher

Uff … Das Kostüm hatte ja ganz schön viele Effekte und war von der Leistung her durchaus mit meiner Barbarenrüstung +1 zu vergleichen. Tauchzeiterhöhung … Die kam doch bestimmt beim Schwimmen zum Einsatz.

»Scheint mir 'ne prima Rüstung zu sein. Raphtalia, nimm du …«

»Auf keinen Fall! So was kann ich doch nicht zum Kämpfen anziehen!«

Mit der Antwort hatte ich gerechnet. Ich sah es genauso.

»Dann will ich sie anprobieren!«

»Ich dachte, du magst keine Anziehsachen?«

»Das sieht aber lustig aus!«

Als Filo sich in ihre Königinnengestalt verwandelte und das Pekkle-Kostüm entgegennahm, wuchs dieses plötzlich mit ihr!

Ach, dazu diente also die Größenanpassung? Das war ja hervorragend!

»Ich zieh sie mal an, ja?« Damit schlüpfte Filo in das Kostüm.

Doch da ... begann es zu leuchten und mit Filos Gefieder zu verschmelzen!

Ähm ... Mit einem Mal hatte Filo ein schwarzes Gefieder, wie das eines Pinguins, und auf ihrem Kopf thronte etwas, das große Ähnlichkeit mit einer Weihnachtsmannmütze hatte.

»Hmmm ... Fühlt sich gar nicht so steif an wie Anziehsachen ...«

»A... Ach ja?«

»Aber irgendwie fühl ich mich schwach ...«

»Dann zieh's wieder aus.«

Vielleicht lag das an der Gattungsverwandlung: Solang sie das Kostüm trug, war sie effektiv kein Filolial mehr, sondern ein anderes Monster. Somit wirkten dann die entsprechenden Vorteile nicht, die sie dank mir hatte. Dass solche Effekte verschwanden, wenn ein Monster das Kostüm anzog ... Schon eher schwierig zu verwenden, dieses Ausrüstungsstück.

»Ähm, ich frag mich, ob ich das vielleicht in Herbergen zum Schlafen anziehe.«

»Tja, ist vielleicht dafür gedacht.«

Als Pyjama war das ein super Ausrüstungsstück. Aber konnte Filo das Kostüm überhaupt wieder ablegen? Als sie es jedoch berührte, wurde es plötzlich wieder sichtbar. Merkwürdiges Kostüm.

»Herr Naofumi, du könntest mir deine Rüstung geben und das Kostüm selbst anziehen. Dann wäre nichts verschwendet.«

»Raphtalia ... Du willst, dass ich das anziehe?«

Nun, wenn man nur an die Effektivität und sonst nichts dachte, wäre das sogar eine Option ... Aber ich hatte hier auf den Inseln ja meines Schildes wegen ohnehin keinen Schaden genommen. Eher machte ich mir um die Ausrüstung der Mädchen Gedanken.

»Hmmm …«

»U… Und wenn wir auslosen, wer das Kostüm trägt? Laut Filo ist man immerhin nicht in seiner Bewegungsfähigkeit eingeschränkt …«

»W… Wenn du meinst …«

Eigenartig: Leistungsfähigkeit und Optik standen plötzlich im Widerstreit.

Es kam, wie es kommen musste.

»Meister sieht so niedlich aus!«

»Scheiße! Das zieh ich aber aus, ehe wir wieder ins Hotel gehen!«

Wie sollte ich so den anderen Helden unter die Augen treten?

Der Anzug hatte sich verändert, als ich ihn angezogen hatte. Er war nun ein einfacher Pyjama.

Nein, so konnte ich mich den anderen Helden auf keinen Fall zeigen!

Andererseits war mein Gesicht darunter verborgen, insofern müssten sie schon einen Blick auf meinen Schild erhaschen, um mich zu erkennen.

Ich war der Schild … Und nun trug ich das Pekkle-Kostüm.

Ich bekam zwar die damit einhergehenden Boni, hatte mich aber nicht in ein Exemplar einer anderen Spezies verwandelt.

Raphtalia verzeichnete dank meiner Rüstung eine höhere Verteidigungskraft, und unsere Jagd auf die Karma Pengu Familias und die Karma Pengus ging ohne Schwierigkeiten weiter.

»Raphtalia …«

»W… Was siehst du mich denn so an? Ich zieh das nicht an, auf keinen Fall …«

Wir hatten ausgelost, und Raphtalia hatte den Kürzeren gezogen.

»Finde dich damit ab: Morgen ziehst du das Kostüm an.«

»Wieso werde ich derart bestraft?«

Was Filo anging ... Nur gut, dass sie als Filolial geboren worden war.

»Alles in allem ein erfolgreicher Tag.«

»Ja ... Stimmt schon ...«

Wir waren auf dem Boot, das uns zurückfuhr. Raphtalia nickte, guckte aber komisch.

Nun ... Verdenken konnte ich es ihr nicht, wenn ich mir unsere Ausbeute ansah.

Ich war Level 73, Raphtalia 75 und Filo 76.

Vom Grafen, der viel über die Inseln wusste, hatten wir erfahren, dass es ab Level 80 schwierig wurde, hier weiter aufzusteigen.

Das hatte erst einmal vielversprechend geklungen, aber die Sache hatte offensichtlich einen Haken. Nur war mir nicht ganz klar, welches Prinzip dahinterstand.

Ich merkte schon seit etwa Level 70, dass unser Aufstiegstempo rapide sank. Wir würden noch ganz schön viele Monster erledigen müssen, wenn wir tatsächlich die 80 erreichen wollten.

Nach abgeworfenen Gegenständen zu sehen, machte ebenso viel Spaß wie in einem Game. Aber wenn die ganze Sache nicht mehr effizient war, sollten wir uns wohl lieber auf andere Weise neue Ausrüstung beschaffen. Schließlich rückte die nächste Welle immer näher.

»Wir sind doch stärker geworden, oder nicht? Also alles schön!«

»Mhm!«, nickte Filo, die im Wasser war: Offenbar hatte sie noch nicht genug geschwommen.

»Mit dir rede ich gerade gar nicht, Filo.«

»Ey.«

»Zurück zum Thema: Seit wir hier sind, sind wir mehr als 30 Level aufgestiegen.«

»Stimmt schon ... Aber ... Die Monster fühlen sich zu schwach an ... Ich mach mir Sorgen, dass das nicht reicht.«

»Hm ...«

Mittlerweile waren die Karma-Bosse keine Gegner mehr für uns: Wir schlugen sie teils schon tot, sobald sie uns über den Weg liefen. Einerseits war das schön: Raphtalias und Filos Werte waren offensichtlich gestiegen. Andererseits ...

Ich hatte immer noch so viele Schilde mit Ausrüstungsboni, die ich noch nicht hatte freispielen können.

Es war sehr schön, dass wir auf diesen Inseln effizient hatten leveln können. Aber offenbar hatten Raphtalia und Filo nicht das Gefühl, auf diese Weise echte Stärke aufbauen zu können.

Irgendwie ... hatten die Level etwas Magisches an sich, aber mentale Stärke war noch einmal etwas anderes. Konnten wir hier vielleicht nicht die nötige Nervenstärke entwickeln, die wir brauchten, um uns auf unvorhergesehene Situationen einzustellen?

Das war auch ein Missstand.

Das sah man auch bei unzähligen Spielern in den mir bekannten Internetgames, die bei irgendwelchen Events oder so rasch hochgelevelt hatten. Das waren häufig irgendwelche Stümper, bei denen die tatsächliche Spielstärke und das Level nicht zusammenpassten.

Erschwerend kam hinzu, dass manche Spieler ein hohes Level fälschlicherweise mit großem Spielkönnen gleichsetzten.

Das war ausgesprochen gefährlich. In der Hinsicht würden sich Itsukis Gefährten vorsehen müssen.

Kapitel 10: Der Unterwassertempel

Unsere Tage auf den Inseln schienen auf friedliche Weise ihrem Ende entgegenzugehen.

Bis Filo beim Schwimmen eine Entdeckung machte.

Es musste wohl der fünfte Tag nach unserer Ankunft sein.

»Du, Meister ... Auf dem Meeresgrund gibt's noch eine Insel, die rot leuchtet.«

»Was sagst du da?«

Ihre Beobachtung übte eine eigenartige Faszination auf mich aus.

Ich musste wieder daran denken, wie die Cal-Mira-Inseln bei Nacht eine rote Aura zu haben schienen. Das schien der Einfluss der Aktivierung zu sein. Ich hatte es selbst mehrmals gesehen.

»Ja. Wenn man abends im Meer untertaucht, kann man's sehen!«

Hm ... Also gab es hier noch eine Insel?

»Wir sind mittlerweile eh so weit, dass wir durchs Monsterbesiegen kaum noch Erfahrungspunkte kriegen. Wollen wir uns das mal genauer ansehen?«

»Meinst du denn, das ist sicher?«

»Wir haben ja Ausrüstung, mit der wir tauchen können.«

Raphtalia verzog das Gesicht. Ach ja, sie hatte am Vortag tatsächlich das Pekkle-Kostüm getragen.

Wenn man sich an dem Look nicht störte, war es eigentlich eine großartige Rüstung.

So hoch war die Fundrate bei diesen Anzügen nicht, aber immerhin hatten wir mittlerweile drei zusammen.

Wir konnten alle einen anziehen und hinabtauchen. Wenngleich dann Filo auf viele Boni verzichten musste.

»Wir sollen also ins Meer hinunter, ja?«

»Du kannst doch schwimmen, oder?«

»Also, meine große Schwester, die kann genauso lange untertauchen wie ich!«

»Na, das ist doch klasse …«

Ich war schon einmal mitgegangen und hatte Filo beim Schwimmen zugesehen: Manchmal war sie ziemlich lange unter Wasser geblieben.

Wenn Raphtalia mit ihr mithalten konnte, war das keinesfalls zu verachten.

»Ich komme ja aus einem Fischerdorf und konnte schon immer gut schwimmen …«

»Willst du dann mal versuchen, ob du's bis zu der Insel runter schaffst?«

»Und was machen wir, wenn uns im Meer Monster begegnen?«

»Wir können doch gut kämpfen. Das schaffen wir schon.«

»Wenn du meinst …«

Unter Wasser hatten wir bisher noch nicht gekämpft. Ich fand, wir mussten diese Erfahrung einmal machen.

»Na, dann hopst mal auf meinen Rücken!«

Filo sprang in ihrer Filolialform von der Hafenmauer ins Meer.

Konnten wir auf Filos Rücken zu nahegelegenen Inseln übersetzen? Dann brauchten wir die Boote ja gar nicht …

Wir stiegen auf, und die Fahrt begann.

»Da unten ist es!«

Wir hatten uns ein gutes Stück von der Hauptinsel entfernt … und waren nun ziemlich weit draußen auf dem Meer.

»Also, wollen wir dann die Kostüme anziehen und tauchen?«

Wir zogen uns auf Filos Rücken um.

Raphtalia schien das nicht zu gefallen – aber wo gehobelt wird, da fallen Späne, also machte sie mit.

»Also, runter geht's!«

»Mhm.«

»Ein surrealer Anblick ist es schon ...«

»Da müssen wir durch. Wir haben eben nur das als Unterwasser-Ausrüstung.«

Und dann tauchte ich unter in meinem Pekkle-Kostüm.

Wow! Wahnsinn! Obwohl ich im Meer war, war das Schwimmen nicht besonders anstrengend: Ich musste nur ein wenig mit den Füßen paddeln, und schon bewegte ich mich mit beachtlicher Geschwindigkeit vorwärts. Das ... war eigentlich doch richtig gute Ausrüstung!

Filo tauchte uns voraus und zeigte immer wieder aufgeregt nach vorn. Als wir ihr eine Weile nachgeschwommen waren, bot sich schließlich auch uns der Blick auf ein Landstück auf dem Meeresgrund.

War das eine ... versunkene Insel? Tatsächlich umgab sie derselbe charakteristische rote Schein der übrigen Cal-Mira-Inseln.

Ich tauchte sogleich darauf zu.

Mittlerweile waren wir zehn Minuten unterwegs.

Nach so langer Zeit unter Wasser immer noch Luft zu haben, war schon erstaunlich. Diese fremde Welt war in der Tat ganz schön videospielmäßig. Man brauchte nur die entsprechende Ausrüstung, und schon konnte man wie selbstverständlich die abenteuerlichsten Dinge tun.

Aber langsam wurde mir doch die Luft ein wenig knapp. Nach zwanzig Minuten würde uns wohl der Sauerstoff ausgehen.

Wir konnten von Glück sagen, dass wir keinen Monstern über den Weg geschwommen waren.

Ich fragte mich, ob Raphtalia mit ihrem Schwert unter Wasser überhaupt treffen würde, von Filo ganz zu schweigen.

Dann kamen wir endlich auf dem inselartigen Landstück an.

Hmmm ... Glücklicherweise schien es nicht so, als würden sich hier Monster herumtreiben: Müssten wir hier kämpfen, würde uns die Luft ausgehen. Ich ließ meinen Blick umherschweifen und entdeckte ein Bauwerk, das ... menschengemacht aussah.

Als wir näherschwammen, stellte sich heraus, dass es sich um so etwas wie einen Tempel handelte.

Ein Tempel unter dem Meer?

Der Eingang war fest verschlossen. Ich berührte die Türflügel. In dem Moment blitzte das Juwel an meinem Schild auf, und rumpelnd öffnete sich das Tor ... Ich blickte zu Raphtalia und Filo hin.

Jetzt brannte mir doch so langsam die Brust. Ob wir zwischendurch mal auftauchen sollten?

Aber da ... sprudelten mir aus dem Tor Bläschen entgegen. Gab es da drinnen etwa Luft? Ich tauchte unter dem Torbogen hindurch. Als ich anschließend hochblickte, sah ich die Oberfläche direkt über mir. In diesem Unterwassertempel schien man tatsächlich atmen zu können.

Ich gab Raphtalia und Filo ein Zeichen, mir zu folgen, und stieg auf.

»Puah!«

»Was ... ist das hier überhaupt?«

»Tja ...«

Nachdem wir ausgiebig durchgeatmet hatten, blickten wir uns um. Es herrschte Dämmerlicht, aber wir schienen uns in einer steinernen Kammer zu befinden. Das Wasser schien nicht weiter hinein zu reichen. Platschend kletterte ich heraus. Dann trat ich vorwärts.

»Ganz schön dunkel ... Man sieht kaum was.«

»Soll ich magisches Licht erzeugen?«

»Bitte.«

Raphtalia leuchtete uns. Als wir unsere Umgebung besser sahen, stockte uns der Atem.

»Wa…«

Da stand doch tatsächlich … eine Drachensanduhr!

Es bestand kein Zweifel: Der Sand darin würde schon sehr bald durchgerieselt sein.

Aber … Eine Drachensanduhr? An einem solchen Ort?

Da fiel mir wieder ein, was Fitoria mir erzählt hatte: Auch fernab menschlicher Siedlungen traten Wellen auf.

Dann musste dies eine jener Drachensanduhren sein, die sich außer Reichweite der Menschen befanden.

Was sollten wir tun? Es mochte sogar einer der Orte sein, mit denen Fitoria betraut war. Sich nicht darum zu kümmern, erschien mir dennoch gefährlich.

Es waren so viele Menschen zu Besuch auf den Cal-Mira-Inseln: Abenteurer und welche, die es werden wollten. Wenn sich hier plötzlich eine Welle ereignete, würde das verheerende Folgen haben.

Und es ging nicht nur um die Inseln Cal Miras.

Auch in den küstennahen Gewässern herrschte das Phänomen, dass Monster sich rasant vermehrten. Nein, das hier war definitiv hochgefährlich.

»Wir müssen … so schnell wie möglich den Zuständigen Bericht erstatten.«

»Ja.«

Ich hielt meinen Schild in Richtung der Drachensanduhr. Ein Lichtstrahl schoss in das Juwel, und die Uhr zeigte mir die verbleibende Zeit an.

48:21

Es schienen … lediglich zwei Tage übrig zu sein.

»Eine Drachensanduhr? In einem Unterwassertempel?!«, rief Motoyasu aus.

Ich hatte noch am selben Tag die anderen Helden zu einer Notbesprechung zusammengerufen.

»Aber kann denn das …«

»Wenn du mir nicht glaubst, kann ich dich gern hinbringen!«

»Sagt ja gar keiner, dass du lügst!«

»Unter dem Meer?«, warf Itsuki ein. »Ich meine, mich an solche ziemlich raren Quests in manchen Spielen zu erinnern.«

Seine Reaktion entsprach meinen Erwartungen.

»Und was machen wir jetzt?«, fragte ich. »Ignorieren wir's einfach?«

Ehrlich gesagt wusste ich ja noch nicht einmal so richtig, worum es sich bei diesen Wellen handelte.

Es waren Katastrophen, bei denen es vor Monstern nur so wimmelte; mehr wusste ich nicht.

Im Ernstfall konnten wir die Leute auf den Inseln evakuieren, dann gäbe es kein allzu großes Problem.

Wenn aber stimmte, was Fitoria gesagt hatte, dann war es die Pflicht der Helden, sich diesem Kampf zu stellen.

Wenn wir einfach so taten, als hätten wir nichts gesehen … Ich hatte das Gefühl, als könnte dann gut Fitoria erscheinen und uns alle umbringen.

»Ich hätte nichts dagegen«, sagte Itsuki. »So könnten wir austesten, wie viel wir hier erreicht haben.«

»Geht mir genauso. Wir können nur stärker werden dabei.

Immer vorausgesetzt, es stimmt.«

»Ich erzähl euch keinen Blödsinn. Ich zeig's euch später.«

Itsuki und Motoyasu brannten offenbar beide darauf, ihre rasch hinzugewonnene Stärke zu erproben. Das kam genau recht.

»Pfff, voll ätzend.«

Und da … hatten wir nun also doch einen, der nicht mitmachen wollte.

Ren, der Held des Schwertes. Er hatte die ganze Zeit geschwiegen. Nun stand er einfach auf, als hätte er nicht das geringste Interesse an alledem.

»Hey. Du wurdest gebeten, für diese Welt zu kämpfen. Also kämpf gefälligst auch!«

Angeblich machte ihm das doch so viel Spaß, oder nicht? Oder war ihm in Wahrheit völlig gleichgültig, was aus dieser Welt wurde? Wegen dieser Haltung hatte ich mir selbst schon oft Vorhaltungen gefallen lassen müssen.

Ich griff nach seiner Hand, aber er schüttelte mich ab.

»Fass mich nicht an. Ich bin nicht hier, um Zeit mit euch zu verbringen! Ich hab mir sowieso schon gedacht, dass drei Helden eigentlich reichen. Eigentlich denk ich drüber nach, mich vom Acker machen.«

Das war schon eine eigenartige Einstellung.

Ich packte ihn von hinten, als wollte ich ihn in den Schwitzkasten nehmen.

Ah?! Ein Schmerz war durch mich hindurch geschossen. Offenbar hatte ich mit meiner Hebeltechnik gegen die Schildregeln verstoßen.

Als ich mich jedoch darauf konzentrierte, ihn einfach nur festzuhalten, gab es kein Problem mehr. Wo lag denn da bitte der Unterschied?

»Lass mich los!«

Ren strampelte nach Kräften. Was hatte er denn nur?

»Motoyasu! Itsuki! Stoppt Naofumi! Ich lass mich doch nicht zum Kämpfen zwingen!«

Ha ha! Plötzlich verstand ich, was hier los war. Motoyasu und Itsuki schienen es im selben Augenblick zu begreifen.

»Sag mal, Ren ... Bist du etwa Nichtschwimmer?«

»Wa...?! B... Blödsinn! Na schön, dann mach ich halt mit. Zufrieden? Ehe ich mir hier noch so was anhöre. Ihr solltet dankbar sein!«

Er wollte nicht mitmachen, weil er nicht schwimmen konnte. Augenscheinlich wollte er weder in einem Unterwassertempel kämpfen noch an einem Wellenkampf teilnehmen, wenn der sich mit hoher Wahrscheinlichkeit unter dem Meer abspielen würde.

Zu diesem Schluss waren wir gekommen.

Ren stritt es verzweifelt ab, strampelte aber so heftig, dass es doch eher den Eindruck erweckte, wir hätten ins Schwarze getroffen.

»Pass bloß auf, Naofumi, sonst mach ich ernst!«

»Mach nur.«

»Uooooooooh!«

Ren wandte alle Kraft auf, um sich aus meinem Griff zu befreien, hatte jedoch keinen Erfolg.

Hasste er Wasser denn so sehr?!

»Was jetzt?«

»Er sagt ja, er könne schwimmen, Naofumi – schleppen wir ihn einfach zum Meer.«

»Alles klar.«

Ich war äußerst ungern einer Meinung mit Motoyasu, aber es war nun einmal wichtig, dass wir uns vergewisserten.

Wenn er mitmachte, eigentlich aber nur gut dastehen wollte, und im entscheidenden Moment zeigte sich dann, dass er nicht schwimmen konnte ... Das wäre fatal.

»H... Hey! Hört auf mit der Scheiße! Ich kann schwimmen! Lasst mich endlich los!«

»Jaja.«

Wir schleiften Ren zum Hafen.

»Itsuki, du kannst aber schwimmen, oder?«

»Ja, kann ich.«

»Hauptsache, du lügst nicht auch. Ich werde später überprüfen, ob ihr vernünftig schwimmen könnt.«

»Ja, schon gut!«

»Lasst mich looooooos!«

»Ren, du machst immer einen auf cool, und jetzt kannst du nicht schwimmen?« Motoyasu lachte dreckig. »Wie peeeinlich!«

»I... Ich kann schwimmen!«

»Na, dann zeig mal.«

Ich lockerte meinen Griff, und Motoyasu verpasste ihm einen Tritt in den Hintern.

»Ah?!«

Ren machte ein schrecklich erbärmliches Gesicht, als er kopfüber vom Kai ins Wasser hinabstürzte.

Es gab eine Wasserfontäne.

Blubb, blubb, blubb stiegen die Blasen zur Oberfläche auf.

»...«

»...«

»Der kommt nicht wieder hoch, oder?«

Ich seufzte. »Dann muss es wohl sein.«

Ich sprang ins Meer. Eigentlich war es hier nicht so tief, aber Ren strampelte dennoch wie wild.

Ich packte ihn von hinten und half ihm in den Stand. Das Wasser ging ihm nur bis zur Schulter, und der Typ wäre dennoch beinahe ertrunken!

»Ihr Arschlöcher!«, keuchte er. »Jetzt reicht's aber mit der Scheiße!«

Er schien ernsthaft wütend zu sein, aber seiner Schimpftirade fehlte jede Kraft.

»Wolltest wohl in Rekordzeit ertrinken?«

Es waren kaum dreißig Sekunden vergangen, seit wir ihn ins Meer verfrachtet hatten.

Wie ein Stein war er gesunken, dabei hätte er sich einfach hinstellen können – das würde ich nie vergessen! Der Typ war eine Bleiente durch und durch.

»Ren, du wärst uns im Kampf wohl keine große Hilfe.«

»Das wär schon blöd für uns.«

Was sollten wir nur machen, wenn einer der Helden fehlte, ein Angreifer zu allem Überfluss?

»Ich bin kein Nichtschwimmer!«

»Bei dieser Beweislage sagst du das immer noch?«

Aber wir konnten uns nicht länger mit diesem selbstverliebten Typen abgeben, der gerade tropfnass aus dem Wasser stieg und immer noch nicht wahrhaben wollte, dass er im Wasser nichts zu suchen hatte. Wir mussten uns dringend eine Strategie überlegen.

»Wenn wir zu Beginn der Welle teleportiert werden, können wir da ein Gefährt mitnehmen, zum Beispiel ein Schiff? Es müssten sich zu der Zeit schon alle darauf bereithalten.«

Einen Karren hatten wir zumindest schon einmal dabeigehabt. Wenn wir uns auf einem Schiff hinbeamen lassen konnten, wären wir zumindest für einen Kampf auf dem Wasser gut gerüstet.

»Wenns hart auf hart kommt und wir eine Truppe bilden müssen, dann machen wir's so«, sagte Motoyasu.

»Einverstanden«, sagte Itsuki.

»Ach, ihr beiden habt wohl endlich kapiert, dass es eine Truppenbildungsfunktion gibt?«

Die beiden machten eingeschnappte Gesichter.

Ich hatte mich gar nicht groß über sie lustig machen wollen. Man musste die Dinge aber beim Namen nennen

»Natürlich«, sagte Itsuki.

»Ist doch wohl klar, dass wir wenigstens das machen!«, pflichtete ihm Motoyasu bei.

»Und unsere Strategie? In welcher Formation treten wir an, habt ihr darüber schon nachgedacht? Es hängt von den Umständen ab, aber wollen wir uns auf ein Pattern einigen, wie wir es angehen?«

»D... Du gehst ja ganz schön ins Detail, Naofumi. Das ist ja, als ob du dich auskennst?«

»Mann, Itsuki ... Denkst du, solche Großschlachten gibt's nur in deinem Game?«

Immerhin war ich selbst ein ziemlicher Otaku.

Ich war randvoll mit Wissen über die Großschlachten in Webgames.

Vielleicht hatte ich nicht den nötigen Biss, unbedingt der Stärkste sein zu wollen und bis zum Limit zu grinden, aber mit allen zusammen den Schlachten entgegenzufiebern, das war schon immer ein Riesenspaß gewesen.

Ungehemmt hatte ich selbst Gilden oder Teams gegründet, Leute zusammengetrommelt und begeistert bei Events mitgemacht.

Auch mit Großschlachten hatte ich Erfahrung. Ich sah sie sogar als die größte Freude solcher Webgames an. Wenngleich ich nicht gedacht hatte, dass die Wellen sich in eine ähnliche Richtung entwickeln könnten.

»Ich hab vielleicht kein völlig identisches Game erlebt, aber ich hab durchaus Spiele gespielt, bei denen es solche groß angelegten Schlachten gab. Ihr aber anscheinend nicht.«

»Ich hab doch schon erzählt, dass ich so was kenne«, widersprach Motoyasu.

Nur ergab das keinen Sinn. Das konnte nur eine Pseudo-Gilde gewesen sein, wo die Untergebenen die ganze Denkarbeit übernahmen. Das bedeutete zudem, dass er nie eine mittlere oder kleinere Gilde geleitet hatte.

»Motoyasu, deine Erfahrungen belaufen sich bestimmt aufs bloße Mitmachen, oder? Oder hast du Erfahrung mit Gilden mit 50 ... 100 oder noch mehr Mitgliedern?«

»Uh ... Du wohl, Naofumi?«

»Na ja, schon ...«

In dem Game, das ich kannte, hatte ich auf dem Server bei der Allianz mit dem dritthöchsten Rang eine Führungs- und Schatzmeisterrolle ausgefüllt.

»Wirklich?«, fragte Itsuki.

»Wenn du sagen willst, dass ich lüge, denk doch nur mal an die letzte Welle zurück. Ich hab die ganze Arbeit gemacht, und es gab so gut wie keine Opfer, oder?«

Itsuki und Motoyasu starrten mich ärgerlich an. Aber so war es eben gewesen. Die beiden schienen reichlich Wissen angehäuft zu haben – nur Erfahrung hatten sie keine.

Auch in Games konnte der Umgang mit anderen kompliziert sein. Die Ausrüstung war eine Sache, aber man brauchte eben auch Erfahrung und Gespür.

»Ein bisschen führen werdet ihr wohl können. Aber in dieser Welt ist es doch am besten, vieles den qualifizierten Leuten vor Ort zu überlassen.«

Es war eben alles nur Spielwissen. Es war äußerst fraglich, ob sie das in einer realen Schlacht würden umsetzen können.

Ein Game blieb ein Game.

Bei der Koordination ging es im Groben um Sturm, Rückzug und Bereitschaft. Am Ende gab man oft einfach den Bündnispartnern Befehle. Aber die Kameraden in einem Game waren keine Soldaten. Es stand nicht fest, dass die anderen einfach auf einen hörten, und letztlich hing oft alles von den Fähigkeiten jedes Einzelnen ab. Man konnte eigentlich nicht viel mehr tun, als zu bestimmen, wo angegriffen wurde.

Dies war jedoch eine andere Welt mit ihren eigenen Armeen.

Sich allein auf das angesammelte Wissen über die Großschlachten in Games zu berufen, würde sicher nicht reichen, um zu gewinnen.

In Videospielen liefen Kämpfe nach festen Regeln ab.

Bei den Wellen hier wusste man jedoch nicht, wie ein Gegenüber sich verhalten würde. Hier gab es anscheinend keine Regeln.

Ferner konnte man hier die verschiedensten Ressourcen einsetzen und hatte somit viel mehr Möglichkeiten als in Games. Man konnte ungeahnte Strategien ersinnen.

Zum Beispiel ging es bei den Großschlachten in dem Spiel, das ich kannte, darum, einander die Festungen streitig zu machen. Dort waren das unzerstörbare Objekte. Daher konnte man keine Mauern einreißen und Burgen zerstören.

In dieser Welt war es aber doch sicher möglich, oder nicht? Also änderte sich auch die Strategie.

»Wenn uns Melromarc fachkundige Unterstützer an die Seite stellt, ist es am besten, sich auf die zu verlassen. Und damit die teilnehmen können, braucht man die Truppenbildungsfunktion.«

»Na gut, das leuchtet tatsächlich ein.«

»Ich hab es kompliziert ausgedrückt, aber im Wesentlichen geht's darum, sich auf die Leute aus dem Schloss zu verlassen.«

So sah ich es zumindest. Aber andere um Hilfe zu bitten, war bei diesen Typen anscheinend schon zu viel verlangt.

Sie mussten endlich einsehen, dass es für Helden keine passende Strategie war, bei den Wellen einfach blindlings loszustürmen.

»Jedenfalls müssen wir hier die Rolle der Top-Spieler ausfüllen. Selbstverständlich bilden wir bei den Wellenschlachten die Vorhut! Die fähigsten Leute sind die Trumpfkarten bei solchen Kämpfen. Das sind wir – und dementsprechend müssen wir uns auch verhalten. So weit alles klar?«

»Ja, das leuchtet mir ein.«

»Gefällt mir zwar nicht, mir das von dir sagen zu lassen, aber logisch klingt's schon.«

»Ich kann schwimmen!«

»Gib es endlich auf, Ren!«, sagte Itsuki. »Wir wollen doch zum Unterwassertempel – da werden wir so oder so mitkriegen, ob du schwimmen kannst, meinst du nicht?«

»Was?! Ich soll auch mit?! Könnt ihr mich nicht später einfach über die Truppenbildungsfunktion holen?«

»Mag sein, aber unter Helden geht das vielleicht nicht. Falls dem so ist, sollten wir dich vorsichtshalber registrieren. Okay, und jetzt zieht diese Anzüge an. Wir haben drei davon.«

»Hä?«, rief Motoyasu aus, als er die Pekkle-Kluft sah. »Was sind das denn für Kostüme?!«

»Wenn man sie zum ersten Mal sieht, hält man's für einen Witz. Aber das sind prima Tauchanzüge. Habt ihr nicht auch die abgeworfenen Items der Monster aus der Boss-Klasse abgegriffen? Im Inneren der Inseln?«

»Doch, natürlich«, sagte Itsuki. »Allerdings waren das in meinem Fall Riska-Kostüme.«

»Und ich hab Usaunie-Kostüme gefunden.«

»Und ich Inult-Kostüme.«

Was für ein Durcheinander. Wahnsinn. Aber es wäre extradrollig, wenn wir alle in diesen Kostümen kämpfen würden. Und die Dinger waren auch noch richtig gut – da kamen einem umso mehr die Tränen. Auch Raphtalia hatte keins dieser Outfits anziehen wollen, verständlicher Weise.

»Sonst hab ich alles Mögliche gefunden, aber doch nicht drei von diesen Kostümen!«

»Die kommen schon ziemlich selten vor ... Aber sind das nicht schwache Gegner?«

»Ich fand sie schon recht stark«, meinte Itsuki. »Immerhin gehören sie zur Boss-Klasse ...«

»Hä?«

Irgendwie zeigte sich hier wieder einmal, wie unterschiedlich wir das alles erlebten. ›Schon recht stark‹ sollten die sein?

»Na ja, lasst uns aufbrechen.«

Als es schließlich daran ging, zum Unterwassertempel zu tauchen, kapitulierte Ren und gab endlich zu, dass er nicht schwimmen konnte. Glücklicherweise würde er uns dennoch begleiten können, da es einen praktischen Zauber gab, mit dem man unter Wasser eine Weile atmen konnte.

Unter den Soldaten aus dem Schloss gab es einen Magier, den nahmen wir mit, sodass er alles beglaubigte.

Es gab jedoch ein Problem: Der Zauber war nicht für den Kampf geeignet. Er kam mit plötzlichen Bewegungen nicht zurecht. Außerdem verfehlte er wohl bei starker Strömung oder in sehr tiefen Gewässern seine Wirkung.

Und tatsächlich: Er verebbte, als wir uns dem Unterwassertempel näherten, sodass Ren beinahe ertrunken wäre.

Motoyasu und Itsuki hatten angesichts der Pekkle-Kostüme gewiehert und sich lustig gemacht, aber Ren beklagte sich mit keinem Wort.

Und so bereiteten wir uns auf die Welle vor.

»Ist es schwer, an Marinesoldaten zu kommen?«

»Ja.«

Diese Antwort bekamen wir, als wir mit dem Grafen sprachen und den Soldaten, die entsandt werden sollten.

Es hatte nicht den Anschein, als würden die Helden bei dieser Welle eine tragende Rolle ausfüllen wollen. Deshalb ergriff ich die Initiative und übernahm das Oberkommando. Obwohl es schon wirklich hilfreich wäre, wenn sich uns noch Leute anschließen würden, die sich wirklich mit Krieg auskannten.

»Die Marinesoldaten, die auf den Inseln stationiert sind, können wir gern entsenden, aber die Soldaten aus Melromarc sind in einer etwas schwierigen Lage. Wir haben Nachricht, dass die Führungsspitze mitkämpfen wird. Es wäre jedoch hilfreich, wenn einer der Helden stellvertretend nach Schloss Melromarc aufbräche …«

»Hm … Ich kann später mal fragen.«

Helden hatten immerhin die Möglichkeit, mit dem Teleportationsskill nach Melromarc zu springen. Was aber, wenn wir nicht rechtzeitig die Boote bereit hätten? Es bestand auch die Gefahr, dass wir auf dem Festland ankommen würden.

»Nun, wenn es im Meer wäre, müssten wir nicht evakuieren und unsere Kräfte nicht so aufsplitten …«

»Wir planen, Vorkehrungen für eine Seeschlacht zu treffen.«

»Danke. Man weiß nicht, was für Monster die Welle hervorbringt, daher sollten wir keine Zeit verschwenden.«

»Ja. Wir stellen auch Lukol-Sprengfässer bereit – wenngleich ihr Einsatz fürs Fischen verboten ist.«

»Lukol-Sprengfässer?«

»Ja. Man wirft Fässer gefüllt mit Lukol-Früchten ins Meer und sprengt sie unter Wasser. Hochkonzentrierter Alkohol löst sich im Meer auf, und die darin lebenden Monster gehen zugrunde.«

Hm … Ich hatte ja keine Mittel zum Angriff, daher versetzte mich dieser Vorschlag in Staunen.

Allein wäre ich auf diese Idee nicht gekommen.

Nun, wenn diese Angriffsmethode tatsächlich so effektiv war, sollten wir mit der Welle gut zurechtkommen.

»Wie wäre es, wenn Ihr noch einige Abenteurer anheuern würdet? Es wird doch sicher ein paar Haudegen geben, die auf weitere Kriegserfolge aus sind und sich einen Namen machen wollen.«

»Hm? Na ja, stimmt schon. Hauptsache, man wählt die richtigen Leute aus.«

Es bestand keine Notwendigkeit, nur Reichssoldaten bei der Welle kämpfen zu lassen. Tatsächlich waren auch die letzten Male unglückselige Abenteurer in die Wirren mit hineingezogen worden. Wenn wir diese Welle überwinden wollten, mussten wir alle an unserer Seite kämpfen lassen, die in Frage kamen.

Es war Glück im Unglück, dass auf Cal Mira gerade die Saison der Aktivierung war.

Zurzeit hielten sich hier viele Abenteurer auf. Von deren Kampfkraft war sicher einiges zu erwarten.

»Die Vorkehrungen sind bereits getroffen.«

»Das ist 'ne große Hilfe.«

Zudem ... war allerdings gut möglich, dass wir Glass von der vorherigen Welle begegnen würden. Durch das intensive Leveln hatten wir beträchtliche Stärke erlangt. Ich wollte glauben, dass wir diesmal eine Chance hätten, wenn wir auf sie stießen, aber sie war ungeheuer stark gewesen – wir durften es nicht auf die leichte Schulter nehmen.

An jenem Abend ließen wir überall auf Cal Mira Aushänge machen:

Abenteurer gesucht!

Jeder Recke, der bei der kommenden Welle weiteren Heldenruhm erlangen wolle, solle sich einfinden und anmelden.

Als ich gerade am Hafen auf ein Boot wartete, um die Vorarbeiten in Angriff zu nehmen, gingen L'Arc und Therese vorüber.

»Oh, Schildbubi! Wo willst du denn hin?«

»Ach, da gibt's 'ne Kleinigkeit zu erledigen.«

Schließlich war es an mir hängen geblieben, Cal Mira zu verlassen und die Königin wegen der Truppenbildung aufzusuchen.

Ich hatte erwogen, stattdessen Soldaten zu schicken, aber das würde mehrere Tage dauern. Deshalb hatte ich mich entschieden, mit dem Teleportationsskill zu reisen. Ich hatte ihn mithilfe des Sandes der Drachensanduhr bekommen.

Bedingungen erfüllt für: Dragon Hourglass Sand Shield

Dragon Hourglass Sand Shield
Fähigkeit nicht freigeschaltet … Ausrüstungsbonus: Skill »Portal Shield«

Es gab nur das Problem, dass man während der Aktivierung von Cal Mira aus nicht teleportieren konnte.

Motoyasu und den anderen zufolge stand das Zimmer zur Auswahl, in das man uns anfangs beschworen hatte. Wir mussten nur aus dem Einflussbereich der Aktivierung heraus, dann konnten wir zu der Königin und ihrem Hofstaat springen und eine Truppe zusammenstellen.

»Na ja, ich mach bei der Welle mit.«

Unwillkürlich entwich mir ein Seufzer. Eigentlich wollte ich nicht kämpfen, aber der Welt zuliebe musste es wohl sein.

»Da schau an! Bubi, wir haben uns auch für den Wellenkampf aufstellen lassen.«

»Ach, tatsächlich?«

Auf die beiden war Verlass. Zumindest die kleinen Fische würde ich ihnen überlassen können.

Wenn L'Arc und Therese teilnahmen, wurde die Welle vielleicht ein bisschen entspannter.

»Naofumi, der Armreif, den du mir gemacht hast, spuckt Feuer!«

Aufgeregt zeigte mir Therese das Accessoire.

»Hat sich deine Partnerin deswegen immer noch nicht wieder eingekriegt?«

Ich freute mich natürlich, dass ihr der Armreif so gut gefiel. Hauptsache, sie wurde nicht zu tollkühn und ging drauf. Das wäre bitter.

»Na, dann sehen wir uns bei der Welle.«

»Ich freu mich drauf, dass wir wieder gemeinsam kämpfen!«

»Ich verlass mich auf euch.«

»Alles klar!«

Und so stachen wir noch am selben Tag in See und nahmen Kurs auf Melromarc.

Auf dem Schiff waren gar nicht wenige Leute.

Wahrscheinlich hatte sich die Zahl der Passagiere erhöht, weil Einwohner und Abenteurer von der kommenden Welle gehört hatten und manche deshalb von der Insel fliehen wollten.

Nun, diesmal hatten wir immerhin ein Privatzimmer bekommen, daher war die Fahrt für uns etwas gemütlicher.

Ich probierte regelmäßig aus, ob sich der Teleportationsskill schon starten ließ.

Die Sonne war mittlerweile untergegangen, und es war schon recht spät …

»Portal Shield!«

Diesmal geschah endlich etwas: Das Icon, das mir mitteilte, ich könne den Skill nicht verwenden, verschwand, und nun hatte ich die Wahl, entweder einen Ort zu registrieren oder zu einem bereits registrierten Ort zu springen.

Teleport ←
Gespeicherte Sprungpunkte.

Teleport steht bevor.

Melromarc, Beschwörungszimmer

Ah, das musste das Zimmer sein, in dem alles begonnen hatte! Einen anderen Ort konnte ich derzeit anscheinend nicht auswählen.

Es erschien um mich her eine Linie, die anzeigte, was sich im Teleportationsbereich befand. Zudem konnte ich anscheinend selbst bestimmen, wen ich mitnahm! Man schien Leute von so einem Sprung auch bewusst ausschließen zu können.

Und die Reichweite war ziemlich groß. Man musste sich nicht einmal anfassen! Dann konnte man diesen Skill ja auch einsetzen, um aus einer Notlage zu entkommen.

Warum hatten die Helden das nicht gemacht, als der Kirchenvater uns in jene Falle gelockt hatte?

»Also, ich starte dann jetzt den Teleportationsskill.«

»Mhm!«

Zusammen mit dem Schriftzug »Melromarc, Beschwörungszimmer« wurde transparent der Sprungort gezeigt.

Es schien tatsächlich jenes Zimmer zu sein.

»Super!«

Zusammen mit Raphtalia und Filo ging ich an Deck und aktivierte dort den Teleportationsskill.

Die Umgebung veränderte sich abrupt, und dann standen wir mit einem Mal in jenem rustikalen, klammen Altarzimmer.

Stimmt, das war doch ein rein zeremonieller Raum gewesen!

Es schien niemand hier zu sein. Warum auch? Schließlich wurde gerade keine Zeremonie durchgeführt.

»Unglaublich ... Es hat nur einen Augenblick gedauert – und hier sind wir!«

»Toooll! Ach, das ist das Schloss, oder?«

»Scheint so ...«

»Meeel!«

Filo rannte hüpfend aus dem Zimmer.

Wir sprachen sogleich die Wachen an und baten um eine Audienz bei der Königin.

Sie war bereits über alles in Kenntnis gesetzt worden und nahm unsere Truppenbildungseinladung an.

Eine Nacht blieben wir auf dem Schloss, und am nächsten Tag trafen wir unsere Vorbereitungen für die Welle.

Die Königin hatte wie gebeten in einem Lager allerlei Materialien für mich gesammelt, mit denen ich meinen Schild würde hochrüsten können. Sie hatte mir aber auch vorher schon regelmäßig etwas auf die Inseln schicken lassen.

»Dann bin ich mal so frei und nutze das alles ...«

Die Entwicklung des Schildes ließ noch zu wünschen übrig. Dennoch war ich auf Cal Mira nie schlimm verletzt worden. Also war der Schild doch schon ziemlich stark.

Dies war der Schild, den ich bei der kommenden Welle zu nutzen gedachte:

Soul Eater Shield (erwacht) + 6 35/35 SR
Fähigkeit freigeschaltet ... Ausrüstungsbonus: Skill »Second Shield«, Seelenwiderstandskraft (mittel), Seelenangriffsresistenz (mittel), SP-Anstieg
Sonderfunktion: Soul Eat, SP-Regeneration (schwach), Aussaugen unwirksam, durch Wände gehen, Untote kontrollieren
Meisterschaft: 60
Item Enchant Level 7: SP-Anstieg um 10 %
Anstieg der Stachelschweinseelen-Konterfunktion, Verteidigungskraft 50
Status Enchant: Stärke 30 +

Nach dem Aufrüsten waren die Werte dieses Schildes erschreckenderweise noch besser als beim Chimera Viper Shield.

Er war also aus dem Kampf um den besseren Stärkezuwachs als Sieger hervorgegangen. Immerhin war der Soul Eater der Endgegner der letzten Welle gewesen, vielleicht lag es ja daran.

Die Sonderfunktionen, dass Aussaugen unwirksam wurde, man durch Wände gehen und Untote kontrollieren konnte, waren mit dem Erwachen des Schildes aufgetaucht.

Ich hatte nun also die Fähigkeit, mich durch feste Materie zu bewegen ... Als ich es jedoch ausprobierte, sanken meine SP mit einem Schlag auf null. Zudem hatte ich das Experiment an einer ziemlich dünnen Wand vorgenommen. Was würde wohl bei einer dickeren geschehen? Bei der Untotenkontrolle ging es sicher darum, untote Monster zu lenken. Aber ich müsste es erst ausprobieren, um sicher zu sein.

Durch die vielfache Verbesserung war meine Verteidigungskraft mittlerweile mehr als viermal so hoch.

Anschließend stärkte ich vorsichtshalber noch den Schild des Ingrimms, wenngleich ich ihn nur im äußersten Notfall benutzen wollte.

Nach Möglichkeit wollte ich ihn gar nicht verwenden. Schließlich waren die Nachwirkungen jenes Fluchs noch immer nicht ganz abgeklungen. Es ging mir zwar schon deutlich besser, aber hart war das alles dennoch.

Schild des Ingrimms III (erwacht) + 7 50/50 SR

Fähigkeit nicht freigeschaltet ... Ausrüstungsbonus: Skill »Change Shield (Angriff)«, »Iron Maiden«, »Blood Sacrifice«

Sonderfunktion: Dark-Curse Burning S, Anstieg der Stärke, Drachenwut,

Gebrüll, Krawall der Verwandten, Magie teilen, Gewand des Zorns (mittel)
Meisterschaft: 0

Die Enchants – Item, Spirit und Status – konnte ich wohl nur bei freigespielten Schilden durchführen. Mit der Meisterschaft schien es sich genauso zu verhalten. Vielleicht war es ja auch sinnlos, einen nicht freigespielten Schild hochrüsten zu wollen. Es kam mir allerdings so vor, als wäre es unmöglich, den Schild des Ingrimms freizuspielen.

Auch ohnedem war er wahnsinnig leistungsfähig geworden. Es grauste mich davor, dass ich die Kontrolle verlieren könnte, sobald ich ihn anwandte.

Als ich am nächsten Tag auf die Anzeige blickte, sah ich, dass nur noch wenig Zeit bis zur Welle blieb.

00:20

Ich hatte getan, was ich konnte, um mich vorzubereiten.

Die anderen Helden hielten sich auf einem Schiff bereit, und nun war nur die Frage, wo wir auftauchen würden.

Vorsichtshalber warteten die Königin, ihre Soldaten und ich auf einem Boot in einem Fluss in der Nähe der Schlossstadt. Da es für den Flussgebrauch bestimmt war, war es nicht sonderlich groß. Ein ausgewachsenes Segelschiff stand außer Frage.

Immerhin hatten wir so die Besatzung schneller an Bord als bei einem größeren Gefährt.

»Herr Naofumi.«

Raphtalia kam auf mich zu, sie hatte die Königin bei sich.

»Herr Iwatani, alle Vorbereitungen sind getroffen.«

»Nimmst du das erste Mal teil, Königin?«

»Nun … Ich habe schon an Wellen in anderen Reichen teilgenommen. Mit den Strategien konnte ich mich vertraut machen.«

»Verstehe.«

»Es mag ein wenig früh sein, aber ich werde schon einmal den Kampfgeist der Ritter und Soldaten ein wenig anfachen.«

Hm … Ja, das war sicher wichtig.

Wenn die Soldaten nicht auf Zack waren, würden sie selbst zusammen mit den Helden nicht in der Lage sein, den Schaden kleinzuhalten.

»Hört alle her! Bei dieser Welle wollen wir darum kämpfen, die Verluste so gering wie möglich zu halten!«

»Jawohl!«, riefen sie alle, aufgepeitscht von ihrer Ansage.

Ich konnte nur hoffen, dass die anderen Helden gerade auch so etwas machten.

00:10

Noch zehn Minuten.

»Nun ist die Frage: Insel oder Meer?«

Wir wussten nicht, was geschehen würde. Darum mussten wir ganz und gar bereit und auf alles gefasst sein.

»Auf dem Meer … Das würde bestimmt ganz schön hart …«

»Denk ich auch …«

Immerhin hatten wir so gut wie keine Erfahrung mit Kämpfen auf See.

Unter Wasser dürfte es äußerst schwierig sein, ein Monster mit einem Schwertstreich tödlich zu verwunden. Wir würden also wohl lieber andere Waffen anwenden.

Filo … käme bestimmt zurecht: Sie würde mit ihrem Pinguin-Schwimmstil auf die Monster losgehen.

Auf dem Meer hatten wir keinen festen Boden unter den Füßen. Wir würden höchst konzentriert bleiben müssen.

Mit dem Shooting Star Shield konnten wir uns zwar schützen, aber … Wie sollten wir die mächtigen Monster besiegen, die die Welle hervorbringen würde?

»Ich denke, du hast recht, Raphtalia – das wird ein harter Kampf.«

»Wir … hätten es bestimmt leichter, wenn Sadina bei uns wäre.«

»Wer ist das?«

»Die hat in meinem Heimatdorf als Fischerin gearbeitet. Sie war wie eine große Schwester für mich.«

»Aha … Die konnte also besonders gut schwimmen?«

»Sie war die beste im ganzen Dorf!«

»War sie von derselben Art wie du?«

»Nein … Sie war ein Wasser-Tiermensch.«

Dann war das Schwimmen wohl ihr Alleinstellungsmerkmal gewesen. Ja, so jemanden hätten wir auf jeden Fall gut gebrauchen können.

Aber es brachte nichts, sich deswegen zu ärgern.

»Es wäre schön, wenn sie noch leben würde …«

»Das wäre es.«

Die Leute aus Raphtalias Dorf … Aber nun war nicht die Zeit, sich mit so etwas zu befassen.

Es war fast so weit. Ich hob die Hand und sagte: »Falls wir auf eine Insel teleportiert werden, müsst ihr sofort ausschwärmen und die Einwohner beschützen. Landen wir im Meer, dann seht zu, dass ihr auf das Segelschiff kommt und da den Helden helft!«

»Jawohl!«, riefen sie.

Dann blickte ich Raphtalia und Filo an.

»Das ist unsere dritte Welle. Seid noch selbstsicherer als bisher und geht positiv an die Sache ran!«

»Wird gemacht! Hoffen wir, die Opferzahl möglichst niedrig zu halten!«

»Ich geb mein Beeestes!«

Kapitel 11: Der Interdimensions-Wal

00:00

Die verbleibende Zeit sank auf null.

Im selben Moment veränderte sich die Umgebung, und eine Sekunde lang hatte ich das Gefühl zu schweben.

Dann ging ein Knirschen durch das Boot.

Als ich mich umblickte, sah ich mehrere Schiffe um mich her: Wir waren auf dem Meer.

Eine Seeschlacht also ... Ich sah mich nach dem Wellenriss um.

Und tatsächlich: In der Ferne kündete ein violetter, verzerrter Himmel von der Welle.

»Schnell, auf die Segelschiffe!«, rief die Königin.

Sofort lenkten die Ritter und Marinesoldaten das Boot zu einem der Schiffe hin, und alle kletterten an Bord.

Filo nahm ihre Filolialform an. Raphtalia und ich gelangten auf ihrem Rücken an Bord.

Dort standen die anderen Helden und blickten der Welle entgegen.

Was?! Unter Itsukis Gefährten trug doch tatsächlich jemand ein Eichhörnchenkostüm mit einer anders gefärbten Weihnachtsmannmütze!

Mist – ich musste doch aufpassen, konnte aber nicht den Blick abwenden!

»Ojeee ...«

Aufgeregt drehte das Eichhörnchen den Kopf in alle Richtungen und sah zu, wie sich um uns herum alles veränderte.

Diese Augen ... Das war ganz ohne Zweifel das Mädchen – Rishia.

Es war andererseits nicht verwunderlich, jemanden in dieser Aufmachung zu sehen. Sicher war das eine hervorragende Rüstung wie auch das Pekkle-Kostüm – auch wenn das eigentlich nach einem Meme verlangte.

»Wie läuft's hier?«

»Es hat gerade erst angefangen, daher lässt sich noch nichts sagen«, erklärte Itsuki und zeigte mit dem Finger auf den Wellenriss. »Aber du siehst ja: Es kommen bereits die ersten Monster.«

Was da auftauchte ... sah nach fischartigen Monstern aus.

Ich hatte auch vogelartige Monster erwartet, aber die Sorge war wohl unbegründet.

»Also, aus dem Stegreif: Was machen wir?«

Zumindest hatten wir Seesoldaten dabei, die auch auf einem Schiff kämpfen konnten.

»Die guten Schwimmer sind schon im Wasser und kämpfen dort gegen die Monster.« Die Königin, Oberbefehlshaberin der Truppe, kam zu uns herüber, um Bericht zu erstatten. »Vor allem sind wohl die Subhumanoiden, die Wassertierarten angehören, ins Meer gesprungen.«

»Dann war's ja eine gute Idee, Abenteurer anzuheuern.«

Da in Melromarc die Menschen die Vorherrschaft innehatten, befanden sich unter den Soldaten nur wenige Subhumanoide. Somit war der Anteil der Menschen unter den Wellenteilnehmern deutlich höher.

Was, wenn bei den Kämpfen im Wasser ... zwischen den seeschlachttauglichen Menschen und den tauchfähigen Subhumanoiden ein Wettstreit losbrach?

Aber das Gleiche konnte man auch über die Monster sagen,

die aus dem Riss quollen. Den restlichen Menschen blieb nichts anderes übrig, als von Deck aus mit Kanonen und ähnlichem auf die Monster zu schießen.

Nun, dann mussten eben die Helden im Kampf vorangehen.

»Wollen wir dann auch mal?«

»Bitte wartet noch ein wenig, Herr Iwatani.«

»Was gibt's denn?«

»Monster gibt es reichlich. Ich finde, die Helden sollten sich um die größten unter ihnen kümmern.«

»Okay, verstehe. Nur wo sind die dicken Fische?«

Ich konnte mir vorstellen, dass sie sich am Ursprung der Welle aufhielten.

Um gegen die vielen fischartigen Monster zu kämpfen, die nun gerade auf unsere Schiffe zuschwammen, musste man schon ins Meer springen.

Doch dann kam plötzlich etwas aus dem Meer geflogen und landete auf dem Deck.

Es war eine Art Fischmensch namens Interdimensions-Sahuagin-Shadow.

Das Anhängsel Shadow … wies darauf hin, dass dies eine Art von Subhumanoiden waren.

»Shooting Star Spear!«, rief Motoyasu und stieß seine Lanze in Richtung des Sahuagin. »Der hält aber was aus …«

»Haaa!«

Die Bitch und ihre Anhängerinnen, Rens Gefährten sowie Itsuki mit seinen Leuten drängten die Monster zurück, die auf unser Schiff kletterten.

»Hiah!«

Filo hatte eins von ihnen mit einem Tritt zurück ins Meer geschleudert. Es waren jedoch ganz schön viele.

Ich blickte mich zu den anderen Schiffen um ... Insgesamt zehn ... Wie sollten wir die nur alle verteidigen?

Diesmal waren allerdings auf den Schiffen ausschließlich Kämpfer, die auf den Inseln trainiert hatten, und kampferprobte Soldaten. Die würden sich wohl nicht so einfach schlagen lassen.

Hier schien jedoch gerade ein ziemliches Chaos auszubrechen. Sollte ich den Shooting Star Shield aufrufen?

Mit dessen Skill würde ich aber alle ausschließen, die nicht zu meinen Gefährten zählten. Um das ganze Schiff zu beschützen, war die Reichweite zu gering.

Hm? Ich sah, wie auf dem Nachbarschiff mehrere Monster einfach weggepustet wurden, als sie an Bord klettern wollten.

»Formation des vollen Mondes!«

Das war ... L'Arc!

Und er schwang seine riesige Sichel seitwärts.

Oho ... Das war ja aufsehenerregend! So langsam entwickelte sich die Lage in eine Richtung, wie man es aus legendären Spielen kannte. L'Arc schien sich jedenfalls prächtig zu amüsieren.

Und da, hinter ihm, war Therese und murmelte Zaubersprüche.

»Pyroxen-Explosionssturm!«

Ein Donnerschlag streckte gezielt das Monster nieder, das gerade an Deck geklettert kam.

Die waren schon klasse, die beiden! Ich musste unbedingt versuchen, sie für mich anzuwerben.

»Wir werfen die Lukol-Sprengfässer ins Wasser!«, rief die Königin. »Warnt die Abenteurer!«

Ein Matrose blies in so etwas wie ein Tritonshorn.

Daraufhin kamen die Subhumanoiden-Abenteurer zu den Schiffen zurückgeschwommen. Sobald sie aus dem Wasser waren, wurden die Fässer ins Meer geschmissen.

»Das sind also diese Lukol-Sprengfässer ...«

Ich blickte aufs Meer hinaus.

Langsam versanken die Fässer ... Ob sie sich wohl als todbringende Waffen erweisen würden?

Ich hatte es kaum gedacht, da explodierte das erste Fass. Das Wasser blubberte, und kurz darauf waren rote Schlieren im Wasser zu sehen.

Oha! Im Meer wimmelte es ja nur so vor fischartigen Monstern!

Ach, natürlich – das Meer vermischte sich gerade mit dem Alkohol ... Daran musste es liegen.

Sicher verdünnte es sich augenblicklich, aber vorher brachte es noch unzähligen Monstern den Tod.

Das war ja der Wahnsinn ... Sollten diese Früchte eine solche Macht haben?

»Wir dürfen jetzt nicht nachlassen!«, sagte die Königin.

»Jawohl!«

»Ja, aber wo ist der Endgegner?«

Bisher hatte ich noch nie genau mitansehen können, wie der Boss erschien.

Ich war immer zu weit entfernt gewesen ... Da erkannte man natürlich nicht viel.

»Wollen wir zum Herz der Welle schwimmen?«

Mussten wir nicht ohnehin den Riss selbst angreifen?

Ich allein würde das nicht schaffen, aber Raphtalia oder Filo mochte es schon gelingen.

Wir mussten wohl dorthin. Monster sprudelten weiterhin aus dem Riss. Wir konnten nicht bis in alle Ewigkeit unsere Zeit mit den kleinen Fischen verschwenden.

»Aber ... wenn wir den Endgegner nicht besiegen, verlieren wir viel Zeit.«

Hm … Hatte Raphtalia recht?

Deswegen waren die anderen Helden wohl bei der letzten Welle so erpicht darauf gewesen, den Endgegner zu besiegen.

Während wir noch diskutierten … flog mit einem Mal ein Schiff aus dem Wasser und zerbarst in der Luft.

Darunter stieg etwas Großes aus den Fluten.

Alle schrien, vom Matrosen bis hin zum Abenteurer.

»W… Was ist das?!«

Ich folgte ihren Blicken und sah gerade noch, wie so etwas wie ein gewaltiger gehörnter Wal ins Meer zurück stürzte.

Mir wurde der Name angezeigt:

Interdimensions-Wal

Wie lang mochte der wohl sein? Bestimmt mehr als fünfzig Meter. Ein Monster wie ein Pottwal, nur unnatürlich weiß und mit einem langen bohrerartigen Horn. An vielen Stellen wurde die Kontur durch Hubbel gestört, die wie große runde Edelsteine aussahen.

Dieses Ungeheuer unterschied sich stark von allen Walen, die ich kannte.

Sollte dies etwa der Ober-Endgegner dieser Welle sein?

Ich warf Ren, Motoyasu und Itsuki einen Blick zu.

Ren schüttelte den Kopf, Itsuki nickte, und Motoyasu streckte den Daumen empor.

»Das ist er wohl, oder?«, fragte Itsuki.

»Kann gar nicht sein!«, rief Ren aus.

»Halt hier die Stellung, Nichtschwimmer!«, sagte Motoyasu. »Guck, da kommen immer noch schwache Monster!«

»Scheiße! Hundred Swords!«

Ren ließ mit seinem Skill mehrere Schwerter in der Luft entstehen und auf die kleineren Gegner im Meer niederfahren.

Na, Bleiente, wie läuft's? Aber gut, er kämpfte auch nicht anders als viele der Abenteurer. Die luden zum Beispiel Kugeln in Kanonen und feuerten sie ab.

Auch Itsuki hatte seinen Bogen in eine große Balliste verwandelt und verschoss Pfeile ...

Sollte der Held des Schildes bei dieser Welle ... gar keine Rolle zu spielen haben?

»Hey, Motoyasu, du bist doch der Held der Lanze. Die ist doch mit Harpunen oder so was kompatibel, oder? Du solltest den Wal erledigen!«

Da gab es doch diesen rachsüchtigen alten Kerl. So sollte er es machen!

»Na los – greift den Wal an, auch wenn ihr alle dabei draufgeht!«

»Naofumi! Hast du sie noch alle?!«

»Ausgerechnet jetzt suchst du Streit?«

Jetzt war Raphtalia sauer auf mich ... Dabei hatte ich nichts falsch gemacht.

»Herr Naofumi, statt hier wie angewurzelt herumzustehen, sollten wir uns lieber was einfallen lassen!«

»Ganz meine Rede ... Motoyasu.«

»Was?«

Ich winkte ihn zu mir an die Reling. Mit fragendem Blick – vielleicht hatte ich ja eine Idee? – näherte er sich mir.

»Deine Waffe passt am besten zum Meer, daher solltest du direkt gegen den Wal kämpfen!«

Ich gab ihm einen Stoß in den Rücken, und er stürzte vom Schiff.

»Wa...?! Wie kannst duuuuuuuuuuuuuuuu ...«

Ach, das war ja überraschend leicht gewesen! Eigenartig, wie leicht ich ihn über Bord hatte werfen können.

Er fiel ins Wasser, und eine Fontäne stieg auf.

»Aaaaah!«, schrien die Bitch und die anderen Mädchen. »Herr Motoyasuuuuuu!«

»Der Held des Schildes trachtet dem Helden der Lanze nach dem Leben!«

Bitch wollte gerade mit dem Finger auf mich zeigen, da sprang ihr Sklavensiegel an.

»Aaaaaaaaaaaaah!«

»Ma… Flittchen!«, rief Motoyasu, der gerade seinen Kopf aus dem Wasser gesteckt hatte.

»Das wird schon zu Herrn Iwatanis Strategie gehören«, ermahnte die Königin das Miststück, während es sich am Boden kugelte. »Da brauchst du gar nicht so triumphierend dreinzublicken.«

Mann, die ließ aber auch keine Gelegenheit aus, mir irgendetwas anzuhängen!

»Auch ich will einen Vorschlag machen: Herr Kawasumi und Herr Amaki … Bitte schützt die Schiffe und greift das große Monster aus der Distanz an.«

»Einverstanden.«

»Alles klar.«

»Und Ihr, Herr Kitamura, falls Ihr es vermögt, taucht hinab und kämpft.«

»Das ist doch wohl …«

»In diesem Kampf obliegt ganz eindeutig Euch der Angriff. Ihr werdet mir sicher zustimmen, dass dies eine vortreffliche Gelegenheit ist, die Schuldenlast meiner Tochter zu verringern?!«

»Uh …« Motoyasu stöhnte verärgert, kam dann jedoch der Aufforderung nach und tauchte unter.

Die legendären Waffen brachten ebenfalls einen Tauchskill mit sich, der es einem auch ohne Pekkle-Kostüm erlaubte, eine gewisse Zeit lang unter Wasser zu bleiben … länger, als es unter normalen Umständen möglich gewesen wäre.

Man konnte auch ohne Taucherbrille oder ähnlichem erstaunlich weit blicken.

»Und ich?«

»Herr Iwatani, Ihr sorgt bitte dafür, dass dieses riesige Monster nicht die Schiffe rammt.«

»Das klingt ja so, als ob … Soll ich etwa unter das Schiff tauchen und das Monster blocken, wenn es kommt?«

»Natürlich nur, falls Ihr dazu in der Lage seid.«

»Puh … Na gut.«

Ich wusste zwar nicht, ob ich ein so großes Monster würde aufhalten können, aber es klang nach einem vernünftigen Plan.

»Ach, und Ihr, Raphtalia, beschießt das Monster bitte mit der Schiffsballiste.«

»Was?«

Raphtalia zeigte fragend auf sich selbst. Auch ich war verblüfft.

Ich konnte mir in der Tat nur schwer vorstellen, wie sie diese Bestie attackierte.

Sollte sie sich an ihrem Rücken festklammern und immer wieder mit ihrem Schwert zustechen? Bei Motoyasu sah es nicht viel anders aus.

»Es hat den Anschein, Herr Iwatani, als wäre Eure Gefährtin Raphtalia sehr tüchtig. Insofern denke ich, dass sie die mächtige Balliste zur vollen Entfaltung bringen kann.«

»Hm? Ich versteh nicht so ganz, wie das gemeint ist. Warum sollte es Einfluss auf die Leistung der Balliste haben, wenn Raphtalia sie bedient?«

Mir war klar, dass eine Balliste mehr Durchschlagskraft hatte, als man durch den Zug an einer Bogensehne erzeugen konnte. Aber das wäre immer der Fall, egal wer sie benutzte. Bei Itsuki konnte ich mir immerhin vorstellen, dass er vielleicht ... irgendeinen Skill hatte, der die Leistung der Balliste erhöhen würde. Er war schließlich der Held des Bogens. Es kam mir aber doch eher unwahrscheinlich vor, dass Raphtalia das zuwege bringen konnte. Steckte dahinter irgendein Mechanismus, den ich nicht kannte? So etwas wie bei den Hochrüstmethoden der Helden?

»Auch bei der Benutzung von Fernwaffen wie zum Beispiel Bögen kommen Statusmodifikatoren zum Tragen.«

Hm, in dieser Welt gab es also auch für Waffen wie Bögen oder Geschütze Statusanpassungen?

Nach den Kriterien meiner Welt starb man, wenn man unglücklich mit einer Waffe getroffen wurde, sei es ein Bogen oder ein Gewehr. Aber in dieser Welt gab es den Faktor der Statuswerte. Sie hatten Einfluss auf die Geschwindigkeit eines Pfeils ... oder verhalfen ihm zu einer anderen Durchschlagskraft.

Wieder einmal wurde mir bewusst, wie sehr diese Welt einem Videospiel ähnelte.

Es war auch in vielen Games so, dass Bögen, Pistolen, Schwerter und andere Waffen alle gleich stark waren.

Der gesunde Menschenverstand erklärte es für unmöglich. Wenn hier jedoch wie in einem Game verschiedene Statuswerte einen Einfluss hatten, dann war es hinreichend plausibel.

Also gut. Ich durfte diese Welt nicht nach den Maßstäben meiner Welt beurteilen, sonst würde ich noch in große Schwierigkeiten geraten.

In dem Fall war es wohl tatsächlich am besten, wenn Raphtalia die Balliste bediente. Auf diese Idee wäre ich selbst nie gekommen.

»Okay, Raphtalia. Dann greif du mit der Schiffsballiste das große Monster an – den Interdimensions-Wal.«

»E… Einverstanden.«

»Macht Euch keine Sorgen: Ich werde Euch erklären, wie man sie bedient. Alsdann, Herr Iwatani, bitte beschützt zusammen mit Filo unsere Schiffe vor dem Ungeheuer. Wir werden Euch aus den hinteren Reihen mit kollektiven Ritual-Zaubern unterstützen.«

Ah, das war doch jene mächtige Magie, die der Heilige Vater seine Untergebenen hatte wirken lassen. Ich erinnerte mich an die Erklärung der Königin: Eigentlich benutzte man diese Zauber im Krieg und in ähnlichen Situationen. Das würde bei diesem Endgegner sicher eine starke Wirkung zeigen.

Die Helden kämpften demnach zwar an der Front, konnten aber unter normalen Umständen auf solch mächtige Unterstützung bauen.

»Dann danke schon mal dafür. Okay, Filo, los geht's!«

»Mhm!«

Wir traten an die Reling, stiegen hinüber und sprangen ins Meer.

Das Wasser war noch immer rot von den Lukol-Sprengfässern.

Dennoch schwamm der Interdimensions-Wal weit unter uns ungerührt dahin.

Sein Angriffsmodus war anscheinend, vom Meeresgrund aus nach oben zu schießen und die Schiffe zu rammen.

Motoyasu hielt sich geschickt an ihm fest und stieß mit seiner Lanze zu.

Es sah jedoch so aus … als käme er nicht dazu, seine Skills einzusetzen. Die Angriffe zeigten wenig Wirkung, der Wal war wohl zu robust.

Hm?! Er schwamm aufwärts – sicher plante er einen weiteren Angriff.

Ich holte noch einmal Luft, dann tauchte ich zum Kiel des Schiffs hinunter ... und kam auch relativ rasch dort an.

Ich nutzte die Unterseite des Schiffs als Stützpunkt und hielt nach dem Wal Ausschau.

Meine Sorge war, dass ich nicht rechtzeitig erkennen würde, welches Schiff er angreifen wollte. Ich musste die Attacke unbedingt stoppen, aber ...

Noch ehe der Wal zu seinem Ansturm ansetzen konnte, schwamm ich auf ihn zu.

Filo folgte mir dichtauf.

Wollte ich die Schiffe beschützen, musste ich wohl vor allem das Horn packen, das ihm zum Angriff diente.

Da schoss der Wahl auch schon in hohem Tempo auf uns zu.

Perfekt! Ja, komm nur direkt zu mir mit deinem Horn!

Im Moment waren nur Motoyasu und ich in seiner näheren Umgebung. Kein anderes Monster war in Sicht.

Na los! Komm schon!

Ich hatte kaum noch Zeit, in eine Verteidigungshaltung zu gehen, da setzte der Interdimensions-Wal dazu an, mich mit seinem Horn zu durchstoßen.

Ein heftiger Ruck durchfuhr mich ... aber ich hielt dem Angriff stand.

Im Wasser, wo ich keinen Rückhalt hatte, gelang es mir jedoch nicht, seinen Ansturm komplett abzubremsen. Ich nutzte den Schiffsrumpf, um mich davon abzustoßen. Mehr konnte ich jedoch nicht tun.

Dem Interdimensions-Wal ging es aber anscheinend ebenso. Es schien ihn zu ärgern, dass ich sein Horn gepackt hatte, und er versuchte mit aller Kraft, mich abzuschütteln.

Kannst du knicken!

Ich warf Filo einen Blick zu.

In ihrer Filolialform schoss sie durchs Wasser auf ihn zu und trat ihn wiederholt.

Oho – ihre Kicks schleuderten ihn tatsächlich zurück!

Auch Motoyasu lieferte noch immer einen guten Kampf.

Nun, da ich den Wal gepackt hatte, konnte er sich besser halten. Er ließ irgendeinen Skill los.

Von der Meeresoberfläche kamen unterdessen Pfeile und Kanonenkugeln geflogen, und Explosionslärm hallte rings um mich her.

Es war ganz schön laut, dafür dass wir unter Wasser waren, und Luftblasen raubten mir die Sicht. Dennoch hielt ich verbissen das Horn des Wals umklammert.

Keine … Luft …

Ohne das Horn loszulassen, verbog ich meinen Körper und strebte gen Oberfläche.

Oh? Der Wal sah ganz schön erschrocken aus, als er von mir mitgezogen wurde.

»Puah!« An der Oberfläche holte ich tief Luft.

Ich keuchte eine Weile vor mich hin. Als sich meine Atmung wieder beruhigt hatte, betrachtete ich erneut den Wal – und stellte fest, dass er in meinem Griff wild herumzappelte.

Mehr schien er jedoch nicht tun zu können.

Ärgerlich feuerte er aus seinen juwelenartigen Dellen irgendwelche Zauber auf mich ab, aber ich nahm überhaupt keinen Schaden hin.

»Shooting Star Lance! Lightning Spear!«

Motoyasu saß immer noch rittlings auf dem Wal und attackierte ihn ein ums andere Mal.

»Ha! Hepp! Hiah!«

Filo tat es ihm gleich. Nun, da sie Kraft in ihre Tritte legen konnte, schlitzte sie den Wal mit ihren scharfen Krallen immer wieder auf.

Dann zielte Raphtalia mit der Balliste auf ihn.

Itsuki feuerte ebenfalls schon die ganze Zeit Pfeile ab.

Die Balliste war groß, die musste doch eine ziemliche Durchschlagskraft haben!

Unter unseren vereinten Angriffen begann sich der Leib des Wals rot zu färben.

Es zischte, als aus Raphtalias Balliste ein großer Bolzen geschossen kam.

Er traf ins Ziel, und ein harter Schlag ging durch den Wal.

Huch? Raphtalias Attacken waren noch nie stärker als im Augenblick. Was war da los?

»Schildbubi! Halt still!«

»Hm?«

L'Arc kam mit erhobener Sichel vom Schiff gesprungen.

»Großes Himmelsrad!«

Er traf den Wal mit seiner Technik, die ich schon einmal gesehen hatte.

Wa…?!

»Aber …«

Eine Blutfontäne spritzte empor: L'Arc hatte dem Interdimensions-Wal mit einem Hieb den Schwanz abgeschlagen.

»…?!«

Der Wal stieß ein lautloses Brüllen aus.

»He!«, rief Filo. »Das kann ich auch!«

Dann trat sie mit aller Kraft zu.

Es war ein feuchtes Reißen zu hören, und die linke Flosse des Wals flog davon. Unfassbar, wie stark sie war!

Aber … War ihr dies vielleicht nur gelungen, weil L'Arc vorher den entscheidenden Schlag ausgeführt hatte?

Der Wal begann, heftig zu zucken.

»Geben wir ihm den Rest!«, rief er Therese zu und sah zu ihr hin. »Na los!«

»Alles klar! Pyroxen-Explosionssturm!«

»Kombinationstechnik: Großes Blitzrad!«

Thereses Zauber strömte in L'Arcs Sichel und lud sie mit Elektrizität auf. Er riss sie hoch und ließ sie auf den Interdimensions-Wal niederfahren. Dann bewegte Filo die Flügel auf und ab und setzte ihrerseits zum Angriff an.

»Spiral Strike!«

Beide Angriffe trafen zeitgleich.

L'Arc schlug den Wal in der Mitte durch, und Filo durchbohrte eine der Hälften.

»…!«

Ohne einen Laut verstarb der Interdimensions-Wal.

»Na, das war's dann wohl!«, sagte L'Arc zufrieden. Er stand breitbeinig auf dem Walkadaver. »Ihr habt's ja echt drauf!«

Ehrlich gesagt hatten die beiden mehr geleistet als Motoyasu. Sie waren wirklich ungeheuer stark.

Eigenartig … War das schon so gewesen, als wir gemeinsam gekämpft hatten?

Klar waren sie stark gewesen – für Abenteurer.

Motoyasu blickte mich entgeistert an.

»Ich hab aaalles gegeben!«

»Ja, hast du.«

»Herr Naofumiii!«

Raphtalia winkte mir zu.

»Gut, dann greifen wir mal den Wellenriss an und bringen die Sache zu einem Abschluss.«

Ich bedeutete der Königin mit dem Finger, dass sie das Schiff in die Richtung des Risses lenken sollte.

Dann hörte ich jedoch ein Geräusch hinter mir. Aus irgendeinem Grund lief es mir kalt über den Rücken. Langsam drehte ich mich um.

Da stand L'Arc – und mit einem unerschrockenen Lächeln auf dem Gesicht reckte er mir seine Sichel entgegen.

Kapitel 12: L’Arc Berg

Therese schwebte mithilfe ihrer Magie herab und landete neben L’Arc.

»Was ist hier los?«

In dieser angespannten Atmosphäre starrte ich die beiden an.

»Also, Bubi ... Ich hätte ja nie gedacht, dass du wirklich der Held des Schildes bist.«

»Eigentlich hab ich’s oft genug gesagt.«

»Stimmt wohl. Man darf Menschen nicht allein nach ihrem Äußeren beurteilen. Bubi ... Oder soll ich dich Naofumi nennen?«

»Sag mir lieber, was das hier werden soll.«

»Hm? Also, Naofumi, persönlich hab ich ehrlich nichts gegen dich ...«

»Das stimmt. Auch für mich ist es wirklich schmerzlich, aber ...«

Das gefiel mir alles überhaupt nicht.

Aber ich hatte bei L’Arcs Sichel ja von Anfang an ein komisches Gefühl gehabt ... Nun war aus meinem Argwohn Gewissheit geworden.

»Unserer Welt zuliebe ... musst du leider sterben.«

Mit einer Geschwindigkeit, die von wahrem Talent zeugte, schwang L’Arc seine Sichel – blitzschnell war er in meinem Nahbereich.

Reflexartig riss ich meinen Schild hoch.

»Haaa ... Ganz so einfach wird’s wohl doch nicht.«

»Was hast du überhaupt vor?«

»Was machst du mit Meister?!«

Filo war plötzlich auf den Beinen und wollte L’Arc angreifen, aber ich hob die Hand und hielt sie zurück. Ich hatte so eine

Ahnung, dass sie wahrscheinlich nicht nur mit einer Wunde davonkäme, wenn sie jetzt leichtsinnig angriff.

»Hab ich dir doch gerade gesagt.«

Ich sollte der Welt zuliebe sterben? Warum, zum Henker?

»Hört alle her«, rief die Königin. »Wir müssen diese beiden Abenteurer bestrafen, sie erheben ihre Waffen gegen den Helden des Schildes! Stimmt alle mit ein in unseren kollektiven Ritual-Zauber!«

Er wurde schon seit Längerem vorbereitet, und nun richtete er sich auf das neue Ziel.

Ein derart mächtiger Zauber würde doch sicher auch uns mit erfassen.

Ich warf der Königin einen Blick zu.

Aha – sie schien zu mutmaßen, dass wir der Attacke standhalten würden.

»Shooting Star Shield! Hey, Motoyasu!«

Ich schickte ihm eine Party-Einladung.

Er hatte den Ernst der Lage wohl erfasst: Er nahm sofort an und trat in den Wirkungsbereich meines Skills.

»Ist ... schon ein bisschen lästig, oder?«

Der Edelstein an Thereses Accessoire erstrahlte, als sie zu murmeln begann.

Wa...?! Im Strom ihrer Kraft kam plötzlich ein ungeheuer mächtiger Wind auf.

»Kräfte aller Juwelen weit und breit: Erhört meinen Ruf und manifestiert euch! Mein Name ist Therese Alexandrite. Gefährten, werdet meine Kraft, den Feind zu vernichten!«

»Kollektiver Ritual-Zauber ›Gericht‹ ...«

Einen Sekundenbruchteil, bevor die Königin ihren Zauber vollenden konnte, entfaltete Thereses Zauber seine Wirkung.

Dann … nahm sie ihr Diadem herunter. In ihrer Stirn … steckte ein Juwel.

»Pyroxen-Meteor-Feuerregen!«

Plötzlich regnete Feuer … nein, riesige Feuerbälle regneten vom Himmel herab.

»Uaaaaaaaaaaaaaaaaaah?!«

»Aaaaaaaaaaaaaaaaaah?!«

Die Meteore trafen die Schiffe um uns her, und sie begannen zu sinken.

»Raphtalia!«

»A… Alles okay!«

Raphtalia, die Königin und Itsukis Party sprangen ins Wasser.

Verdammt … Die sinkenden Wracks erzeugten einen Strudel, und Leute wurden umhergewirbelt.

Die Königin versuchte, ihnen zu helfen: Zusammen mit allen, die auf dem kleinen Boot geblieben waren, sprach sie einen Zauber, um den Strudel zu besänftigen.

In nur einer Sekunde hatte sich die Lage komplett gewendet?!

Ich hatte schon die verschiedensten Subhumanoiden gesehen, aber jemandem wie Therese begegnete ich zum ersten Mal.

Ich hatte so ein Gefühl … Irgendetwas war grundsätzlich anders an ihr als bei den übrigen Subhumanoiden.

»Verd…«

»Herr Ren! Wenn wir nicht schnell hinunterspringen, endet es schlimm mit uns!«

Ren machte ein gequältes Gesicht, hörte jedoch auf seinen Gefährten und sprang.

Der war doch wirklich zu nichts zu gebrauchen …

»Therese!«

»Ich weiß schon: Wir dürfen uns auf keinen Fall stören lassen.«

»Kräfte aller Juwelen weit und breit: Erhört meinen Ruf und manifestiert euch! Mein Name ist Therese Alexandrite. Gefährten, beschützt diese Menschen vor dem herabregnenden Unglück! – Pyroxen-Meeresfrieden!«

Hm? Therese hatte mit ihrer Magie den Strudel verschwinden lassen. Die Königin und ihre Leute blickten die beiden ungläubig an.

»Wenns irgend möglich ist, wollen wir vermeiden, dass jemand stirbt.«

»Mich wollt ihr aber umbringen, ja? Tolle Logik ...«

»Nun, wir sind uns selbst bewusst, dass wir damit etwas Schlechtes tun. Wir müssen unser Ziel erreichen, wollen dabei jedoch so wenig Leid wie möglich verursachen.«

»Und warum wollt ihr mich unbedingt umlegen?«

»Hm ... Wie sollt ihr kämpfen, wenn ihr gar nichts wisst? Ich werde dir also antworten. Wie gesagt: Es geht um das Schicksal unserer Welt.«

»Ja, aber was soll das heißen? Sprecht ihr von dieser Welt hier? Wir stecken mitten in einer Welle, und ihr wollt einen Helden umbringen? Welchen Sinn soll das haben?«

»Ah ... Hätte ich wohl lieber damit anfangen sollen?«

»Du erklärst nicht besonders gut ...«, sagte Therese.

»Klappe! Schon gut, ich sag's dir, Naofumi. Wenn ich von *unserer* Welt spreche ... dann meine ich das auch so: Es geht um eine andere Welt!«

Was ... redete er da?

Nun, den Wortsinn verstand ich ja schon. Aber seine Antwort war ganz schön ... umständlich.

Bei der letzten Welle war eine Feindin erschienen: Glass.

Wenn ich L'Arc beim Wort nahm, bedeutete dies dann, dass er ebenso wie Glass ... zu unseren Feinden zählte?

»Es ist ganz genau, wie das Fräulein gesagt hat: Diese Kerle, die sich selbst als Helden bezeichnen, sehen alle wie Hochstapler aus. Was das allein für eine Plackerei war, dich zu finden, Naofumi!«

»Was?!«, rief Ren.

»Was soll das denn bitte heißen?«, fragte Itsuki.

»Genau!«, sagte Motoyasu. »Klar sind wir Helden!«

Die drei regten sich ja richtig auf.

»Ach, ihr Jungs gebt euch wohl auch als Helden aus? Das ist ja zum Wiehern! Ha ha ha ha ha ha ha!« L'Arc blickte zu Ren, Itsuki und Motoyasu hin und lachte schallend. »Macht ihr Witze? Ihr seid nun ehrlich viel zu schwach! Wenn ihr euch als Helden ausgeben wollt, dann werdet erst mal ein bisschen stärker – wie Naofumi hier!«

»Was?!«

»Das wollen wir doch mal sehen!«

»Halt, Motoyasu!«

Aber er ließ sich nicht aufhalten. Er riss seine Lanze hoch und stürmte auf unsere Gegner zu.

»He, ich hab doch gesagt, dass wir außer diesem Helden niemanden umbringen wollen, oder?« Er machte eine beiläufige Bewegung mit seiner Sichel. »Windhieb, Stufe eins!«

Das reichte schon, um einen Wind zu erzeugen, der Motoyasu von den Beinen fegte.

»Uaaaaaaaaaaaaaaaah …«

Wie ein Spielzeug wurde er ins Meer geschleudert, dann trieb er in Rückenlage im Wasser.

Motoyasu – mit einer einzigen Attacke?

»Die scheinen immer noch kämpfen zu können, oder?«

»Kann man nichts machen. Bisschen schwierig, das zu dosieren, aber versuchen wir's.«

»In Ordnung.«

L'Arc und Therese gingen in Kampfhaltung und führten beide einen Angriff aus.

Diesmal ging alles noch schneller!

»Pyroxen-Explosionssturm!«

Wieder fuhr ein Blitz in L'Arcs Klinge und lud sie elektrisch auf.

»Kombinationstechnik: Blitz-Feuerwerk!«

L'Arc ließ seine Sichel kreisen: Zahllose Lichtstrahlen schossen daraus hervor und ... schlugen in die Kämpfer ringsumher ein.

Ich ließ den Shooting Star Shield entstehen und trat nach vorne, um die anderen zu beschützen.

Raphtalia und Filo standen hinter mir und befanden sich somit innerhalb des Wirkungsbereichs.

»Wa... Dieser blöde ...«

»A... Aber was ...?!«

Mit knapper Not ... schützte meine Barriere sogar noch die Königin, ihre engsten Vertrauten und einen Teil der Soldaten. Die Helden, ihre Gefährten und die zahllosen Abenteurer und Soldaten wurden jedoch alle von den Blitzen durchbohrt.

»Verflucht ...«

Allzu stark war der Angriff nicht, hatte jedoch eine ungeheure Reichweite Ich wusste nicht, wer L'Arc in Wirklichkeit war, aber seine Angriffe waren wirklich eklig.

»Ich hab die Absicht, mich zurückzuhalten, damit keiner draufgeht. Wenn ihr euch aber in unseren Kampf mit Naofumi einmischt, bleibt mir ... keine andere Wahl.«

Die meisten Anwesenden waren wie betäubt und konnten sich nicht mehr bewegen. Man konnte von Glück sagen, dass noch niemand ertrunken war.

»Was für eine Kraft …«, sagte die Königin. »Wer sind die beiden bloß?«

Sie setzte zu einem weiteren Zauber an.

»Warte, Königin … Wenns kein entscheidender Schlag wird, spar es dir lieber. Die beiden da … scheinen es nur auf mich abgesehen zu haben.«

»Das schätze ich so an dir, Naofumi: Du hast gesunden Menschenverstand.«

»Tu bloß nicht so, als ob du mich kennen würdest – nach den paar Tagen!«

»Ach, wenn man ein bisschen Zeit miteinander verbringt, lernt man doch zumindest den Grundcharakter kennen«, entgegnete L'Arc voller Selbstvertrauen und zeigte auf mich. »Du wirst schon einen Grund gehabt haben, Besiegten ihr Zeug wegzunehmen. Du bist nicht der Typ, der grundlos Böses tut.«

»Herr Naofumi … Mir kommt's so vor, als ob er dich von allen bisher am besten einschätzt.«

»Sag doch so was nicht … Da wird man ja traurig.«

Unrecht hatte sie nicht. Dennoch … Was sollte das überhaupt alles?

Scheiße! So verraten zu werden …

Wie sehr ich es hasste, wenn man mich hinterging. Aber eigentlich hatte ich ja keinerlei Vereinbarung mit den beiden getroffen.

Meine Einladung hatten sie höflich abgelehnt. Ja, wir hatten einfach eine freundschaftliche Beziehung zueinander aufgebaut, ohne zu wissen, dass wir Feinde waren. So musste man es wohl sehen.

Ha! Was für ein Witz!

»Jedenfalls haben wir sogar euren Funkenregen abgewehrt!

Raphtalia, Filo! Ich weiß, das sind keine Unbekannten, aber wir müssen sie besiegen!«

»Es fällt mir ehrlich schwer, mein Schwert gegen sie zu richten, aber einverstanden!«

»Äh ... Wenn die kämpfen wollen, dann geb ich auch mein Bestes!«

»Na, dann fechten wir also ein ganz gewöhnliches Duell aus!«

»Gewöhnlich ... Meinst du damit fair? Für mich ist ein Kampf eine Serie aus Tricks – da mach ich lieber keine Versprechen.«

»Das sieht dir ähnlich, Naofumi. Na dann, leg los, wenn du so weit bist ... Schließlich bin ich in diese Welt gekommen, um dir das Leben zu nehmen!«

»Pyroxen-Explosions-Sturm!«

Wie zuvor, als sie den Interdimensions-Wal erlegt hatten, ließ Therese ihr magisches Unwetter entstehen, und L'Arc fing es auf. Dann schwang er seine Sichel in weitem Bogen nach mir.

»Kombinationstechnik: Großes Blitzrad!«

Ich hielt meinen Schild vor mich, in der Erwartung, dass der Shooting Star Shield bersten würde.

Und so geschah es auch: L'Arc hieb nach mir, und die Barriere brach mit einem Klirren zusammen.

»Haaaaaaa!«

Es knisterte und knackte laut, als seine geladene Sichel auf meinen Schild traf.

Der Angriff war zwar auszuhalten, aber ich durfte mich nicht an der falschen Stelle erwischen lassen.

»Oho. Selbst mein Großes Blitzrad wehrst du einfach ab?«

Die Konterfunktion meines Schildes – Soul Eat – sprang an und zog L'Arc Kraft ab.

»Uoh?! Was ist das denn?! Tut ja gar nicht weh ...«

Er wirkte erstaunt. Begriff er womöglich nicht, was es mit dem Angriff auf sich hatte?

Es war einer meiner Konter, die ausgelöst wurden, wenn ich einen Angriff wegsteckte.

Mein Soul Eater Shield schritt zur Tat und zog dem Gegner … seine Magie ab.

Ob ich wohl SP oder so was klauen konnte, wenn es sich bei meinem Gegner um einen Helden handelte?

Direkten Schaden fügte ich mit dem Konter nicht zu, indirekten jedoch schon. Wenn etwa die Stärke meines Gegners ausgerechnet in seiner Magie lag und die plötzlich dahin schwand …

»Pah. Hältst du mich für so schwach?«

»Ach, was. Dich bringt gar nichts ins Wanken, das weiß ich! Therese!«

»Pyroxen-Schicksalsflammen!«

Therese feuerte einen Zauber auf mich ab: Ein riesiges magmaartiges Feuer schoss auf mich zu.

Würde ich das aushalten?

»Uns dürft ihr auch nicht vergessen!«

»Genauuu!«

Raphtalia und Filo sprangen nach vorn und griffen an.

»Hoppla!«

L'Arc wich einen Schritt zurück und entging den Attacken um Haaresbreite.

Manchmal beugte er sich zurück, dann wieder parierte er oder duckte sich.

Sah er all die Angriffe kommen?

Thereses Zauber kam geflogen. Ich trat vor, um L'Arc wegzustoßen, und riss zugleich den Schild hoch, um den Zauber abzuwehren.

Doch als die Flamme mich berührte, zerstreute sie sich mit einem Mal.

»Verzeihung«, glaubte ich eine Stimme sagen zu hören ...

»Was war das?«

»Ich weiß ... Du willst nicht gegen ihn kämpfen, stimmt's?«

Mit trauriger Miene strich Therese über ihren Armreif.

Dies war der Oleikal Starfire Bracelet, den ich ihr gemacht hatte. Sacht nahm sie ihn ab und legte einen anderen an.

»Therese! Jetzt sprich schon deinen Zauber auf Naofumi!«

»Mach ich doch schon!«

Was?! Sie schien weiter Magie gegen mich richten zu wollen.

Wenn wir uns aus unserer Zwangslage befreien wollten, blieb uns nichts anderes übrig, als die beiden rasch zu besiegen.

Sie stammten also nicht aus dieser Welt und waren mit der Absicht gekommen, die Helden umzubringen. In dem Fall war Flucht vielleicht eine Option – aber ohne triftigen Grund würden wir die vielen Menschen im Stich lassen. Ich bezweifelte, dass L'Arc den Umstehenden Schaden zufügen würde, aber das hieß noch lange nicht, dass wir einfach weglaufen durften.

»Raphtalia! Filo! Ich verschaff euch eine Angriffsmöglichkeit. Greift beide L'Arc an!«

»Okay.«

»Mhm!«

Ich starrte meinen Gegner an –dann probierte ich etwas, um ihm das Kämpfen zu erschweren.

»Air Strike Shield! Second Shield!«

Sogleich erschienen zwei Schilde, die L'Arc in seiner Bewegungsfreiheit einschränken sollten – einer vor und einer hinter ihm.

Der erste Skill brachte den Schild hervor, der zweite erzeugte noch einen davon. Im Wesentlichen diente der Skill dazu,

Angriffe der Gegner abzuwehren, oder man verwandelte den Schild mittels Change Shield in einen anderen mit einer passenden Konterfunktion.

Wenn man es aber mit einem menschlichen und zudem sehr gewandten Gegner zu tun hatte, dann bot sich eine interessante Angriffsmethode an.

Ich konnte die Schilde an bestimmten Stellen erscheinen lassen, um ihn zu behindern.

Was etwa, wenn er fliehen oder zurückweichen wollte, und er hätte eine Wand im Rücken?

Und sobald er dagegen stieß, tauchte auch in der entgegengesetzten Richtung eine auf?

Genau das machte ich gerade mit L'Arc.

»Huch?!«

Gerade bog er sich zurück, um Raphtalias und Filos Attacken zu entgehen, da tauchten sie überraschend hinter ihm auf.

»Jetzt!«

»Haaaaaaaaaa!«

»Ein Schwachpuuunkt!«

Raphtalia führte einen schrägen Schwertstreich über L'Arcs rechte Seite, während Filo versuchte, ihn von links mit ihren Klauen aufzuschlitzen.

»Schwebende Sichel!«

Plötzlich erschien eine mysteriöse weitere Sichel und schwebte ihm in die freie Hand. Damit wehrte er Raphtalias Hieb ab, und mit dem Knauf der anderen blockte er Filos Krallen.

»Hui, gefährlich, Naofumi ... Interessant, diese Tricks, von denen du gesprochen hast! Als ich zum ersten Mal vom Schildhelden gehört hab, hab ich mich schon gefragt, wie er wohl angreifen würde. Damit ist nicht zu spaßen!«

»Es ist noch nicht vorbei!«, rief Raphtalia. »Haaaaaaaa!«

Sie riss ihr geblocktes Schwert zurück und schlug … nein, stieß zu.

Mit dem Griff einer Sichel konnte man sicher ganz gut blocken, wie etwa mit einer Lanze. Mit dem Klingenteil abzuwehren, war bei dieser Waffe jedoch schwierig.

»Und jetzt komm iiich!«

Filo legte Kraft in ihren Arm und drückte gegen die Sichel, mit der L'Arc sie abwehrte.

»Zu lasch!«

Mit einem jähen Sprung entfloh er der Schildblockade, und Raphtalias und Filos Attacken gingen ins Leere.

»Therese! Wird's bald?!«

»Ich bin so weit!«

Sie hob beide Hände vor sich und sprach ihren Zauber.

»Kräfte aller Juwelen weit und breit: Erhört meinen Ruf und manifestiert euch! Mein Name ist Therese Alexandrite. Gefährten, lasst ihre starke Verteidigung dahinschwinden! – Pyroxen-Panzerbrecher!«

Ein funkelndes Licht kam auf mich zu geflogen. Davon ließ ich mich bestimmt nicht treffen!

Ich trat zur Seite und entging dem Zauber, aber er verfolgte mich, als würde er von mir angezogen.

»Herr Naofumi!«

»Schon gut – konzentriert euch aufs Angreifen! Ihr habt keine Zeit, euch um mich Sorgen zu machen!«

»Stimmt, Naofumi«, sagte L'Arc. »Das solltest du aber auch selbst beherzigen!«

»Pfff …«

Raphtalia und Filo drangen mit ihren Attacken nicht durch.

Ich hatte jedoch das Gefühl, dass nicht viel fehlte, damit uns der Durchbruch gelang. In dem Fall blieb mir nur eins:

Während ich weiter versuchte, Thereses Zauber zu entgehen, fing ich selbst an, Magie zu wirken.

»Daraus wird nichts! L'Arc!« Ihr magisches Licht verstärkte sich, breitete sich aus und umhüllte mich. Der Zauber klammerte sich an mich, nun, da er mich endlich erwischt hatte.

Mist … Ich war ihm doch nicht entkommen.

Ich hatte das Gefühl, dass mir ein wenig Kraft entwich. Es reichte ein kurzer Blick in meinen Status: Ein Icon zeigte mir an, dass ich Verteidigungskraft eingebüßt hatte.

Sie hatte also erkannt, dass meine Verteidigung zu stark war, und ihre Unterstützungsmagie benutzt, um sie zu senken.

»Ich, der Held des Schildes, als Quelle deiner Macht, befehle dir: Ergründe das Wesen der Überlieferung und unterstütze mich! – Aura, Stufe zwei!«

Eigentlich hatte ich Raphtalias und Filos Werte mit dem Aura-Zauber steigern wollen – aber dann wandte ich ihn eben auf mich selbst an!

Die Wirkung trat sofort ein, und meine Verteidigungskraft war wiederhergestellt.

Überdies waren nun auch meine anderen Werte vorübergehend erhöht.

»Sorry, aber sieht so aus, als kommt ihr damit bei mir nicht weit.«

»Sieht ganz so aus«, sagte L'Arc. »Los, Therese, der Nächste!«

»Raphtalia, greif lieber Therese an – Filo und ich machen solang zusammen L'Arc fertig!«

»Verstanden!«

»Jaaa!«

Diesmal wollte ich L'Arc direkt festhalten, damit Filo ihren Finishing-Move machen konnte. Ich war ohnehin sein Angriffsziel – unnötig, noch länger um ihn herumzutänzeln.

»Nicht übel … Das kribbelt ja richtig!«

Fröhlich lächelnd schwang er seine Sichel nach mir.

Therese zauberte und wich dabei Raphtalias Attacken aus oder erzeugte mit gehobenen Händen eine magische Schutzbarriere.

»Macht's dir nicht auch Spaß, Naofumi?«

»Für so was hab ich keine Zeit«, erwiderte ich, wurde dabei aber von einem Hochgefühl erfasst, das mich vergessen machen wollte, warum ich überhaupt gegen L'Arc kämpfte.

So erging es einem wohl, wenn man Mann gegen Mann kämpfte. Bisher hatte ich immer irgendwie aus einer unterlegenen Position heraus gewinnen müssen, doch nun durchströmte mich der Drang, meinen Gegner geradeheraus in die Knie zu zwingen.

L'Arc … Was für ein geheimnisvoller Typ du bist!

Eigenartig – obwohl er mein Feind war, empfand ich ihm gegenüber keinen Hass.

Vielleicht lag es ja daran, dass ich noch Kapazitäten hatte …

Das Denken eines Feiglings?

Wie konnte ich da noch die anderen Helden dafür auslachen, dass sie glaubten, in einem Game zu sein? Undenkbar, dass ich Spaß am Kämpfen haben sollte!

Dennoch … Ich wollte wissen, wer der Stärkere von uns beiden war.

Immer wieder schwang L'Arc seine Sichel nach mir. Manchen Hieben wich ich aus, andere blockte ich. Ich kämpfte, trunken vom metallischen Feuerwerk und dem Klang des Todes.

Mittel zum Angriff hatte ich keine. Also versuchte ich, seine Handgelenke zu packen und ihn unter meine Kontrolle zu bringen.

»Filo!«

»Mhm!«

Sie kreuzte die Arme, hüllte ihre Krallen in Wind und hieb nach ihm.

»Wing Claw!«

»Oh, oh!«

Ein Schlitzgeräusch war zu hören, und auf L'Arcs Arm und Wange zeigten sich feine Schnitte.

Mist … Filo hatte ihn nur oberflächlich erwischt. Aber ich hatte ihn noch immer am Wickel!

»Mensch, ihr könnt ja richtig was! Dann will ich mich mal erkenntlich zeigen! Sense des Willens: Abwehrsprengung!«

L'Arcs Sichel begann zu leuchten, dann stieß die Spitze gegen meine Schulter.

Nur das, sonst nichts.

Doch … plötzlich durchzuckte ein Schmerz meinen Körper. Reflexartig ließ ich meinen Widersacher los.

»Argh …«

W… Was ist das?

L'Arc wich Filos zweitem Angriff aus und trat einen Schritt zurück.

»Oh, natürlich! Hätte ich mir denken können, dass der gegen den Schildhelden effektiver ist!«

»Herr Naofumi!«, rief Raphtalia, noch im Nahkampf mit Therese.

Ich murmelte einen Heilzauber, während ich die Blutung an meiner Schulter zu stoppen versuchte.

»Du guckst so verwundert. Fragst dich wohl, was ich da gemacht hab?«

»Na ja …«

Hier gab es mehrere Möglichkeiten.

Vielleicht war es ein Angriff, der die Verteidigungskraft umging.

Das hatte Glass mit ihrer Attacke damals gemacht, um mir trotz meiner starken Verteidigung Schaden zuzufügen. Die Verteidigungskraft selbst spielte dabei keine Rolle, der Gegner nahm trotzdem Schaden hin. In dem Fall war also bedeutungslos, wie hoch sie war. Man konnte nur ausweichen.

Die zweite Möglichkeit war die schlimmere. Und zwar ...

»Ein Angriff, der sich an der Verteidigungskraft des Gegners misst ...«

»Du hast es erfasst. Jetzt rächt sich deine starke Abwehr!«

Bei Glass' Attacke ... hatte ich nicht sagen können, welche Variante es gewesen war, denn ich hatte den Schild des Jähzorns verwendet, der sowieso eine hohe Verteidigungskraft mitbrachte. Nun aber hatte mein Angreifer meine Vermutung aus freien Stücken bestätigt.

Er hatte mich lediglich angetippt mit seiner Sichelspitze, und ich hatte eine derartige Verletzung davongetragen! Hätte ich richtig abgewehrt, wäre es vielleicht nicht bei bloßem Schmerz geblieben.

Was sollte ich tun? Zu einem schwachen Schild wechseln?

Nein, dann würde ich L'Arcs anderen Attacken nicht standhalten ... Ein echtes Dilemma.

Ich witterte ein großes Problem bei seiner Angriffsmethode.

Mir war zwar noch nicht klar, was L'Arc da für eine Waffe hatte, aber anscheinend erlaubte sie dem Benutzer, den Heldenwaffen nicht unähnlich, so etwas wie Skills zum Angreifen zu verwenden. Also musste sie eine Abkühlzeit haben und würde auch Magie oder SP verbrauchen. Mit der Sonderfunktion Soul Eat, die mein Soul Eater Shield mit sich brachte, musste ich ihm einiges abgezogen haben. Er würde seinen Angriff also nicht unbegrenzt oft auf mich loslassen können.

»Na ja, dir trau ich aber zu, dass du aufpasst und den nächsten nicht parierst.«

»Stimmt. Gibt ja keine Regel, dass der Schild nicht ausweichen darf.«

Ich war zwar der Held des Schildes, aber das hieß noch lange nicht, dass ich wirklich jedem Angriff frontal begegnen musste. Wenn er ausschließlich mich aufs Korn nahm, dann wich ich doch lieber aus.

»Aber dein Angriff hat auch einen Schwachpunkt«, setzte ich nach, was zur Hälfte ein Bluff war.

Natürlich wusste ich nicht, ob er mir geradeheraus antworten würde, aber mir schwebte etwas ganz Bestimmtes vor.

»Gegen meine indirekten Verteidigungsmethoden, wie Air Strike Shield oder Second Shield, bewirkt deine Technik nichts.«

Ich ging natürlich davon aus, dass ein Treffer meinen Air Strike Shield zerstören würde.

Aber mich selbst würde er nicht berühren. Somit verfügte ich über eine Abwehrtechnik gegen seine machtvolle Attacke.

Wenn es den Anschein hätte, dass er mich weiter mit dieser Technik angreifen würde, dann wäre es am effektivsten, ihr mit einem schwachen Schild zu begegnen.

Eine andere Möglichkeit: Ich könnte L'Arc mit dem Gegenangriff meines Chimera Viper Shield vergiften.

»Da hast du recht. Wenn ich nicht einen direkten Angriff bei dir landen kann, bringt's nichts.«

»Außerdem … Aber das muss ich dir gar nicht erzählen.«

Was hätte es für einen Sinn, ihm das zu sagen? Ich würde mich nur selbst ans Messer liefern. Warum sollte ich so etwas

Sinnloses tun? Nein – ich würde es ihm gleich im Kampf zeigen. Zudem musste ich Raphtalia und Filo im Auge behalten. Filo war so flink, dass sie allen Angriffen L'Arcs entging. Vor Techniken, die sich auf einen größeren Bereich auswirkten, konnte ich sie beschützen.

»Na dann … Weiter!«

L'Arc schwang in weitem Bogen seine Sichel, und ihre Schneide funkelte.

Jetzt kam zweifellos wieder diese Technik!

Und ich … sprang zur Seite.

»Hoppla!«

»Jetzt!«

Aus geduckter Haltung schnellte Filo los, kam hinter ihm an – und ihre Klauen blitzten auf.

»Haaa!«

»Au, au, au, au! Nicht übel! Mensch, hätte nicht gedacht, dass du meinem Angriff ausweichen kannst.«

»War das nicht klar? Ich muss ja nicht alles abwehren, oder? Der Schild hat nur eine einzige Aufgabe … Du weißt welche, oder?«

Genau: Er musste beschützen. War er aber selbst das Angriffsziel, dann konnte er ebenso gut ausweichen.

Natürlich würde ich nicht nur wie ein Volltrottel herumstehen! Dann wäre ich nicht der Schildheld, sondern nur ein Ausrüstungsstück.

»Schon interessant, Naofumi! Ich hab das Gefühl, wenn ich gegen dich kämpfe, werde ich im Handumdrehen stärker.«

»Mitten im Kampf willst du stärker werden? Mach keine Witze. Bist ja schließlich kein Held oder so.«

Da ich seiner Killertechnik entgangen war, probierte er nun eine andere aus.

»Windhieb, Stufe eins! Himmelshieb, Stufe zwei!«

Seine beiden Seitwärtshiebe erzeugten einen heftigen Wind.

Sie waren stark genug, um mich umzupusten, aber ich hielt dagegen.

Konnte er sich nicht denken, dass er mich mit derart gewöhnlichen Angriffen nicht überrumpeln würde?

Ich wechselte zum Chimera Viper Shield und wehrte ab.

»Oh! Du hast deinen Schild verwandelt?«

»Jupp. Und jetzt sieh mal, wie du den Konter abwehrst!«

Mein erwachter Chimera Viper Shield hatte die Konterfunktion Schlangengiftzahn (groß). Und nun schnappte die Schlange zu, mit der der Schild verziert war.

»Ups?!« L'Arc ging auf Distanz, fasste sich an die Stirn und stöhnte. »Uh … Ist das etwa Gift?«

Unterdessen griff auch Filo mehrmals an, landete aber keinen entscheidenden Treffer.

»Meister, ich will einen starken Angriff machen – ich brauch ein bisschen Zeit!«

»Okay!«

»Also, ihr seid schon lästig mit euren Attacken.«

Er entnahm seiner Sichel eine Arznei und schluckte sie. Wahrscheinlich ein Gegengift.

Hm? Jetzt ließ er sich auch noch Seelenheilwasser ausgeben … Mist, er hatte mich durchschaut!

Aber das war der Beweis: Auch L'Arc verfügte über SP.

Ich wusste bereits durch Raphtalia, dass gewöhnlichen Leuten SP kein Begriff waren.

Seelenheilwasser war ein besonderer Trank, der bei gewöhnlichen Leuten nicht mehr bewirkte, als die Konzentration zu steigern.

Das hieß, L'Arc war doch ein Held … oder etwas Vergleichbares.

»Meister!«

Filo war fertig mit dem Aufladen ihrer Magie. Nun galt es, ihr eine Möglichkeit zum Angriff zu verschaffen.

»Raphtalia!«

»Okay!«

Sofort begann sie zu zaubern. Eigentlich war sie gerade damit beschäftigt, mir Therese vom Leibe zu halten, aber dafür war jetzt nicht die Zeit.

Auch Therese begriff, dass Raphtalia von ihr abgelassen hatte, und fing an, Unterstützungsmagie zu wirken.

Raphtalia konnte jedoch auch während des Zauberns mit dem Schwert zuschlagen.

»D… Du bist ja ganz schön geschickt.«

»Wenn ich nicht gelernt hätte, mich um Angriff und Magie zugleich zu kümmern, hätte ich kaum überlebt!«

»Ich, als Quelle deiner Macht, befehle dir: Ergründe das Wesen der Dinge und verbirg seine Gestalt! – Hiding, Stufe eins!«

»Hiding Shield!«

Zuerst erzeugte ich mit meinem Kombinationsskill an der passenden Stelle einen unsichtbaren Phantomschild.

»Change Shield! Second Shield!«

»Huch!«

L'Arc, auf der Hut vor meinem Schild, schwang in weitem Bogen seine Sichel.

Hab … ich dich!

»Wa…?!« Er stieß mit dem Ellenbogen gegen den verborgenen Schild und brachte ihn so zum Vorschein.

Ich hatte den Schild des zweiköpfigen schwarzen Hundes gewählt. Seine Sonderfunktion Dog Bite wurde getriggert!

Der Schild, der die Form zweier Hundeköpfe hatte, verbiss sich in L'Arc und hielt ihn somit in Schach.

»Spiral ... Strike!«

Filo startete ihren Angriff, mit dem sie den Interdimensions-Wal hart getroffen hatte, gegen den bewegungsunfähigen L'Arc.

»Oha! Das ist ja gefährlich!« L'Arc packte seine Sichel fester und wirbelte sie im Kreis herum, um Filos Ansturm zu stoppen.

Womöglich war das ein Verteidigungsskill. Filos Angriff drang nicht durch.

»Sch...«

Filo bohrte sich jedoch beharrlich weiter in seine Abwehr, und allmählich begann sie zu bröckeln.

»Glaubt ihr, ihr kriegt mich?«

Der Dog Bite lief ab, und der Schild löste sich auf. L'Arc machte einen Satz, um zu entkommen.

Nichts da!

»Shield Prison!«

Jetzt kam der letzte Teil meiner Dreierkombo.

Eigentlich diente dieser Skill dazu, entweder die Feinde einzusperren oder sich selbst zu schützen. Man konnte ihn aber auch dafür verwenden, um den Gegner beim Ausweichen zu behindern.

»Verdammt – das gibt's doch nicht!«

Der Shield Prison hinderte L'Arc an der Flucht, und Filos Attacke traf ihr Ziel.

»Uoooooooooh!«

Was?! Er hatte sie mit bloßen Händen abgewehrt?!

Ganz hatte er es jedoch nicht geschafft, denn er blutete. Aber ... eine lebensgefährliche Wunde war das nicht.

»Uff ... Ihr könnt ja richtig was!«

Er hielt sich den verletzten Arm und reckte die Sichel in meine Richtung.

»Menno … Hat nicht gereicht …«

»Filo, das war aber ein scharfer Angriff! Hätte nicht gedacht, dass ihr uns so in die Ecke treiben könntet.«

»L'Arc!«

Therese steckte im Zweikampf mit Raphtalia und konnte ihn nicht unterstützen. Raphtalia war schon genial: Alle Zauber, denen sie nicht ausweichen konnte, schlug sie einfach mit dem Schwert aus der Luft.

Aber Therese war Raphtalia ebenbürtig, was die Kraft ihrer Magie anging.

Gefährlich, falls sie und L'Arc gemeinsam angriffen.

»Ich dachte, ich könnte gewinnen, aber … Sieht so aus, als wäre ich dir nicht gewachsen, Naofumi.«

L'Arc stellte doch bis zuletzt die Gelassenheit des Älteren zur Schau.

Schon Wahnsinn, dass er in dieser Situation immer noch so abgeklärt daherreden konnte.

Ich blickte zu dem bewusstlosen Motoyasu hin, zu Ren und Itsuki – allesamt kampfunfähig. Diese Gurken … Wie würden sie in so einer Situation wohl reagieren?

Bestimmt würden sie nur wieder maulen, das sei alles anders als in ihren Games, oder dies sei nur einer dieser zum Verlieren gedachten Kämpfe.

»Ich staune ja, dass du dich unter dem Druck immer noch so gelassen gibst.«

So entspannt hätte ich nicht reagieren können.

Wenn es so aussah, als würde ich verlieren, dachte ich definitiv an Flucht. Wie damals beim Kampf gegen Glass.

»Ha ha, das sieht dir ähnlich, Naofumi! Aber wir können uns nicht erlauben zu verlieren.«

Wenn die beiden sich jetzt irgendwie heilten, würde alles von vorn losgehen.

Was sollte ich tun?

Während ich noch über meinen nächsten Zug nachdachte, spritzte plötzlich Wasser auf, und eine Silhouette erschien vor mir.

»Wie lange braucht ihr denn noch?«

»Du …?!«

Ich sog erschrocken die Luft ein, als die Gestalt vor uns zu stehen kam.

Also tatsächlich … Ich hatte ja bereits geahnt, dass eine Verbindung zwischen ihnen bestand.

Vor uns stand jene mächtige Feindin, gegen die wir bei der letzten Begegnung nicht die geringste Chance gehabt hatten.

Ihre ebenmäßigen Gesichtszüge, das lange schwarze Haar, dazu die durchscheinende Haut und der Kimono, der an eine Beerdigung denken ließ … Ihre Fächer-Kampftechnik war kunstvoll gewesen, wie ein Tanz – und dann war sie plötzlich in den Wellenriss verschwunden.

Sie hatte sich kein Stück verändert. Ruhig blickte sie mich an und strahlte dabei die Bedrohlichkeit einer wahren Kriegerin aus.

Es war Glass, die sich uns dort in den Weg stellte.

Kapitel 13: Seelenheilwasser

»Oh, das ist doch die kleine Madame! Wie läuft's drüben?«

»Ich hab sie schon vernichtet, darum bin ich jetzt hier, ist das nicht klar?«

L'Arc sprach ja recht vertraulich mit ihr.

Konnte das denn ... Aber ich hatte mir ja bereits gedacht, dass die beiden miteinander in Verbindung standen.

Es war sogar davon auszugehen, dass sie Kameraden waren. Scheiße ... Mit vereinten Kräften hatten Filo und ich endlich was erreicht, doch jetzt war Glass aufgetaucht, und unser Sieg rückte in die Ferne.

»Und dein Name war Naofumi, nicht wahr?«, sagte sie in höflichem Tonfall und blickte mir ruhig entgegen. »So begegnen wir uns wieder.«

»Ich hätte darauf verzichten können.«

»Dass du L'Arc solche Schwierigkeiten gemacht haben sollst ... und dann noch mit so einem Schild – sieht nicht so aus, als würdest du ernst machen, oder irre ich mich?«

»Was?!«, rief L'Arc erschrocken. »Naofumi hat nicht ernst gemacht?«

»Wenn er ernsthaft kämpft, verwendet er einen weit mächtigeren Schild.«

»Tatsächlich? Dann ... hatte ich also wirklich keine Chance gegen ihn.«

Was sollte das eigentlich heißen, ich hätte nicht ernst gemacht? Es hatte eben schlimme Konsequenzen, wenn man den Schild des Ingrimms verwendete!

»Pah. Wenn du mit deinem blöden Angriff kommst, der sich

meine hohe Verteidigung zunutze macht, wie soll ich da meinen stärksten Schild nehmen?«

»Verstehe …«

Glass schloss die Finger fester um einen Fächer und kam auf mich zu.

»Dann werde ich mich wohl am heutigen Kampf beteiligen müssen.«

»Muss meinetwegen nicht sein … Aber es geht wohl nicht anders.«

Ich trat einen Schritt nach vorn und hielt mich bereit.

»Vom Wellenboss aus gezählt … geht dann jetzt wohl Runde drei los.«

Ehrlich gesagt hatte ich langsam die Nase voll. Ständig folgte ein Kampf auf den anderen … Und die anderen Helden waren echt keine Hilfe. Die Königin konnte auch nur zusehen, sonst bekäme sie umgehend den Gegenschlag zu spüren. Ich wünschte nur, sie würde sich etwas einfallen lassen, um uns zu helfen.

»Haaa!«

Glass klappte ihren Fächer weit auf und kam auf mich zu gerauscht.

Wahrscheinlich dachte sie, sie müsse sich nicht groß vorsehen, solang ich nicht wie beim letzten Mal den Schild des Ingrimms benutzte.

Ich riss meinen Schild hoch und wehrte ihre Attacke ab.

Soul Eat wurde getriggert und zog Glass SP ab … vermutete ich zumindest.

»Was?! Das ist dein Schild?!«

Nach einem ausgiebigen Blick auf seine Form machte sie einen großen Satz rückwärts.

Hm? Sie machte ja ein Gesicht, als hätte sie gerade zum ersten Mal Schaden hingenommen.

Ihr Angriff war mir weit schwächer vorgekommen als beim letzten Mal – aber so sehr? Woran mochte das liegen?

Im Augenblick hatte ich den Soul Eater Shield angewählt. Dessen Konterfunktion Soul Eat ... zog dem Gegner SP ab. Wer nicht über SP verfügte, dem wurde Magie abgezogen.

»L'Arc ... Du weißt Bescheid?«

»Jepp.«

Er trat vor, und Glass öffnete wieder ihren Fächer.

»Kreiseltanzform: Knacken des Schildkrötenpanzers!«

Sie kam mir auch langsamer vor als bei der letzten Konfrontation.

Ich erzeugte einen Air Strike Shield und blockte ihren Angriff.

»Naofumi, jetzt komm ich!«

Im selben Moment drang L'Arc auf mich ein und ließ seine besondere Technik auf mich los.

»Das daaarfst du nicht!«

Filo packte den Griff seiner Sichel, um ihn zu behindern.

Richtig – so konnte man vermeiden, dass die Klinge einen berührte.

»Glass!« Therese zückte einen Edelstein und warf ihn nach Raphtalia. »Wir haben keine andere Wahl!«

»Kräfte aller Juwelen weit und breit: Erhört meinen Ruf und manifestiert euch! Mein Name ist Therese Alexandrite. Gefährte, ich erbitte ... dein letztes Funkeln – ermöglichte uns eine Zukunft! – Pyroxen-Kontraktionsexplosion!«

»Wa...?!«

Raphtalia machte einen großen Sprung nach hinten, um Abstand zu Therese zu gewinnen.

Sie hatte richtig entschieden: Es knallte, dass es einem das Trommelfell zerfetzte, und eine Detonationswelle kam auf uns zugerollt.

Hatte sie das Juwel hochgehen lassen?!

Was war das nur für eine mysteriöse Magie, die sie da verwendete? Es hatte zumindest den Anschein, als brauchte sie Edelsteine dafür.

Hieß das, sie hätte nun ... einen Spielstein weniger zur Verfügung?

»Herr Naofumi!«

In dem Durcheinander war Therese zu L'Arc und Glass gelangt.

Auch Raphtalia kam nun zu mir gerannt.

Hm ... Dann blieb mir nur noch eins!

»Shooting Star Shield!«

Ich ließ eine Schutzbarriere um uns entstehen.

»Schnell, L'Arc – zeig mir deine Wunden!«

»Tut mir leid, Therese.«

Sie fing an, seinen verletzten Arm mit Magie zu heilen.

»Du bist weit zäher als beim letzten Mal ... Also bist du tatsächlich ein Held?«

»Sag ich doch.«

»In dieser Situation ist es wohl schwer, von einem fairen Kampf zu sprechen, aber ... Ich werde dann wohl auch ernst machen müssen!« Glass klappte ihren Fächer weit auf und setzte zu jenem Angriff an, mit dem sie beim vorigen Kampf die Helden weggefegt hatte. Zugleich ... fing Therese an zu zaubern.

Jetzt wurde es brenzlig – Sicher wollten sie so etwas wie einen Kombinationsskill anzuwenden!

»Kräfte aller Juwelen weit und breit: Erhört meinen Ruf und manifestiert euch! Mein Name ist Therese Alexandrite. Gefährten, ich rufe euch an: Werft unsere Feinde mit einem Eissturm nieder! – Pyroxen-Schneesturm!«

»Übergangsform: Stil des umgekehrten Hagelschneeblütenmondes!«

Es kam ein Sturm auf, in dem Hagelkörner wie Kirschblütenblätter herumwirbelten. Dann kamen sie, Klingen gleich, auf uns zugeflogen.

»Shield Prison!«

Im Inneren unserer Barriere erzeugte ich als weiteren Schutzwall einen Schildkäfig.

Ein paar Sekunden nachdem uns ihr Finisher getroffen hatte, zersprang klirrend der Shooting Star Shield, aber das Shield Prison hielt stand.

Es prasselte laut gegen die Schilde, doch dann endlich erstarb der Wind, und im selben Moment verpuffte auch der Schildkäfig.

»Nicht einmal mit dieser Kombinationstechnik ... konnten wir sie bezwingen?!«

»Denk nicht, wir seien noch dieselben wie beim letzten Mal.«

»Ich muss mein Urteil über euch wohl revidieren.«

Ein Ausdruck der Ungeduld trat auf Glass' Gesicht.

Es stimmte: Wir hatten uns seit der letzten Konfrontation erheblich verändert. Wenn wir sogar diese Attacke abwehren konnten, konnte das nur bedeuten, dass unsere Macht dementsprechend gewachsen war. Nun blieb uns nichts anderes übrig, als den dreien nach und nach die Hitpoints abzuziehen und uns vor allen Attacken in Acht zu nehmen, die meine Verteidigung ignorierten oder sie sich zunutze machten.

Eins jedoch beschäftigte mich: Warum hatte Glass solchen Respekt vor meinem Soul Eater Shield? Ihre Reaktion auf meinen Gegenangriff kam mir ziemlich heftig vor.

Gut – Zeit, zum Angriff überzugehen.

»Raphtalia, Filo. Das wird vielleicht nicht ganz einfach, aber haltet mal weiter L'Arc und Therese bei Laune, greift aber vorrangig Glass an. Ihr müsst nicht allen Angriffen ausweichen. Keine Sorge: Ich beschütze euch.«

»Okay.«

»Was hast du vooor?«

»Egal, mach einfach.«

»Mhm.«

Die Strategiebesprechung war vorbei. Wir stürmten auf Glass und ihre Gefährten zu.

»Shooting Star Shield!«

Ach ja: Diese Barriere ließ ja keine Gegner durch. So konnte ich sie nicht packen, um Schwächen zu erzeugen. Dafür konnten die Mädchen jedoch hinter der Barriere bleiben und einseitig angreifen.

Ich musste allerdings damit rechnen, dass sie überstrapaziert wurde und plötzlich zusammenbrach.

Im Schutz der Barriere gingen Raphtalia und Filo zum Angriff über.

Glass griff wieder und wieder an, sichtlich gestresst von unserer Kampftaktik.

Schließlich brach mein Shooting Star Shield zusammen.

»Jetzt! Kreiseltanzform – Knacken des ...«

»Hiaaah!«

Entschlossen schlug Filo ihr die Krallen in die Schulter.

»Argh ... Lass mich los!«

Glass schwang ihren Fächer in weitem Bogen.

Jetzt!

»Air Strike Shield! Change Shield!«

Natürlich war mein Plan, den Schild in den Soul Eater Shield zu verwandeln.

Glass' Fächer traf nicht Filo, sondern den verwandelten Schild.

»Was?! U… Uaaaah!«

Die Konterfunktion erwischte Glass, und sie wurde zurückgeschleudert.

Hatte ich es mir doch gedacht!

Glass war gegen die Konterfunktion Soul Eat … empfindlich.

»Raphtalia!«

»Was denn?«

»Hast du dein magisches Schwert parat?«

»Ja.«

»Das ist diesmal unser Ass im Ärmel. Stoß zu – volle Leistung!«

Wegen ihres hohen Outputs konnten wir die Waffe nicht mehr verwenden. Jetzt hatte ich eine sinnvolle Verwendung für sie gefunden.

»Verstanden! Haaaaaaaaa!«

»Das läuft nicht!«

L'Arc wollte dazwischen gehen.

»Vergiss mich niiicht!«

Filo versperrte ihm den Weg, sodass Raphtalia ungehindert angreifen konnte.

Und ich war direkt hinter ihr.

»Glass!«

Therese streckte beide Hände aus und fing an zu murmeln.

»Kräfte aller Juwelen weit und breit: Erhört meinen Ruf und manifestiert euch! Mein Name ist Therese Alexandrite. Gefährten, gebietet ihrem Angriff Einhalt mit einer Mauer aus Feuer! – Pyroxen-Feuerwand!«

Plötzlich leckten magische Flammen empor und schirmten Glass und ihre Kameraden ab.

Ich hielt meinen Schild vor mich und rannte einfach weiter auf sie zu.

Mein zweiter Shooting Star Shield knisterte. Das Feuer barg eine ziemliche Kraft.

Aber es war dennoch zu schwach!

»Wa... Es hält ihn nicht auf!«

»Hör endlich auf, mich zu unterschätzen!«

Sicher, L'Arc und Therese verfügten über erstaunliche Kräfte. Um ehrlich zu sein, erschienen sie mir sogar stärker als der Heilige Vater mit seinem Heldenwaffenreplikat. Dennoch reichte es nicht, um mich aufzuhalten.

Ich fürchtete mich nur vor den Angriffen, die meine Verteidigung umgingen oder ausnutzten. Aber auch mit ihnen kam ich irgendwie zurecht. Es sei denn, L'Arc feuerte sie aus nächster Nähe und in rascher Folge ab.

Ehe er uns einholte ... mussten wir die Sache entscheiden!

»Raphtalia!«

»Ja!«

Das magische Schwert fest umklammert, stürmte sie auf Glass zu.

»Glaubst du, ich lasse dich einfach gewähren?«

Glass brachte einen ihrer Fächer in die Bahn des Schwertes und öffnete ihn.

Beim letzten Mal war bei der Bewegung Raphtalias Schwert zerbrochen.

»Und los!«

Dies war jedoch nicht der Typ von Klinge, den man mit Kriegsfächern zerbrechen konnte.

Raphtalia unterbrach kurz den Magiezustrom, sodass die Klinge verschwand. In einer fließenden Bewegung entging sie

Glass' Attacke und rammte ihr dann das Schwert in den Bauch.

Es drang jedoch nicht durch. Reichte die Angriffskraft nicht aus?

»Wa…?!«

Glass war sprachlos.

Einen Augenblick lang sprühten Funken von dem magischen Schwert.

»Haaaaaaaaaaaaaa!«

Zusammen mit einem Schrei ließ Raphtalia ihre Magie in die Waffe fahren und stieß sofort fest zu.

»Uaaaaaaaaaaaaaaaaah!«

Glass packte die Klinge und versuchte, sie herauszuziehen, aber Raphtalia speiste das Maximum an Energie ein. Dann ließ sie das Schwert plötzlich los und sprang zurück.

Funken sprühten aus dem magischen Schwert, das noch immer in Glass' Bauch steckte, Lichtblitze schossen daraus hervor – und dann explodierte es.

»Uah!«

Das Licht war so gleißend, dass ich die Augen nicht offen lassen konnte.

Sofort brachte ich meinen Schild hoch und schirmte Raphtalia ab.

»Kleine Madame!«, schrie L'Arc, den Filo immer noch am Wickel hatte.

Eine Rauchwolke stieg empor.

So stark war die Magie gewesen, die hier explodiert war.

Dieser Angriff hatte Glass an ihrer Schwachstelle erwischt. Ich hoffte nur, dass es reichte.

Der Rauch lichtete sich …

»Das … war … gar nichts!«

Schwer atmend stand Glass da und hielt sich den Bauch, in dem gerade noch das magische Schwert gesteckt hatte.

Verflucht! Es war kein tödlicher Treffer gewesen. Sie schien jedoch ziemlich am Ende zu sein. Wir mussten sofort nachsetzen.

»Glass, wir müssen uns zurückzie...«

»Noch ... nicht. Ich kann doch jetzt nicht einfach aufgeben!«

»Kleine Madame! Scheiße! Aus dem Weg!«

»Ah!!«

L'Arc hatte Filo weggestoßen und rannte nun zu Glass.

»Filo. Geht's dir gut?«

»Ja.«

Super – wir konnten noch kämpfen.

Wir hatten Glass mächtig zugesetzt. Selbst wenn sie sich jetzt mit Magie heilte – die Erschöpfung würde sie nicht los.

Und ich hatte immer noch meinen Schild des Ingrimms in der Hinterhand. Im schlimmsten Fall würde ich den richtigen Moment abpassen und Iron Maiden abfeuern.

Dank der Hochrüstung meines Schildes hatte auch mein Air Strike Shield mehr ausgehalten. Es war also anzunehmen, dass auch die Angriffskraft der Eisernen Jungfrau gestiegen sein würde. Die verlorenen SP würde ich mir mit dem Soul Eater Shield zurückholen. Notfalls konnte ich ein Seelenheilwasser trinken und den Skill mehrmals verwenden.

»Kleine Madame, halte durch!«

Hm? Etwas wie Seelenheilwasser spritzte aus seiner Sichel und ergoss sich über Glass.

Mehr hatte er nicht getan, doch Glass, die gerade noch aus dem letzten Loch gepfiffen hatte, stand mit einem Mal wieder auf und hatte einen merkwürdigen Ausdruck auf dem Gesicht.

»So schnell ... kommt ihre Energie zurück?!«

Glass schien selbst zu staunen. Was war das denn?! Was war geschehen?

»Naofumi, du bist schon klasse! Wir dürfen jetzt nicht mehr zimperlich mit unseren Mitteln sein. Eigentlich wollte ich ihn mir aufheben, aber ich muss meinen Trumpf wohl ausspielen.«

Immer mehr Seelenheilwasser kam aus seiner Sichel und bespritzte Glass. Ihre Gesichtsfarbe verbesserte sich fortlaufend.

Konnte das sein? Sah sie noch stärker aus als zuvor?

»L'Arc ... Was ist das?«

»Bei mir stellt es die Kraft wieder her, die ich für meine Techniken brauche. Für dich, kleine Madame, ist es ein beeindruckendes Stärkungsmittel.«

»Oh ja, das ist es ...«

Glass war wieder auf den Beinen – und funkelte mich an.

Mir schwante absolut nichts Gutes.

»Also los.«

Sie hatte es kaum gesagt, da tauchte sie plötzlich direkt vor mir auf. Teleportation?!

Ach, nein – sie war nur so schnell, dass ich ihren Bewegungen nicht folgen konnte.

Es war pures Glück, dass ich gerade den Schild in ihre Richtung gehalten hatte.

»Haaaaaa!«

Das war bisher der stärkste Angriff, und ich spürte die Wucht durch den Schild hindurch.

»Uah!«

Es steckte so viel Kraft dahinter, dass mein Schildarm hochflog.

Was war jetzt los?! Die ganze Zeit hatte ich ihre Attacken gut ausgehalten, und nun war sie mit einem Mal so stark.

Sie wurde mit Seelenheilwasser besprenkelt und das war das Ergebnis?

Nun, anscheinend war sie … kein Mensch. Eher kam sie mir wie ein Gespenst vor. Und dieses Gespenst hatte nun das Seelenheilwasser abbekommen. Außerdem hatte die Konterfunktion des Soul Eater Shield eine starke Wirkung auf Glass.

SP … machten sie also stärker.

»Herr Naofumi!«

»Meister?!«

Als sie sahen, wie meine Verteidigung wackelte, wollten Raphtalia und Filo vorauspreschen.

»Wartet, nicht vor mich! Das ist gerade keine gute Idee!«

Glass war jetzt zu stark. Ich hatte mit dem Teil des Schildes abgewehrt, der die höchste Verteidigungskraft besaß – und dennoch.

Wenn sie die beiden richtig erwischte, konnte das tödlich enden. Außerdem konnten die Mädchen vom Tempo her gar nicht mithalten.

Filo sprang dennoch nach vorn. Immerhin startete sie einen Hochgeschwindigkeitsangriff.

»High Quick!«

In rascher Folge hackte sie mit ihren Klauen nach Glass.

»Urgh …«

Glass versuchte, die Schläge zu parieren, aber Filo war zu stark geworden – sie musste zurückweichen.

»Kreiseltanzform: Knacken des Schildkrötenpanzers!«

Ihr Fächer blitzte auf, und dann erwischte mich jener Angriff, der meine Verteidigungskraft außer Acht ließ.

»Argh …«

Ich hielt mir die Schulter und stöhnte vor Schmerz.

»So, Naofumi! Jetzt kommt der Todesstoß!«

L'Arcs Sichel funkelte: Wieder der Angriff, der meine hohe Verteidigung ausnutzte.

»Shooting Star … Shield!«

Mit einem Schlag entfaltete sich die Barriere und fing L'Arcs Attacke ab.

Im selben Moment brach sie wieder zusammen. Aber immerhin hatte seine Technik ihre Wirkung verfehlt.

»Tsss … Du bist mal anstrengend. Das war meine Trumpfkarte, und ich kann dir immer noch nicht den Rest geben?«

»Heul doch! Wir sind noch nicht geschlagen!«

Langsam gingen mir jedoch die Optionen aus …

»L'Arc – zieht euch beide zurück. Ich werde die Sache nun mit maximaler Kraftentfaltung entscheiden.

»Alles klar!«

L'Arc und Therese wichen ein ganzes Stück zurück. W… Was hatte sie nur vor?!

»Kreiseltanzform der Leere …«

Ihr Fächer wurde größer, und es tauchte noch einer auf.

Dann spritzten Energieklingen aus den geschlossenen Fächern hervor.

Schließlich riss Glass in einer kreisförmigen Bewegung beide Arme hoch.

Die Fächer hinterließen Spuren, die leuchteten wie der Mond. Es war ein betörend schönes Licht. Ich wappnete mich und packte meinen Schild fester.

Dann ließ Glass ihre Fächer … machtvoll herabfahren.

»Spalten des Mondes!«

»Uah!«

Augenblicklich wechselte ich zum Schild des Ingrimms und riss ihn hoch.

Obwohl sie so weit entfernt stand, gingen ihre Energiekaskaden auf mich nieder.

Ich konnte nicht ausweichen, sie war ... zu schnell!

Ich wusste nicht, ob mein Schild den Angriff komplett abhalten konnte. Es war sogar denkbar, dass er durch mich hindurchfuhr und auch noch Raphtalia und Filo erfasste, die hinter mir standen.

»Raphtalia! Filo! Weg da!«

»O... Okay!«

»Mhm!«

Gehorsam sprangen sie zur Seite.

Glass attackierte mich mit einer solchen Heftigkeit, dass es schien, als könnte sie selbst meinen Schild des Ingrimms in der Mitte durchhauen.

»Arrrrgh ...«

Mit knapper Not konnte ich ihren Angriff abwehren.

Ein wenig von der Energie drang dennoch durch und hinterließ einen feinen Schnitt, der von meiner Schulter abwärts lief.

Und das, obwohl ich mit dem Schild geblockt hatte!

Endlich war Glass' ... Beschuss mit Lichtklingen vorbei.

Als ich mich umblickte ... fand ich das Meer in der Mitte geteilt.

Was für eine Gewalt! Ich konnte gar nicht glauben, dass ich das geblockt hatte.

Keuchend standen wir beide da und rangen nach Atem.

Der Schild des Ingrimms leuchtete.

»Und jetzt bin ich dran!«

Scheiße ... tat das weh ... wirklich!

Ich würde sie mit Dark-Curse Burning abfackeln.

»Uoooooooooooooooooooooooh!«

Schwarzes Feuer flammte um mich her auf.

»L'Arc! Therese! Weicht zurück!«

»N... Na gut!«

Die glaubten wohl, ich würde sie entkommen lassen! Ohne zu zögern, ließ ich das schwarze Feuer um sich greifen, bereit, die ganze Umgebung zu verbrennen.

Glass breitete ihre Fächer aus und ging in eine Verteidigungshaltung.

»Arrrrrrgh ...«

Als das Feuer des Dark-Curse Burning schließlich erstarb, stand Glass noch immer, schwer atmend und mit schmerzverzerrtem Gesicht.

So viel Energie hatte ich in meinen Gegenangriff gelegt, und sie hatte ihn ausgehalten!

Sollte ich mit Iron Maiden weitermachen?

Das Problem war, dass sie mir möglicherweise bei Change Shield (Angriff) in die Quere kam.

Ach, und ich musste ja sogar befürchten, dass sie die Eiserne Jungfrau selbst zerschlagen würde. Gerade hatte sie einen Angriff durchgeführt, den ich sogar mit meinem Schild des Ingrimms nicht vollständig hatte abwehren können. Unmöglich war es also nicht.

»Dann ... werde ich mir den nächsten Angriff erlauben.«

Sie ging noch einmal in dieselbe Kampfstellung wie zuvor.

»Kleine Madame! Das ist zu gefährlich! Lass es sein!«

»Wenn wir ihn jetzt nicht besiegen, ist er beim nächsten Mal vielleicht noch stärker. Und wenn ich dabei zugrunde gehe – ich muss ihn bezwingen! Andernfalls verlieren wir. Ihr wisst doch wohl, was das heißt?«

»Dann sind wir uns ja einig.«

Ich hielt die Hand über meinen Schild und machte mich bereit, Shield Prison zu benutzen.

»Herr Naofumi!«

»Meister!«

»Bleibt weg!«

Wenn sie jetzt dazwischen gingen, hätte das schlimme Folgen. Glass war einfach zu mächtig.

Wer würde nach diesem Schlagabtausch wohl noch leben?

»Kö… Königin … Ojeee …«

»Was … wird das denn jetzt?!«

Irgendwann waren die Königin und ihre Leute hinter Glass aufgetaucht. Hatten sie beschlossen, den Kampfort zu wechseln? Das dümmlich wirkende Mädchen im Eichhörnchenkostüm trieb vorbei, fest an ein Fass geklammert.

Die Königin sah es, ergriff es mit ihrer Magie und schleuderte es in meine Richtung.

»Herr Iwatani! Hier!«

Ein Fass? Was sollte ich damit? Es flog zwischen mich und Glass.

Erst dachte ich, das sei nur ein Störmanöver, aber irgendwo hatte ich so ein Fass doch schon einmal gesehen …

»Aber das ist doch … Shooting Star Shield!«

»W… Was?!«

Sobald die Barriere stand, wich ich zu Raphtalia und Filo zurück.

Glass wollte mich gerade verfolgen, da … explodierte das Lukol-Sprengfass. Auf dem toten Interdimensions-Wal, der zum Kriegsschauplatz geworden war …

Plötzlich roch es überall nach Lukol-Früchten, und ein roter Nebel breitete sich aus.

»Uh … Das ist …«

Durch den Nebel sah ich undeutlich, wie Glass sich ans Gesicht fasste. Sie stöhnte.

»W… Was ist das?!«, rief L'Arc. »Etwa eine jener Bomben, die das Meer rot gefärbt haben?«

Therese war ebenfalls erschrocken. Beide hielten sich die Hand vor den Mund.

Im Bereich des Shooting Star Shield waren wir vor dem Lukol-Dampf geschützt.

»Raphtalia, Filo. Ihr wisst Bescheid, oder?«

»Ja!«

Es war ziemlich gefährlich, aber es musste sein.

»Uh … Das ist …«

Die Silhouette, die da auf uns zukam, ähnelte Glass.

»Ha!«

»Hiah!«

Wir liefen hinter Glass, dann griffen Raphtalia und Filo sie durch die Barriere an und zogen sich so schnell wie möglich wieder zurück.

»Ugh!«

Direkt nach dem Angriff tauchten wir im Nebel unter.

Filo schnupperte an den Körperteilen, die in den Nebel geraten waren, und stöhnte.

»Das stiiinkt! Und die ist da drin – ihr geht's bestimmt schlecht!«

»Argh …«

»Du lässt wohl nie locker!«, knurrte L'Arc.

Glass hatte anscheinend begriffen, dass wir sie aus dem Schutz des Nebels heraus attackierten, und konnte nichts machen.

Sie sprangen ins Wasser und schwammen zu den Resten eines Schiffsdecks. Es wäre unerträglich, wenn er wieder sein

Seelenheilwasser nutzte und Glass heilte und stärkte.

»Dass du solche Möglichkeiten hast … Sind wir tatsächlich im Nachteil?«

»So, L'Arc, jetzt mach ich dich alle!«

Ich hatte immer noch Iron Maiden.

Meinen größten Trumpf, Blood Sacrifice, konnte ich natürlich nicht nutzen, aber wenn ich L'Arc die Eiserne Jungfrau verpasste, war der Sieg in Sicht.

»Das lasse ich nicht zu.«

Therese stand neben L'Arc.

Hm … Wäre ja schön, wenn ich sie beide gleichzeitig erwischte …

»Es ist noch nicht vorbei!«

Plötzlich erschien eine Windhose, und der Nebel verflüchtigte sich. Da stand Glass und rang nach Atem. Sie schwankte ein wenig, den Kopf in den Händen.

Mann, die verkraftete ja einiges! Verflixt … Was blieb denn noch?

Eine Taktik nach der anderen packte ich aus, schien aber keinen entscheidenden Treffer landen zu können.

Ich brauchte irgendeine Geheimwaffe.

»Glass, du ahnst es: Jetzt bin ich wieder dran!«

Ich würde erst mal L'Arc oder Glass in die Eiserne Jungfrau stecken. Dann sahen wir weiter. Sie waren beide gleichermaßen bedrohlich. Aber vielleicht … sollte ich mir zuerst L'Arc vorknöpfen: Seine Angriffe waren besonders lästig.

»Shield Prison!«

»Holla!«

Ein Schildkäfig erschien um ihn herum …

»Nein!«

Glass richtete einen Distanzangriff auf das Shield Prison,

während L'Arc von innen dagegen hämmerte. Im Nu hatten sie den Käfig zerstört.

Mist … Die Vorbedingungen für die Iron Maiden waren einfach zu umständlich.

Erst der Käfig, dann mit Change Shield den Angriff einleiten, und dann erst konnte man die Iron Maiden starten. War ich endlich fertig, hatten die den Käfig längst zertrümmert.

»Oha, das war knapp!«

Es ging nicht anders. Ich musste Dark-Curse Burning benutzen. Dafür würde ich mich aber noch einmal irgendwo treffen lassen müssen. Wenn es hart auf hart kam, musste ich eben doch Blood Sacrifice loslassen und Glass und L'Arc auf einen Schlag erledigen!

Doch plötzlich erschienen in meinem Sichtfeld Ziffern.

00:59

So etwas hatte ich doch schon einmal gesehen.

Ich wusste noch, wie Glass danach ziemlich unvermittelt den Rückzug angetreten hatte.

Würde sie auch diesmal entkommen? Nein, das würde ich nicht zulassen.

Wir konnten es schaffen. Ich würde es hier und jetzt beenden!

»Möglicherweise können wir es uns wirklich nicht erlauben, uns wegen der Konsequenzen Gedanken zu machen … L'Arc!«

Plötzlich stand Glass vor mir und blickte mich entschlossen an.

»Du willst doch nicht etwa …?!«

Glass hielt eine Hand über ihren Fächer.

Therese sah das und legte erschrocken beide Hände vor den Mund.

Was hatte sie vor? Hatten sie nach alledem etwa immer noch ein Ass im Ärmel?!

»Kleine Madame!«, rief L'Arc zornig und nahm sie von hinten in den Schwitzkasten.

»Was machst du denn?! Störe mich nicht!«

»Alles, aber nicht das! Wie soll's denn hinterher weitergehen?«

»Wenn man einen so mächtigen Gegner besiegen will, muss man schon bereit sein, einen Preis dafür zu bezahlen.«

»Schon, kleine Madame, aber ...«

Er flüsterte ihr etwas ins Ohr. Sie machte ein verblüfftes Gesicht. L'Arc und Therese nickten bekräftigend.

»Na schön. Dann wollen wir uns diesmal zurückziehen.«

Da hatte sie ja wahnsinnig schnell eingewilligt. Stand vielleicht irgendein großartiger Plan dahinter?

Sie mussten eine Strategie haben ... Sicher wäre es für uns von Nachteil, wenn wir sie vom Haken ließen.

»Und ihr glaubt, wir lassen euch so einfach ziehen?«

»Wir werden schon entkommen, Naofumi, sorge dich nicht. Und beim nächsten Mal werden wir siegreich sein!« Mit diesen Worten startete Glass einen bereichsbezogenen Angriff: Ein Orkan begann zu toben.

Uah?! Die Soldaten in der Nähe wurden von dem Wind erfasst und durch die Luft gewirbelt.

»Also, heute habt ihr gewonnen. Alsdann, Naofumi ... Ach, weißte, ich nenn dich doch einfach Bubi!«

»Wieso?!«

L'Arc wirkte eigenartig gutgelaunt. Er winkte mir zu, dann sprang er in den Wellenriss.

»Nun, dann werde auch ich gehen. Lebt wohl.«

Therese zauberte noch etwas, um den herumwirbelnden Soldaten zu helfen, dann schleuderte sie ein Juwel, aus dem Lichtstrahlen drangen – und floh.

»Stehen geblieben!«

Wir setzten ihnen nach, aber sie waren zu schnell: Ehe wir sie einholen konnten, waren sie im Riss verschwunden.

Eine Sekunde überlegte ich, ob ich ihnen folgen sollte, doch zu spät – der Riss hatte sich bereits geschlossen.

»Scheiße! Wir hatten sie fast!«

Sie waren uns einfach davongelaufen.

Ich war mittlerweile so viel stärker. Ich hatte geglaubt, diesmal könnte ich gegen sie gewinnen – aber ich hatte den entscheidenden Schlag nicht anbringen können.

Also ging alles wieder von vorn los.

Wie sollte man das auch schaffen, wenn man ständig aufpassen musste, ob irgendwelche Angriffe kamen, die die Verteidigung ausnutzten oder aushebelten?!

Schwer atmend blickte ich mich um. Jetzt blieb mir nur noch, den Schaden zu begutachten, den die Welle verursacht hatte.

Epilog: Das Problem vor uns

»Na?«, sagte ich zur Königin. »Ich würd sagen, die Helden waren auch diesmal wieder kampfunfähig …«

Die Welle war vorbei, und wir nach Cal Mira zurückgekehrt. Dort waren die Helden endlich wieder zu Bewusstsein gekommen und wurden im Inselkrankenhaus behandelt.

Ehrlich, wie konnten sie nur so schwach sein, dass L'Arc oder Glass sie nicht einmal als Helden anerkannten?

Weder beim vorigen noch bei diesem Kampf waren sie von Nutzen gewesen, diese Spielkenner!

Glaubten sie ernsthaft an Verlier-Events, die sich endlos aneinanderreihten?

»Nun«, murmelte die Königin, »es besteht wohl ein hoher Lernbedarf, was echte Stärke angeht.«

»Das mit dem Lukol-Sprengfass hat echt geholfen. Das hätte sonst schlimm ausgehen können.«

»Wohl wahr. Übrigens, Herr Iwatani: Nachdem sich Raphtalia und Filo aus dem Wirkungsbereich des Lukol-Dampfes zurückgezogen haben, warum habt Ihr ihn da nicht eingeatmet?«

»Was?«

»Meinen Berichten zufolge haben die Früchte doch keine berauschende Wirkung auf Euch!«

»Hm, schon, aber …«

»Die Lukol-Früchte … Genauer gesagt, der Wein, steigert zugleich die Magie und die Konzentrationsfähigkeit. Eventuell hättet Ihr damit das Schlachtenglück wenden können.«

»Wie bitte?!«

Hä? Hieß das etwa, ich hätte nur allein im Nebel kämpfen

müssen, und dann hätte ich nach Belieben Magie und SP regeneriert?

Demnach hätte ich eine Schwäche bei Glass erzeugen, sie ins Shield Prison sperren und immer wieder Iron Maiden auf sie loslassen können?

Scheiße! Hätte ich das gewusst, dann hätten wir vielleicht gewonnen!

»So was muss ich vorher wissen ...«

»Diese Möglichkeit fällt mir selbst erst jetzt ein.«

Na ja, in der Hitze des Gefechts kam man vielleicht nicht unbedingt darauf ...

Zudem war meine Angriffsmethode zu aufwändig und damit durchkreuzbar. Ich hätte nur auf die Konterfunktion setzen und ihr nach und nach die Energie abziehen können.

Nachdem Glass plötzlich stark geworden war, hatten Raphtalia und Filo jedenfalls keine Chance mehr gehabt, den K. O. zu erzielen.

Das hieß natürlich nicht, dass die beiden schwach waren. Vorher hatten sie sich nämlich gut geschlagen.

Und wie sollten wir gewinnen, wenn wir den dreien das nächste Mal begegneten?

Ihr Ziel war, die Helden umzubringen – so viel immerhin hatte ich dem Gespräch entnommen.

Überdies hatten L'Arc und Therese nicht sinnlos Leute umbringen wollen. Sie wollten nur mich.

Waren sie wirklich Schurken?

Klar, unsere Feinde waren sie. Aber sie schienen einen Grund zu haben, die Helden umbringen zu wollen.

Wenn ich eine Antwort wollte, blieb mir wohl nur eins: Ich würde sie bei der nächsten Gelegenheit ausquetschen müssen.

Vor allem: Gegen wen kämpften wir da überhaupt?

Der Kampf gegen die Wellen ... Es hätte eine ganz simple Sache sein sollen.

Monster töten, die alles überschwemmen, und zugleich die Einwohner beschützen.

Doch dann war plötzlich Glass aus dem Riss getreten, ein Feind in Menschengestalt.

Zuerst hatte ich gemutmaßt, es gäbe unter den Wellenmonstern womöglich auch böse Feinde mit einem Bewusstsein. Aber das schien es nicht zu sein.

Wir waren schon mit Glass' Gefährten bekannt gewesen, ehe die Welle losgebrochen war. Sie mussten ... zum feindlichen Lager gehören.

Was lag eigentlich jenseits der Risse? Bis jetzt hatte ich nicht einmal darüber nachgedacht.

Ernsthaft ... Worum handelte es sich denn nun bei diesen Wellen?

In dieser Welt gab es nur jene Legende über die Wellen des Untergangs. Dann hatten wir aber plötzlich Gegnern gegenübergestanden, mit denen man reden konnte.

Das konnte verschiedene Erklärungen haben ... wenngleich uns die Wahrheit bis auf Weiteres vorenthalten bleiben würde.

Erste Erklärung: Glass und ihre Leute versuchten, diese Welt zu invadieren, und die Monster waren ihre Vorhut.

Diese Hypothese hatte jedoch einen fatalen Mangel: Sowohl Glass als auch L'Arc hatten Monster getötet.

Es blieb auch unklar, warum sie die Helden umbringen wollten.

Die zweite Erklärung: Die Helden umzubringen, ist für Glass und ihre Leute von großem Wert.

Aber worin sollte dieser Wert bestehen? Und was befand sich nun überhaupt jenseits der Risse?

Die dritte Erklärung: Fitoria hatte gesagt, dass es eine Bürde für die Welt wäre, wenn einer der Helden sterben würde; war das Ziel also, dass die Welt den Wellen unterlag?

Aber was genau würde überhaupt geschehen, wenn wir unterlagen?

Das würden wir nur herausfinden, wenn wir verlören. Wenn die Welt aber zugrunde gegangen war, könnten wir mit der Antwort herzlich wenig anfangen.

Daher hatten wir keinen Weg, hierüber Aufschluss zu erlangen.

Ich wusste es nicht. Ich konnte absolut nicht erkennen, worauf sie abzielten.

»Noch scheint die Aktivierung auf Cal Mira nicht abgeflaut zu sein«, sagte die Königin. »Was gedenkt Ihr zu tun?«

Diese Aktivierung erlaubte es, rapide hochzuleveln, offenbar bis Level 80. Tatsächlich hatte sich das Aufstiegstempo aber um die 70 herum drastisch verringert, daher hatte es wohl wenig Sinn, wenn wir uns noch lange hier aufhielten. Sollten wir trotzdem noch in jede Inselmitte vordringen und uns die abgeworfenen Waffen und Rüstungsteile der Endgegner holen?

Fürs Erste waren Raphtalia und Filo eigentlich versorgt. Später konnten wir Material sammeln und uns vom Waffenhändler Sachen machen lassen.

»Na ja, ich denk mir, wir könnten langsam nach Melromarc zurückkehren.«

»Verstanden. Dann werde ich ein Schiff für Eure Heimfahrt bereitstellen lassen. Es sieht jedoch so aus, als müssten wir noch ein wenig bleiben, da wegen der Welle das Meer noch in Aufruhr ist.«

»Aha?«

»Herr Iwatani, Eure Anstrengungen verdienen wahrhaft Anerkennung. Ich werde Euch weiterhin jede erdenkliche Unterstützung gewähren. Lasst uns unbedingt gemeinsam die Wellen und alle anderen Hürden überwinden und die Welt retten!«

Im Großen und Ganzen stimmte ich ja zu. Das Problem jedoch: Meine Anstrengungen allein genügten nicht.

»Die anderen Helden sind das Problem.«

»Ja.«

Bei dieser Welle waren sie überhaupt keine Hilfe gewesen. Ach, bei der vorigen auch schon nicht.

Sie würden sich wohl damit herausreden, dass ihre Level zu niedrig gewesen seien, aber das war der falsche Ansatzpunkt. Sie waren nur einfach viel zu schwach. Ich hatte ganz gewiss nicht die Absicht … mich als Schildhelden als etwas Besonderes hinzustellen.

Ich konnte mir gut vorstellen, dass die Jungs nichts von dem in die Praxis umgesetzt hatten, was wir über unsere gemeinsamen Methoden des Waffenhochrüstens herausgefunden hatten.

»Wär wohl ratsam, bei Gelegenheit noch mal ein Gespräch zu führen.«

»Ja. Ich frage mich sogar, ob wir das nicht unverzüglich tun sollten.«

Offenbar sah sie es genau wie ich.

Ehrlich, ich hatte den Eindruck, die anderen Helden waren nur wenig stärker als gewöhnliche Abenteurer!

Natürlich hatten sie wegen ihrer Fähigkeiten und Skills schon eine gewisse Explosivität und konnten mächtig Druck machen …

kurzfristig zumindest. Sie benötigten jedoch fundamentale Stärke. Wenn die anderen Helden in etwa so stark gewesen wären wie ich ... hätten sie es dann so schwer gehabt?

Das Heldenwaffenreplikat des Kirchenmannes hatte weniger als ein Viertel der Kraft der Heldenwaffen besessen, hatte die Königin gesagt.

Ich war mittlerweile so stark, dass ich mir zutraute, seine Angriffe auszuhalten. Demnach müssten die Helden eigentlich unglaublich stark sein. Und wenn die Jungs, die an sich schon eine hohe Angriffskraft hatten, auf meinem Level gewesen wären, wäre es dann überhaupt möglich gewesen, gegen Glass und Co. zu verlieren?

»Hast wohl recht«, sagte ich schließlich.

Das Krisengefühl, das mit dem Kampf gegen die Wellen einherging, war noch nicht abgeklungen. Ich war zwar erstaunlich stark geworden, konnte jedoch weiterhin nur verteidigen. Irgendwann würde ich an meine Grenzen stoßen. Mit einer guten Verteidigung allein verlor man zwar nicht, aber man konnte auch nicht gewinnen. Wenn wir dieses Problem nicht bald lösten, würden wir wohl nicht überleben.

Ich glaubte nun viel besser zu verstehen, warum Fitoria wollte, dass wir Helden uns anfreundeten und stärker wurden. Und wenn auch nur einer der vier Heiligen fehlte, würden die Wellen härter. Diese schrulligen Typen, die einem kaum jemals zuhörten, mussten also unbedingt stark werden ... Mir war unbehaglich bei dem Gedanken, was sie dann alles anstellen könnten – aber besser als sterben wäre es wohl allemal.

»Aber ... Jetzt gerade bin ich ganz schön geschafft. Ich will mich erst mal ein bisschen ausruhen. Morgen können wir gern unsere nächste Tafelrunde abhalten.«

»Wie Ihr wünscht, Herr Iwatani.«

Die Königin verbeugte sich tief, dann ging sie in Richtung der Soldaten davon.

Ich blickte mich zu Raphtalia und Filo um, die einen Schritt weiter hinten standen.

»Irgendwie haben wir es auch diesmal überstanden, oder?«

»Stimmt.«

»Obwohl ich nicht besonders viel ausrichten konnte ...«

»Ach, was.«

Sowohl Raphtalia als auch Filo hatten sich gegen L'Arc und Therese gut behauptet.

Genauer gesagt, hatten sie ganz wunderbar kämpfen können, bis L'Arc angefangen hatte, Glass mit seinem Seelenheilwasser zu boosten. Das hieß doch eigentlich, so komisch das auch klingen mochte ... dass sie weit stärker waren als die anderen Helden.

Das hing sicher auch mit meiner Heldenfähigkeit der Entwicklungsunterstützung und dem Klassenaufstieg und ähnlichem zusammen.

»Die mit dem Fächer war ganz schön stark, oooder?«

»Jupp.«

»Meister, ich will stärker werden, damit ich dir nützlicher bin!«

»Ich zähl auf dich.«

Ich wusste nicht, was nach dem Klassenaufstieg das nächste Limit sein würde, aber Raphtalia und Filo entwickelten sich gerade prächtig. Schlimmstenfalls, wenn die anderen Helden sich nicht am Riemen rissen, würden eben die beiden sich umso mehr anstrengen müssen.

Und sie waren noch immer meine einzigen Gefährten.

»Langsam brauchen wir wohl mal neue Kampfkraft ...«

»Sicherlich … Nur wir drei sind auf Dauer vielleicht zu wenig.«

Raphtalia hatte meinen Kommentar gehört und sofort den tieferen Sinn erkannt. Und sie sagte keine nervigen Sachen, von wegen sie beide würden mir wohl nicht reichen oder so etwas.

Die Reichssoldaten waren zwar schon ganz verlässlich, brachten aber keinen entscheidenden Kampfkraftzuwachs. Bestimmte Segnungen wurden nur echten Heldengefährten zuteil, das hatte ich anhand der Entwicklungsanpassungen klar erkannt.

Ich brauchte mehr … Leute, die gegen Gegner wie L'Arc oder Glass einen guten Kampf liefern konnten, für den schlimmsten Fall, dass keine anderen Helden zugegen waren.

Nun kannte ich also den Kurs: neue Gefährten anwerben.

Allerdings … triggerte das sofort mein altes Trauma.

Je mehr Gefährten ich aufnahm, desto größer war auch die Wahrscheinlichkeit, dass sich jemand einschlich, der mir in den Rücken fiel.

Bei Melty hatten sich die Umstände für Verrat nicht angeboten, und irgendwann hatte ich sie halt gut genug gekannt.

Es stand aber nicht fest, dass das auch mit zukünftigen Gefährten so laufen würde.

Es müsste schon jemand Vertrauenswürdiges sein.

Eigentlich hatte ich darum ja L'Arc und Therese anheuern wollen, aber die standen auf der Seite des Feindes.

Stimmt. L'Arc und Therese hatte ich einfach so vertraut.

Irgendwie hatte ich ihnen wohl vertrauen wollen. Dem umgänglichen L'Arc, der wie ein älterer Bruder war, und Therese an seiner Seite.

Während unseres Nachtkampfs hatten sie sich Sorgen gemacht und waren uns suchen gekommen … Da hatte ich ihnen einfach glauben wollen.

Ganz schön kompliziert. Ich fand es wirklich so frustrierend, dass die Dinge nicht so liefen, wie ich es mir vorstellte. Nichtsdestotrotz mussten wir gegen die Wellen kämpfen … gegen Glass und ihre Leute.

»Was hast du, Meister?«

»Hm? Ach, nichts. So, legen wir mal ein Päuschen ein.«

»Ja, wir sind alle müde.«

»Meister, ich will baaaden gehen!«

»Meinetwegen. Heute Abend lassen wir's mal ruhig angehen. Ab morgen werden wir alle Hände voll zu tun haben.«

»Wir werden uns die größte Mühe geben!«

Anschließend gingen wir auf unser Hotelzimmer und legten uns hin, um uns für den nächsten Tag zu stärken.

Der nächste Kampf … die nächste Welle in Melromarc, rückte Stück für Stück näher.

Bis dahin mussten wir unser Problem gelöst haben.

Wir mussten allesamt stärker werden.

Extrakapitel:
Spannen im Badehaus

Es war der Abend des vierten Tages seit unserer Ankunft auf Cal Mira. Auch heute wollte ich wieder zum Freiluftbad des Hotels, um dem Fluch zu Leibe zu rücken.

Bisher war ich jeden Tag dort gewesen.

Es war ein Onsen im japanischen Stil, in der Mitte waren Papierschirme aufgestellt, und es gab eine Trennwand aus einem bambusähnlichen Material. Ein Feature war der wunderbare Meerblick.

Wie die Felsen gehauen waren, das erinnerte alles schon irgendwie an Japan. Allein dadurch spürte ich sofort aufkommendes Heimweh.

»Puh …« Mit einem Seufzer ließ ich mich ins heiße Quellwasser sinken und blickte zum Himmel auf.

Es war eine eher kleine Badeanlage, was mir gerade recht kam. Hier konnte man es sich gemütlich machen. Es war schon toll, dass es hier heiße Quellen gab und ich mich so jeden Tag erfrischen konnte.

Auch kam es mir so vor, als hätte sich die Schwere in meinen Gliedern weitgehend verflüchtigt. Die Statuswerte waren allerdings noch nicht wieder beim Alten. Vielleicht hatte ich mich auch einfach an die Schlappheit gewöhnt. Jedenfalls saß ich nun gut gelaunt im Wasser.

»Oh? Du hier, Naofumi?«

Motoyasu kam herein.

Wo war seine Waffe? Doch als ich genauer hinsah, bemerkte ich die winzig kleine Lanze an seiner Hüfte.

Na klar – ich hatte ja selbst einen möglichst kleinen Schild ausgewählt, der mir auf dem Rücken hing.

Die Waffe musste immer Körperkontakt behalten, aber es war schon erleichternd, hin und wieder die Stelle zu wechseln.

Nachdem Motoyasu sich mehrmals mit heißem Wasser übergossen hatte, stieg er in die Quelle.

»Bist du deinen Kater los?«

»Du hast ja Nerven, davon anzufangen.«

»Die Lukol-Frucht hast du freiwillig gegessen. Ich hab's dir bestimmt nicht befohlen.«

»Na ja, du bist aus dem Japan einer anderen Welt. Ist bestimmt Veranlagungssache.«

»Jaja.«

Ich war jedenfalls noch nie betrunken gewesen. Ach, sicher hatten ihm die Bitch und ihre Mädels am nächsten Morgen einen Krankenbesuch abgestattet und ihn nach Strich und Faden verwöhnt. Allzu weit her schien es mit seinem Kater jedenfalls nicht zu sein.

»Hey, das Wasser ist klasse!«, rief er irgendwem zu. Wem bloß?

»Das weiß ich selbst. Denkst du, ich bin zum ersten Mal hier?«

Itsuki und seine männlichen Gefährten kamen im Gänsemarsch herein.

Und da war auch schon Ren mit den Männern aus seiner Gefolgschaft.

»Meeeister!«

Plötzlich sprang eine Filolial-Königin über den Zaun zu uns herüber und platschte ins Männerbad.

»Hm? Was gibt's?«

»Ich will mit dir zusammen baden!«

»Du bist ein Vogel. Geh in ein anderes Bad. Oder nimm 'nen Zuber oder so.«

»Das will ich aber nicht!«

Sie war mal wieder eigensinnig. Na gut …

»Sammle aber später deine Federn selbst auf.«

»Jippie!«

Filo tauchte neben mir unter.

»Du ... badest zusammen mit Filo?«

Motoyasu kam näher, und sein Blick war irgendwie unangenehm.

Filo nutzte mich als Schild und versteckte sich hinter mir. Auch wenn sie natürlich überall noch rausguckte.

»Filo, verwandle dich mal in deine Engelsform!«

»Ich mag nicht!«

Der ließ echt nicht locker. Der immer mit seinen Engeln!

Was gefiel Filo überhaupt so gut daran, mit mir zu baden? Ich begriff es nicht.

Motoyasu begann herumzuplanschen.

»Sagt mal, wer gefällt euch von den Mädchen unter unseren Gefährtinnen eigentlich am besten?«

Och nee ... Jetzt fängt der mit so einem Blödsinn an. Ich verzog das Gesicht. Wir waren hier doch nicht im Urlaub. Aber vielleicht war das für Motoyasu ja so etwas: Urlaub in einer fremden Welt. Auch Ren und Itsuki guckten komisch.

»Und habt ihr es schon mal ... gemacht? Also ich ... Hi hi.«

Motoyasu ging mir unendlich auf die Nerven. Was sollte das jetzt wieder werden?

Eigentlich hörte er sich wie eine Jungfrau an. War er wirklich so ein Aufreißer?

Das war mir wahnsinnig unangenehm. Dabei war ich gerade erst gekommen ... Sollte ich trotzdem gehen?

»Naofumi, du hast es mit Raphtalia doch bestimmt schon gemacht, oder?«

»Halt mich mal da raus.«

Ich war mit den vieren nicht eng genug befreundet, um solche

Gespräche zu führen. Und mit ihm schon gar nicht.

Gerade hatte er mich noch wegen der Sache mit der Bitch als Erzfeind gesehen. Passte diese Oberflächlichkeit vielleicht zu Helden? Also wirklich!

»Hey, ist doch toll! Erzähl mal ein bisschen was!«

An die Bitch verschwendete er wohl keinen Gedanken mehr? Wie flatterhaft.

»Na ja, es kann ja jeder mal sein persönliches Schönheitsranking aufstellen.«

»Da bin ich raus.«

»Was sollte das auch bringen?«

»Kein Interesse an so was.«

Doch Motoyasu ließ sich auch von Itsuki und Ren nicht aufhalten.

»Also, ich würde sagen: Flittchen ganz oben, dann Raphtalia, die kleine Filo und dann vielleicht Rishia ...«

»...«

Was hatte der denn für einen Geschmack? Bei der wilden Mischung war ja überhaupt kein Beuteschema zu erkennen!

Wahrscheinlich reichte ihm schon ein hübsches Gesicht.

»Natürlich. Flittchen ist ja auch eine ehemalige Prinzessin. Sie mag einen schlechten Charakter haben, aber mit mir ist sie immer ganz normal umgegangen.«

Was ließ sich denn Itsuki auf das Gespräch ein? Und nun ... flüsterte ihm der Rüstungstyp irgendetwas ins Ohr.

Das hörte sich aber komisch an: Erzählte er Itsuki gerade, wen er gut fand? Was für Hallodris, die ganze Bande!

»Na ja, die Königin hat gesagt, sie hätte einen schlechten Charakter«, sprang Ren auf den Zug auf. »Mich selbst hat eigentlich nichts gestört.«

Hatte er nicht gerade noch getönt, er habe kein Interesse an dem Thema?

Leute ... Was lasst ihr euch von Motoyasu beeinflussen?

Ich hätte mich beschweren können, aber man soll Trolle ja nicht füttern.

»Bin ich süß?«

Ausgerechnet Filo musste mich das fragen.

»Na ja ...«

»Hmpf ...«

»Für mich bist du die Niedlichste, Filo! Wenn du dich mal in einen Engel verwandeln würdest ...«

»Ich will nicht!«

Motoyasu hatte einen Narren an ihrer Menschenform gefressen. Dabei könnte er ja einfach selbst ein Filolial aufziehen. Sicher käme etwas ganz Ähnliches heraus ...

»Rishia ist auch niedlich, so tüchtig ... Da werde ich richtig neidisch, Itsuki!«

»Äh ...« Itsuki sah ziemlich verlegen aus. »Also die ...«

»Von wem redet ihr?«

Ren hatte sie offenbar schon vergessen, Itsukis sechste Leibwächterin. Das Mädchen schien ziemlich Pech zu haben. Aber Ren ließ das wohl alles kalt.

»Dann seht ihr das wohl alle wie ich.«

»Nun, im Großen und Ganzen schon. Wenn man nur nach dem Gesicht geht.«

»...«

Ren und ich beachteten die beiden nicht weiter.

Was war das auch für ein Gespräch! Aber vielleicht war das unter Männern eben so.

»Ich geh dann mal wieder zu meiner großen Schwester, ja?«

»Ja, mach schnell. Hier treiben sich gefährliche Typen rum.«

»Mhm!«

Sie nickte eifrig, dann sprang sie über den Zaun ins Frauenbad zurück.

Motoyasu blickte ihr nach. Dann wandte er sich dem Zaun zu.

»Hier haben wir als Helden die Pflicht, nach Konvention unter Männern ... einen Blick zu riskieren.«

»Pflicht? Spinnst du?«

»Hey, das interessiert euch doch auch, oder nicht?«

Dazu würde Itsuki, unser Gerechtigkeitsdepp, wohl kaum schweigen.

»Nein, das dürfen wir nicht!«

Er lief zu Motoyasu, gab sich aber keine allzu große Mühe, ihn aufzuhalten.

Sogar er? Starke Männer, starker Trieb, oder was? Dass ich nicht lache!

Auch der Rüstungstyp und die anderen Kerle hatten anscheinend Interesse und drängten sich am Zaun zusammen.

»Mist ... Der Zaun ist 'n bisschen zu hoch. Itsuki, komm, mach mal Räuberleiter! Wenn wir hüpfen, bemerken die uns noch!«

»Wieso? Du bist größer und älter, also solltest eher du mich stützen.«

»Und am Ende darf ich dann als Einziger keinen Blick in jenes Paradies werfen?«

Jetzt zankten sie sich auch noch, wer hier für wen die Trittstufe machte!

»So ein Scheiß«, murrte Ren, als ich mich aus dem Wasser erhob, machte jedoch keine Anstalten, sich vom Fleck zu bewegen.

Mit seinen Worten war ich einverstanden, nur folgten keine Taten.

»Mir reicht's.« Ich hatte gestrichen die Schnauze voll und verließ das Bad.

Allzu lange war ich nicht drin gewesen, aber ich hatte keine Lust, mit dem Trubel in Verbindung gebracht und am Ende noch beschuldigt zu werden.

Der Weise scheute die Gefahr.

Vielleicht lag es auch an jenen falschen Beschuldigungen von früher. Jedenfalls wollte ich es nicht drauf ankommen lassen, wegen so etwas verdächtigt zu werden. Nach dem bisherigen Verlauf der Dinge würde eventuell alles an mir hängen bleiben ... Ja, das war durchaus möglich.

»Was denn, Naofumi, machste nicht mit?«

»Ich sag doch: kein Interesse.«

Sich heimlich nackte Mädchen angucken zu wollen – unfassbar.

Ich fühlte mich schon allein aus dem Grund nicht wohl dabei, weil ich an die Bitch denken musste. Wenn ich so ungeschickt war, hierzubleiben, würde man mich nur wieder grundlos beschuldigen. Es war wohl besser, wenn ich auf dem Zimmer auf die Mädchen wartete.

»Wenn ihr schon unbedingt spannen müsst, dann macht das, wenn ich nicht dabei bin!«

Damit nahm ich Kurs auf die Umkleide. Doch ehe ich das Männerbad verlassen konnte ...

»Hm? Wenn das nicht der Schildbubi ist ...«

L'Arc kam mir aus der Umkleide entgegen.

»Wolltest wohl auch ein Bad in der heißen Quelle nehmen?«

Mieses Timing! Was machte der mit einem Mal hier?

»Ich hab gehört, das Bad hier ist das beste«, erklärte mir L'Arc ungefragt, während ich innerlich schimpfte. »Ich bin mit Therese hier. Und du?«

»Wir sind in diesem Gasthaus untergebracht.«

»Ach ja? Du musst ja einigen Einfluss haben!«

»Ich muss mal langsam los«, erklärte ich ihm voller böser Vorahnungen und machte Anstalten zu gehen. »Die Bande da hinten spannt rum. Ich würde empfehlen, schnell Leine zu ziehen, wenn du keinen Ärger willst.«

»Warte!« Er packte meine Hand. »Spannen … sagst du?«

Was denn jetzt? War er etwa sauer?

Andererseits war er ja ein richtiger Kerl. Wenn er es schaffte, die Jungs aufzuhalten, wäre ich schon dankbar.

»Du willst an einer so großartigen Unternehmung nicht teilnehmen?«

Dann war er also auch nur ein geiler Bock?!

Er blickte zu Motoyasu, der irgendwas mit dem Zaun anstellte.

»Das ist dein Kamerad?!«

»Hm? Was denn?«

»Wunderbar. Ich frag mal, ob ich an der Sache teilhaben darf.«

»Hey!«

Jetzt machten die auch noch gemeinsame Sache!

Da hatten sich wohl zwei gefunden …

»Hey, Schildbubi, komm auch mal rüber!«

»Auf keinen Fall!«

»Lass den mal in Ruhe. Der ist stur und will nicht.«

»Aber dies ist der lang gehegte Wunsch eines jeden Mannes … Ein Ritual der Verehrung des nackten weiblichen Körpers! Es wäre unverschämt den Frauen gegenüber, daran nicht teilzunehmen!«

Unverschämt?! Versetz dich doch mal in deren Lage, so angegafft zu werden!

L'Arc und Motoyasu schienen in höchster Aufregung, ein Gespräch unter Männern zu führen. Eigentlich hatte ich L'Arc geschätzt ... Jetzt war er in meiner Achtung ein paar Stufen gesunken.

»Sag, Naofumi, wie weit bist du mit Raphtalia gegangen? Du willst sie doch bestimmt ... mal nackt sehen?«

»Das Mädchen, das mit ihm zusammen unterwegs ist? Das geht doch bestimmt in eine gute Richtung!«

Es kam mir vor, als hätte sich Motoyasu verdoppelt ... Ich fasste mir an die Stirn.

»Schon wieder? Ich sag doch, wir haben nichts miteinander!«

»Raphtalia sieht das anders. Ganz sicher.«

»Hach, schön. Ich hätte auch gern, dass zwischen Therese und mir mal so eine Stimmung aufkommt.«

Ach, die waren gar kein Paar?

Es hatte so ausgesehen, als stünden sie sich ziemlich nahe, daher hatte ich angenommen, dass sie zusammen waren. Aber dann hätte er das Spannen wohl nicht nötig gehabt.

Und jetzt rissen sie noch versaute Witze über die Gefährtinnen anderer Leute? Wollten die meinen Ruf völlig ruinieren?

»Labert nicht so einen Scheiß.«

»Also ist da noch nix passiert? L'Arc kannst du's doch ruhig erzählen.«

»Glaubst du, ich lass mich aushorchen, nur weil du hier den Älteren raushängen lässt?«

»Ich mein ja nur: Hat sie dich nicht angegraben?«

»Angegraben? Wohl kaum. Sie ist ja noch ein Kind!«

»Wie vernagelt bist du denn? Also, dann hat sie sich vor dir noch nie ausgezogen? In Kleidung oder Rüstung sieht man's nicht, aber sie hat bestimmt 'ne klasse Figur! Ich lass mich jedenfalls nicht täuschen – ich erkenne ihre Reize auch durch die Klamotten!«

Die würden sich nie abbringen lassen, wenn ich nicht auf sie anspringe.

Mann, was gingen mir diese Typen auf den Geist.

Ich seufzte. »Also, einmal …«

Es war zur Zeit unserer Handlungsreisen gewesen.

Wir waren in eine Gegend gekommen, die für ihre heißen Quellen berühmt war.

So hatte auch unsere Herberge eine gehabt, und wir hatten sie genutzt.

»Herr Naofumi …«

Raphtalia war gerade aus dem Bad aufs Zimmer gekommen, wo ich gerade mit dem Arzneimischen beschäftigt war.

Ich erinnere mich noch, dass sie verlegen war, weil sie sich bloß ein Handtuch umgewickelt hatte. Was auch immer sie sich dabei dachte … Plötzlich ließ sie das große Tuch fallen und zeigte sich mir.

»W… Was denkst du?«

Sie war ziemlich muskulös. Dass sie große Brüste hatte, war mir bekannt, weil sie mich schon umarmt hatte. Mir ging der Gedanke durch den Kopf, ob das wohl hinderlich beim Kämpfen sei.

Sie wirkte eher weich auf mich. Ich fragte mich, woher sie ihre Kraft nahm.

Ihr Haar war nass gewesen, und sie hatte noch jene Narben auf dem Rücken gehabt, die mittlerweile spurlos verschwunden waren.

Ich hatte sie gebeten, sich umzudrehen, und da ich eine Arznei gehabt hatte, die bei solchen Wunden half, hatte ich sie ihr aufgetragen.

Sie hatte verschämt gewirkt, als sie mir ihren ganzen Körper gezeigt hatte.

Deswegen hatte ich gesagt: »Na ja, sieht eigentlich schon viel besser aus, oder? Im Vergleich zum Anfang ein Unterschied wie Tag und Nacht.«

»Hä? Und … Ist das alles?«

»Ist sonst noch was?«

Sie hatte mich verdutzt angesehen, und der Mund hatte ihr offen gestanden.

»Zieh dir lieber was über, sonst erkältest du dich noch …«

»Ah!«, hatte Filo ausgerufen, die gerade ins Zimmer gekommen war. »Große Schwester, du bist ja nackig!«

Dann hatte sie sich das Kleid ausgezogen und war nackt auf uns zugestürmt.

»Ich will mitspielen!«

»Wir spielen nicht! Lass das!«

Und dann war eine Weile Chaos gewesen.

»So was ist jedenfalls mal vorgefallen.«

»Wie kann man nur so begriffsstutzig sein!«, riefen sie beide.

Irgendwie schienen L'Arc und Motoyasu wütend zu sein. Sie schwangen ihre Fäuste nach mir.

Ich fing sie ab, mit jeder Hand eine.

»Was soll das denn plötzlich, Leute?«

»Die wollte dich offensichtlich angraben! Sie bietet sich dir freimütig an, und du weist sie zurück? So was Gemeines!«

»Da hat er recht! Eine Frau zeigt sich dir nackt – hier, bitte, iss –, und du missachtest sie derart? Skandalös ist das!«

»Was redet ihr? Ich sag's doch schon die ganze Zeit: Raphtalia ist noch ein Kind. Und außerdem total ernst. Die denkt gar nicht an so was!«

Es waren wohl eher die Männer, die immer in diese Richtung dachten. Das waren nur Fantasien.

Außerdem musste man bei so etwas aufpassen. Was, wenn sie schwanger geworden wäre? Dann wäre sie nicht in der Lage gewesen, bei den Wellen zu kämpfen.

Raphtalia brannte so sehr für ihre Aufgabe – ganz sicher hätte sie das nicht gewollt. Eher hätte sie davor sogar Abscheu empfunden. Und ich hatte es zu meinem Motto erklärt, ihr möglichst gute Bedingungen zum Kämpfen zu schaffen.

»Du glaubst, sie denkt ans Kämpfen und sonst nichts? Kann ich mir nicht vorstellen.«

»Sag mal, Bubi, du bist doch nicht etwa ... Du weißt schon?«

Motoyasu wich plötzlich zurück, und L'Arc verbog seine Finger komisch.

Glaubte der, irgendwer verstünde seine Zeichensprache?

»Passt bloß alle auf!« L'Arc hielt sich schützend die Hände vor den Hintern. »Hier läuft ein Perverser rum, der hat's auf euch abgesehen!«

Wa...?! Jetzt wusste ich, was er meinte!

»Willst du andeuten, ich wäre schwul? Was soll denn das?«

Wieso war ich automatisch homosexuell, nur weil ich nichts mit Raphtalia angefangen hatte?

Das musste ich mir nicht anhören.

»Macht doch, was ihr wollt! Glaubt nicht, dass ich euch aus der Patsche helfe, wenn ihr Ärger mit den Frauen oder der Hotelbelegschaft kriegt!«

»Ist er's echt? Ich fass es nicht.«

L'Arc und Motoyasu blickten mir sprachlos nach.

Ich musste es vermeiden, den Leuten Futter für irgendwelche Verdächtigungen zu geben. Unfassbar …

»Okay! Der erste Schritt unserer Strategie: Gucken wir über den Zaun oder machen wir ein Loch rein?«

Jetzt ging eine regelrechte Einsatzbesprechung los.

Und es ließen sich auch noch alle anwesenden Abenteurer anlocken, sie versammelten sich um Motoyasu und L'Arc. Das war ein ganz schönes Gedränge.

War das Charisma? Dann aber eine ziemlich unangenehme Ausprägung …

Man glaubte es nicht … Aber war in dieser Welt so ein Voyeurismus normal?

In meiner Welt soll es während der Edo-Zeit in den öffentlichen Badehäusern Gucklöcher gegeben haben.

Hier hatten sie das Männerbad abgeteilt, aber in anderen Gasthäusern oder auf dem Land konnte man auch relativ oft gemischt baden. Die sollten doch einfach in so ein Badehaus gehen! Wenn es sie schon gab.

Oder … verlor es für sie den besonderen Reiz, wenn man jederzeit gucken konnte?

So was Blödes.

Rasch kehrte ich dem Badehaus den Rücken, ehe ich doch noch mit hineingezogen wurde.

»Puh.«

Ich war wieder auf dem Zimmer und kühlte mich dort ab.

Irgendwann hörte ich laute Schritte, und dann kam Raphtalia hereingestürmt, in ihr Handtuch gewickelt.

»Herr Naofumi!«

»Was ist? Wurden L'Arc und Motoyasu beim Spannen erwischt?«

»Äh … Ja! Jetzt betteln L'Arc und die anderen Helden gerade auf den Knien um Vergebung.«

»Aha? Geschieht ihnen recht.«

War doch klar, dass das auffliegt. Frauen waren schließlich nicht blöde.

Vor allem war Motoyasu im Männerbad gewesen. Wer den kannte, hielt die Augen offen, ganz klar.

»Und wo warst du, Herr Naofumi?«

»Warum sollte ich spannen?«

Sie schien irgendwie enttäuscht zu sein und ließ den Kopf hängen. Die Reaktion hatte ich nicht erwartet.

»Und ich dachte, du hättest etwas begriffen …«

»Begriffen?«

Sprach sie von den verborgenen Fähigkeiten meines Schildes, seiner wahren Kraft?

Klar hatte ich etwas begriffen. Nach meinem Gespräch mit den anderen Helden.

»Was hast du, Schwester?«

Gerade kam Filo zurück und guckte die niedergeschlagene Raphtalia schief an.

»Hmm«, machte ich.

Ich wusste nicht, was Raphtalia so die Laune verdorben hatte.

Ach, ich als Mann verstand das wohl nicht. Bestimmt mochte sie es nicht, wenn man sie nackt sah. Oder hatte sie gewollt, dass ich sie so sah?

Nein, nein … Ausgerechnet Raphtalia? Unmöglich!

Mir ging bloß noch das Zeug im Kopf herum, was die Jungs abgelassen hatten.

»Geht's dir gut? War's ein Schock für dich, dass L'Arc oder Motoyasu dich nackt gesehen haben?«

»Sie haben nichts gesehen! Filo hat sie gleich bemerkt, und ich konnte mich schützen.«

»Dann ist ja gut.«

Raphtalia war gerade erst aus dem Bad zurück und sah schon wieder erschöpft aus ... Aber vielleicht auch kein Wunder bei dem ganzen Ärger.

»H... Herr Naofumi?

»Was?«

»Wollen wir bei der Gelegenheit nicht ein Familienbad mieten? Das ist vielleicht ein bisschen enger, aber bestimmt schön.«

»Äh ...«

Meine Augenbrauen zogen sich zusammen, und meine Ablehnung war wohl nicht zu übersehen. Ich war doch gerade erst vom Baden zurück ... Gut, allzu lange hatte das Vergnügen wiederum nicht gedauert.

»Widerstrebt dir das denn so sehr? Es ist doch auch wichtig, damit dein Fluch ausheilt!«

»Öh ... Schon, aber ...«

Irgendwie gefiel mir das nicht, auch wenn es sich plausibel anhörte.

»Komm schon, Herr Naofumi!«

Ich seufzte. »Also gut.«

So erhob ich mich mühsam, und wir gingen noch einmal zu den heißen Quellen, auf dass mein Fluch geheilt werde.

»Hier ist es.«

Raphtalia hatte uns zum Empfang eines Familienbades im Hotel geführt: Dort bekam man ein Privatbad mit Schlüssel dazu.

Im Gegensatz zum Hauptbecken, von dem aus man das Meer sehen konnte, ging dieses auf die Insel hinaus.

Ich glaubte zu verstehen, warum sie es einem nicht empfahlen: Die Aussicht war nicht besonders.

Aber wir hatten ja nach einem Familienbad gesucht, das wir für uns allein hatten …

Raphtalia war bis zur Brust unter einem Handtuch verborgen, und Filo hatte sich ganz in eins eingewickelt. Sie gaben mir Handzeichen, ihnen ins Innere zu folgen.

Was L'Arc und Motoyasu gesagt hatten … Nein, Raphtalia machte so etwas nicht, mich verführen. Ja, sie wirkte auch überhaupt nicht befangen. Die Typen hatten einen schlechten Einfluss auf mich. Entschieden schob ich die unnötigen Gedanken beiseite und stieg ins Wasser.

»Angenehm, oder?«

»Schon.«

»Was macht der Fluch?«

»Ist schon viel besser geworden.«

Eine Weile würde ich damit wohl noch kämpfen. Aber wenn ich mit den Thermalbädern weitermachte, würden sich die Symptome bestimmt bald verflüchtigen.

»Ah, Meister! Am Himmel hat's gerade gefunkelt!«

»Hm?«

Als ich zum Nachthimmel aufblickte, sah ich eine einzelne Sternschnuppe.

»Och, jetzt ist sie weg …«

Doch in dem Moment zischten in rascher Folge noch mehrere über den Himmel hinweg.

Als Raphtalia sie sah, legte sie die Hände zusammen, als wollte sie beten.

Ach so, in dieser Welt wünschten sich die Leute vielleicht auch etwas, wenn sie Sternschnuppen sahen.

Ich hatte auch den Eindruck ... dass hier die Sterne schöner waren als in Japan. Aus irgendwelchen Gründen schaute ich dort kaum jemals zum Sternenhimmel auf.

»Was hast du dir gewünscht, Herr Naofumi?«

»Hm? Ach, nichts Besonderes ... Aber du scheinst dir was gewünscht zu haben.«

»Ja.«

»Hoffentlich erfüllt es sich.«

»Ja, das wäre schön ...«

Ich konnte mir schon denken, was sie sich gewünscht hatte.

Wahrscheinlich wollte sie, dass Frieden auf der Welt einkehrte. Vielleicht wollte sie auch die Leute aus dem Dorf wiedersehen, in dem sie geboren und aufgewachsen war.

Es war schon ein romantischer Anblick, dachte ich, während ich mit Raphtalia und Filo zum Sternenhimmel aufblickte.

Schließlich waren wir auf dem Rückweg.

»Spannen? Aber L'Arc! Wie alt bist du eigentlich? Zu Hause würde man es dir vielleicht nachsehen, aber ... Hier halte dich bitte an die Regeln!«

L'Arc, die Helden und alle männlichen Gefährten knieten immer noch im Flur.

Therese schalt L'Arc, und die Helden bekamen von den Frauen die Leviten gelesen, angeführt von der Bitch.

Tatsächlich ... Da wurden wir ja Zeugen eines erbärmlichen Augenblicks.

Ach, es brachte nichts, sich den Kopf deswegen zu zerbrechen. Bei den Typen hatten solche Events ja Methode.

Das wäre ein netter Schlussgag für einen Manga gewesen. Ich hatte genug ähnliche Storys gelesen. Ich hatte allerdings keine Lust, das nachzuahmen.

»Ah, Schildbubi! Warst du etwa allein mit den Mädels baden? Du Schlingel!«

»L'Arc – hier spielt die Musik!«

Nun bekam er Schelte, weil er Therese nicht beachtet und stattdessen auf mich gezeigt hatte.

Wir taten so, als hätten wir die Typen nicht gesehen, und gingen rasch auf unser Zimmer.

Wenn ich an die Zukunft dachte, wurde mir schon bange. L'Arc war ein Trottel, aber einer von der lustigen Sorte. Sollte ich das nächste Mal ein bisschen mitmachen, wenn sie wieder irgendwelchen Blödsinn anstellten?

Ausgeschimpft werden wollte ich natürlich nicht. Vorher würde ich lieber Raphtalia um Erlaubnis fragen.

The Rising of the Shield Hero

L'Arc Berg

Charakterdesign

Therese

Therese

Charakterdesign

L'Arc Berg

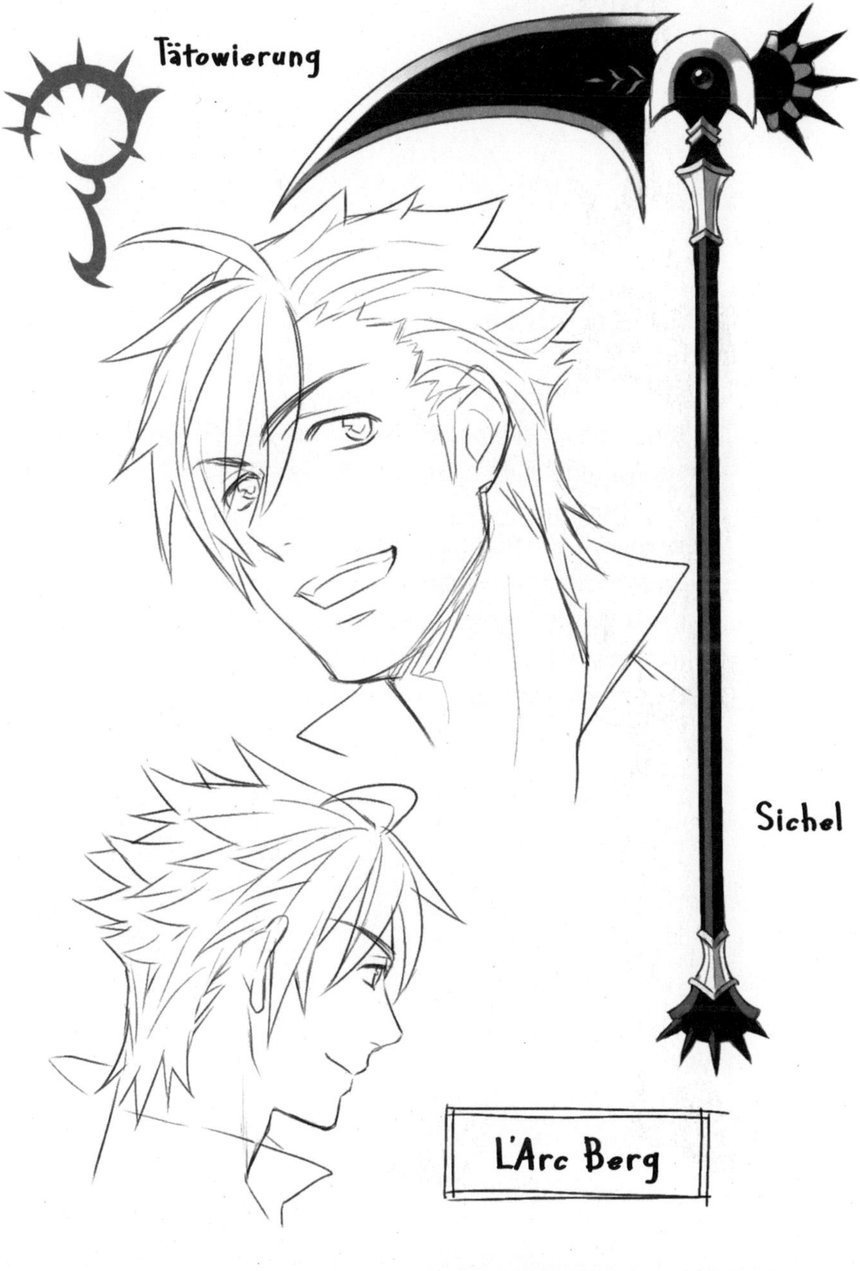

Autorenprofil: Aneko Yusagi

Stammt aus der Präfektur Kanagawa.
Die Liebe zu Videospielen und zum Lesen gipfelte in dem Wunsch, Romane zu schreiben.
Verfasste *The Rising of the Shield Hero* und veröffentlichte die Geschichte im Netz. Vom ersten Moment an fieberten die Fans jedem neuen Kapitel entgegen.
Debütierte im August 2013 bei *MF Books*.
»Ich komme von ganz unten und will nach ganz oben.«

TOKYOPOP GmbH
Hamburg

TOKYOPOP
1. Auflage, 2022
Deutsche Ausgabe/German Edition

Übersetzt von Bernd Sambale

TATE NO YUUSHA NO NARIAGARI Vol.5

First published in Japan in 2014 by KADOKAWA CORPORATION, Tokyo.
German translation rights arranged with KADOKAWA CORPORATION, Tokyo
Through TUTTLE-MORI AGENCY, INC., Tokyo.
Illustration: Minami Seira
Design: ragtime

Redaktion: Simone Meinecke
Lettering und Herstellung: Mathias Neumeyer
Umschlaggestaltung: Anja Winteroll, Annika Meyer-Wülfing
Druck und buchbinderische Verarbeitung:
CPI–Clausen & Bosse GmbH, Leck
Printed in Germany

MIX Papier FSC® C083411
Wir achten auf die Umwelt.
Dieses Produkt besteht aus FSC®-zertifizierten und anderen kontrollierten Materialien.

ISBN 978-3-8420-7654-9

www.tokyopop.de

AME & YUKI – DIE WOLFSKINDER
EIN UNZERTRENNBARES BAND

Hosoda / Sadamoto / Karasuba

Ein Geheimnis, zwei Wege, für immer verbunden!

Als sich die Studentin Hana in einen mysteriösen Mann verliebt, ahnt sie noch nichts von seinem Geheimnis: Er stammt von einem altjapanischen Wolfsgeschlecht ab, weshalb er zwischen der Gestalt eines Menschen und der eines Wolfs wechseln kann! Sie bekommen zwei Kinder – Ame und Yuki. Doch dann stirbt Hanas Geliebter, und von da an ist sie mit ihren beiden Wolfskindern auf sich gestellt. Damit die frei entscheiden können, ob sie als Mensch oder Wolf leben wollen, zieht sie mit ihnen aufs Land. Dies ist der Beginn einer herzergreifenden Geschichte, die erzählt, wie Hana und ihre Kinder über sich hinauswachsen!

CHOCOLATE VAMPIRE – LIGHT NOVEL
DAS GEHEIMNIS DER FAMILIE KUROYURI
Nao Tsuzuki / Kyoko Kumagai

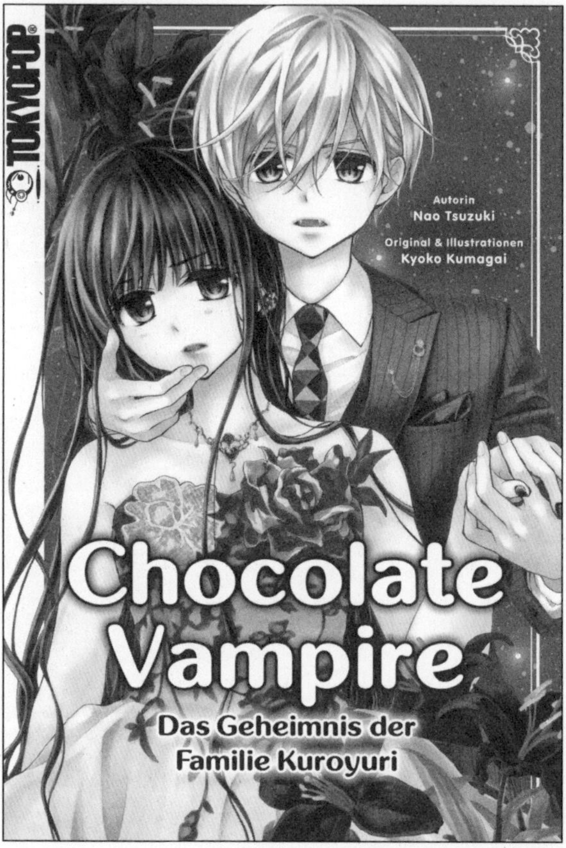

Die Droge in den totalen Wahnsinn ...

Das Menschenmädchen Chiyo und der Vampir Setsu haben als Kinder einen Blutspakt geschlossen. Inzwischen groß geworden, besuchen die beiden eine Schule, an der Vampire und Menschen gemeinsam unterrichtet werden. Dort geht neuerdings das Gerücht über eine gefährliche Droge namens »Spice« um. Diese soll die Kräfte der Blutsauger schlagartig verbessern. Als Mitglied der Campus-Sicherheitstruppe wird Chiyo mit der Untersuchung beauftragt. Doch plötzlich entführen Unbekannte Setsus Bruder! Hat der Täter etwas mit der Droge zu tun ...?

TOKYOPOP
www.tokyopop.de